黄河

HUANGHE
XILIU QU

西流去

李高艳◎著

中国文史出版社

图书在版编目（CIP）数据

黄河西流去 / 李高艳著 . -- 北京 : 中国文史出版社，2023.10

（实力榜·中国当代作家长篇小说文库）

ISBN 978-7-5205-4474-0

Ⅰ . ①黄… Ⅱ . ①李… Ⅲ . ①长篇小说－中国－当代 Ⅳ . ① I247.5

中国国家版本馆 CIP 数据核字（2023）第 218851 号

责任编辑：全秋生

出版发行：中国文史出版社
地　　址：北京市海淀区西八里庄路 69 号　　邮编：100142
电　　话：010 － 81136602　　81136603　　81136606（发行部）
传　　真：010 － 81136655
印　　装：廊坊市海涛印刷有限公司
经　　销：全国新华书店
开　　本：787 毫米 ×1092 毫米　　1/16
印　　张：16.75　字数：265 千字
版　　次：2024 年 1 月北京第 1 版
印　　次：2024 年 1 月第 1 次印刷
定　　价：58.00 元

"抽黄"岁月恋歌里的中国式现代化

——序李高艳长篇非虚构小说《黄河西流去》

阿　探

阿探，陕西文学研究所特聘研究员，《作品》特约评论家。

"气之动物，物之感人，摇荡性情，形诸舞咏。"

　　或许这句话，正是李高艳创作长篇非虚构小说《黄河西流去》的初心写照。书中之"气"，是渭北十三万人民撼天动地的浩然之气；书中之物，定然是造福千万农民于无穷的抽黄工程；书中之人，乃一代又一代的抽黄水利人。与其说李高艳为读者再现了抽黄工程最初建设历史场景，不如说是为我们重现了一个真正意义的信念时代；与其说重现了一个信念时代，不如说是完成了洞穿历史时空的精神联结。

　　读此作的过程，也是沿着李高艳笔触的一场长久的涤心之旅。小说追溯抽黄工程建设的历史，经由历史重温与沉淀，完成了抽黄水利当代的人生反思与精神滋养，进而放眼未来，对抽黄工程迈向元宇宙文化与数字经济时代，永葆热望与信心。惠特曼说过，所谓诗人，就是那种把过去、现在和未来融为一体的那种人。李高艳无疑以诗人的情感奔涌，完成了这部小说，同时更是完成了个人的精神升华，书中父亲的抽黄情怀与情结，更是唤醒与重燃了她与抽黄工程的血脉情感。或许她完全不曾想到，小说所展开的抽黄工程的前世今生及未来图景里，潜藏着水利完整的中国式现代化进程。

　　以非虚构小说去构建抽黄故事，李高艳无疑找到最适合作品的文学表达形态。"非虚构小说"起源于二十世纪五十年代初的美国，一九五九年以卡波蒂的长篇《冷血》为代表崛起于美国文坛，开启了真实与虚构兼有的新文本时代。《黄河西流去》将非虚构小说的特质发挥到了极致之境：引子以情采提振文质，布局"神迹"，虚拟传说，以三千多年来处女泉之明灭，渭北生态环境重回三千年前，隐匿人之神性，伏埋深情，流转于悠远与当下时空，为文本进入历史纯粹时代作了俊逸神采的铺陈；以没有获得水利人身份认定的"父亲"为叙事视角，擎起抽黄内质不同的多个历史时代，以感同身受映照了抽黄水利工程千秋万代之功勋；真实的抽黄建设历史在场感的凝铸，从中央到省及地市领导，到抽黄指挥部众领导，再到三县十三万农民工，再到五十八位建设英烈，以强烈的时代感再现了半个世纪前的"三无"惠民工程之艰难与夺天之功；叙事推进中大象无形地衔情而动，以抽黄工作联结父亲的整体性人生历程；以建设工地父子、夫妻、姐妹、兄弟同上抽黄为基底，虚构水生水莲之悲催爱情，凝铸曾经时代之质感袭人，定格了永久的爱情伤逝；文本不仅有从上到下以民为本的各级领导层面的大义担当，亦有着普通百姓无限奉献与承载，上下之间拧成一股绳的众动联动，为今天的人们还原了一个纯粹的信念时代；过往历史里生存到梦想精神之大的角逐，新时代到未来，则是中国式现代化的诗意彼岸；时代在文本中以生活碎片与印迹托举，渐变中孕育着激变骤变，正动中亦有时代微观之逆动；文本中亦有爱情穿透时代真义辨析，迷离、激情，更有生命的释然……一句话，《黄河西流去》是信息量丰富、震撼、紧致而富于精神态的文本。

《黄河西流去》不仅精心构筑了抽黄水利建设史与当下及未来的精神、情感联结，更是赋予人们以人文情怀去直面历史的正确态度。抽黄工程从建设开启到黄河水西流奔腾上塬，到四十年后完成使命退出历史舞台，再到全面升级以数字化运作迈向未来，其中有着一代代抽黄人无私奉献精神的承接，更有着一代代人的黄河及抽黄情怀情结的传递。而这一切的精神与情感原点，就在于半个世纪前十三万人空前绝后的奇迹创造。对于这段历史，李高艳在情感性追溯中给予无声的强调。这就是：为人民的温饱与发展的初心不忘；对这段历时长久的水利建设，我们必须感念人民无限的无私、承载、承担、承受，感念抽黄建设领导们悲催而雄壮的功勋性引领；亦需要铭记"天当被，地作床，田梳头，雨洗脸，水不上塬不回家"的精神凝铸的艰辛岁月；深刻体认"砸锅卖铁干抽黄"的英雄壮举和感人故事，更是要传承"黄河情怀，大禹风范"所凝铸的"抽黄精神"。自然生态文明无疑是现代文明根本性高度的内核指标，而华夏民族数千年来一直神往并不懈追求的安居乐业的共同理想所托举的千千万万民众的心灵文明，更是现代社会文明高度的本质性体现。曾经的抽黄工程，关联着渭北旱塬千千万万农民的生存温饱；今天的抽黄，承载着渭北新农村全面发展、现代化进程及向未来迈进的提速。抽黄精神的传承，亦即以不同的形式复活了这段精神铸就的历史，时刻不忘抽黄工程初心，始终持守民本情怀，亦是一种现实性乃至终极性的传承，这更是一种直面历史与未来的正确态度。这段历史不是传说与神话，而是五子、水生、小文等五十八人早逝的青春凝铸的宇宙奇迹。

关于父亲的虚构性叙事，体现着李高艳智慧性叙事策略，映照着第一代抽黄人身份尴尬的历史真实。父亲是十三万民工身份符号的凝结，他的一生与抽黄血脉相连，尽管他最终未能获得抽黄身份认定，但历史也无法否认他的抽黄身份。他只是十三万民工中普通一员，在抽黄建设初期，关于他几乎没有多少笔墨，随着泵站安装到日常运行，他成为抽黄基层运行的主人翁。然而因为身份问题，他与作为第一批正式职工的史进他们，有着薪资待遇上的巨大差别，更有着心理担负上的巨大差别。父亲没有成为十三万民工中为数不多的身份转正者，他是更多没有抽黄身份认定的民工命运的缩影，他的抽黄情怀情结早已入心入魂。女儿成为真正抽黄人，是其一生梦想的现实性落地生根。技术好品德高的父亲，从内心排斥到精神融合，与史进及后来的章骁美他们在抽黄岁月里凝结了真诚的友谊，却终究未等到身份认定。而内心鬼祟的王二虎却摇身一变成了正式职工，李高艳高妙地映照了城乡身份的二元对立及人性的真实。历史大潮是正动，微观之处却是人性逆动，务实务虚兼有，才能不败于时代演进洪流。李高艳在父亲的这个人物命运里植入了历史的粗疏与人物自我理性解析，指出故步自封会失去良机，变通才是恒性天则。

小说更是凝结了爱情的时代映像与内质动影。水生、水莲的爱情，虽然是历史不可预知的悲剧，却依旧是爱情本质性精神意义的写照。水莲质朴地认定：国家造福于渭北人民，作为未来的受益者就要为抽黄拼尽气力；水生有着彼时代超乎常人的才能，被调入工宣队做宣传演出，水莲认为水生有违约定，水生忠贞于爱情约定，去了劳动强度一线。新婚夫妻，工地再次见面竟成诀别，水生牺牲在工地上，水莲遗恨终身。当多年后的史进、张爱华等新一代抽黄人提起水莲水生时，从不同看法中最终归结了爱情的真义。水生水莲他们对抽黄工程对国家无疑是发自内心的感恩，并付之以建设工地不辍劳作的行动，甚至为此付出生命，这是一种质朴而纯粹的情怀。当爱情遭遇到一个新旧交替时代时，爱情便不再是单纯与质朴，而是扑朔迷离与管涌旋涡。一场酒醉冲突，虚无被夸张所认定，三角恋最终成为新女性爱华的决然放手。史进、章骁美、张爱华三人虽未修成正果，却将爱情圣化为一世相望。爱情是什么？对水生水莲来说，就是忠贞于彼此约定；对张爱华而言，就是放手，坚决击溃爱的人所有因爱而来的诸多麻烦。"文明社会里，仪式是优雅了，趣味是繁复了，但是人生的真谛仍旧不变。"[1] 抽黄人曾经的爱情，无疑是对今之虚妄爱情的闪击。

---

[1] 夏志清：《中国现代小说史》第 410 页。

引 子

"北纬三十度",神迹划过,世界四大文明古国从这里繁衍生息。

传说很久很久以前,娥皇女英二妃自北境南寻舜帝,至洽川闻帝死于苍梧,二妃伤感相视滴泪,遂生羽直飞南方。滴泪处随即化为一眼清泉。其后西周时,太姒在此沐浴出阁,后洽川的女子出阁前都要在这里沐浴,此泉之谓处女泉。处女泉乃天降祥瑞,其时风调雨顺,五谷丰登。三千多年前的西周时代,西北地区生态环境优越,茂林覆盖,水量充裕,从《诗经》里三十多篇关于洽川的篇目中可窥一斑。

秦汉战乱开启,处女泉便消失在浩荡的兼葭苍苍中,任凭世人竭力找寻,就是找不到它。从秦汉战乱的铁蹄肇始,至大清王朝,人力对自然平衡生态的破坏是主流。尤其是清王朝,大面积的森林消失乃至沙漠化,黄河携带着黄土高原大量泥土进入河南,而成为地上河。曾经八百里秦川的富庶之地,渐渐沦为旱腰带。

渭北高原,土地面积占全省的27%,位于关中北部,北纬三十四度至三十六度之间,东西长约三百八十五千米,南北宽约二百七十五千米,下辖合阳等二十五个县区,正是十年九旱的旱腰带核心地带。邻近神迹之地,百姓却长久地得不到神灵的护佑。

一部中国农耕史,就是多半部陕西史。中国的农耕史,与河流息息相关,与其说它是一部人与大自然的斗争史,不如说是一部承载着华夏民族数千年来安居乐业共同理想的水利建设史。

水利开启了中华文明之肇始，大禹治水催生第一个王朝夏的诞生。《河渠书》详细记载的西门豹引漳灌邺，秦修郑国渠，汉修河东渠、龙首渠等，战国秦汉可谓我国大型农田水利的创始。郑国渠初以军事目的为主，其后却成为最伟大的灌溉水利工程，"秦益富强，卒并诸侯"，更是延续两千多年无间断。因着京畿之地的荫庇，汉唐时代关中更是水网交错，水利类型、功能渐趋于完善，水利灌溉大格局基本形成。一九三四年，著名水利专家李仪祉先生主持兴修的泾惠渠竣工通水，关中第一个现代化大型灌溉工程载入史册。新中国成立后，关中八惠基本建成通水，尤其是一九七九年抽黄工程的陆续启用，黄河在万物之神的惊诧中爬过约莫一百一十一层楼的高度，呼啸着奔向渭北旱塬，奔向承载着千千万万农民生计的百万亩农田及果园，彻底实现了"西流"，关中现代水利建设的全新格局得以确立。

　　从引渭之郑国渠，引洛之龙首渠，蒙茏渠、灵帜渠等引水灌溉工程的修建；唐代引泾水利效益古代引泾最高峰及都市用水供给；唐神龙年间姜师度华阴开敷水渠，郑县（今陕西华县）疏修故渠引水溉田，朝邑、河西引洛水及堰黄河灌之造福百姓，到李仪祉先生主持兴修的泾惠渠惠泽苍生，再到随着国家对黄河流域生态发展的重视，今日新抽黄工程全面数字化运行，抽黄工程展览馆终成水利人隽永的精神丰碑式记忆。千秋大业凭谁铸？为国家经久计，一辈又一辈的功勋之士带领百姓，至今天，终于创造了泽被生民于无穷的奇迹。

　　脚下的河一如既往静默南流，沿途的合阳城在母亲河的滋养下日渐繁华。这条河和这片土地日益宁静、和谐。三千多年的岁月流逝，"北纬神迹"再次出现，处女泉在二十世纪被重新发现。昔日的"渭北旱腰带"如今早已因水而美、因水而兴、因水而富，成为陕西省重要的粮、果、蔬、渔生产基地，水利旅游产业成为后劲十足的增长点。合阳这片古老而悠远的大地，曾历经了何等漫长的等待？三千多年的生态轮回，又该是何等的壮观？渭北人民究竟付出了怎样的辛苦，才促成了合阳这片土地与三千年前诗经时代的气韵相接？

　　漫步在黄河西岸古莘国萌动的处女泉湿地，便是漫步在《诗经》首篇《关雎》周文王与洽川美女太姒爱情的传说里。飘风自南，"蒹葭苍苍，白露为霜。所谓伊人，在水一方"。现实里爱情的缥缈与虚幻，古人的爱情和历史一样悠远，刹那间化作了涤心彻骨的体认。

追慕了美人三千多年，这一刻，不再空花寂寞，梦近乎于真。

美人与水的传说，古人为后世留下不少，由父辈与我们续写的故事，或许更有神韵与人间气息。

二〇一八年九月，素有"亚洲之最"的东雷抽黄二级站拆除。

二〇一九年十月，东雷抽黄一级站拆除。

风哗啦啦吹过，弹指间抽黄的泵站已经运行了四十年。四十年的时光，催老一代人，也催老了这座泵站。深秋的河滩，肆虐的风吹着哨子，吹黄了庄稼，机械的轰鸣中，东雷抽黄一级站终于结束了它的使命。

"一级站要重建了！"

"新泵站在原址上重建？"

"不管那么多，赶紧留个影！"

"肯定不一样！国家富裕了，科技不断发展，机械化程度这么高，建泵站一定会更快更好。"

"是啊！如今的施工都是机械干呢，这一代人再也不用吃我们当年的苦。"

黄土崖下，参与东雷建设的老人们闻讯赶来，他们静静站在河边，河水冲击着岸边的土堤，崩塌的土崖落入水中，染黄了流水，一路向南奔涌。推土机呼啸而过，岸上的东雷一级站转眼间被夷为平地，连同那些过往，一起埋葬。

父亲站在不引人注意的角落里，老泪纵横。

风吹过，河水泛起一圈圈涟漪，慢慢变成一个个浪头，拍打着黄土堤岸，无数前尘往事涌过。

已经退休的章骁美，虽有伤感，依旧忍不住应景地吟出：

> 大江东去，浪淘尽，千古风流人物。故垒西边，人道是，三国周郎赤壁。乱石穿空，惊涛拍岸，卷起千堆雪。江山如画，一时多少豪杰。
>
> 遥想公瑾当年，小乔初嫁了，雄姿英发。羽扇纶巾，谈笑间，樯橹灰飞烟灭。故国神游，多情应笑我，早生华发。人生如梦，一樽还酹江月。

泪眼婆娑中，父亲从章骁美的脸上看到了岁月的留痕。

"那年咱们来这里还是一片荒滩，起初蛇鼠和芦苇丛里的野鸟见了我们也不害怕，后来被捉多了，它们才把河滩给我们腾出来。总干渠会战那几年，十三万人同吃同住，挑灯夜战，那场面，今后不会再有了！"

"还记得五子吗？他就在这一块落水的！"

五子发小的话让人们想起了水生，想起了小文……，想起了为了这座工程英年早逝的五十八个人。

"要是他们在，也是儿孙绕膝了，可惜哪，除了咱们，人们都想不起来他们的名字。"

"这几年，难得孩子们年节回家守在跟前，坐在平房的麦囤前，想起年轻时候经历的艰辛，忍不住给他们讲当年极度缺水，人们往返半天从沟底挑水的辛苦，他们惊讶地问为什么不用自来水呢？他们生到好时代，没受过艰难，以为日子一直就是这样。"

"是啊，条件好了，人们竭尽所能把最美好的生活给孩子们。至于这一代人在抽黄建设时期所受的艰辛，仅仅凭抽黄志极简的大事记年表，仅凭这想让人们记住太难。我们这群参与建设的人知道，渭北人民从常年挣扎在温饱线到如今的富裕小康，这中间需要多少人的艰辛付出！红旗渠之所以能够被人们记住，是参与这项工程的人用文艺形式恰到好处展示了这座工程的艰辛，记载了一代人为美好生活的无私奉献引起人们心底的共鸣。六七十年代缺衣少食，参加水利建设是农村的一项基本工作，所有上水利工地的情况都差不多，人们所受的苦大同小异。只要有人记录那些故事，都会引发共鸣。"

章骁美的话引起了人们的共鸣，眼前闪现过从金水沟拉石头到东王，从土崖取土到工地，铁钎子在红胶泥上凿出的群英洞，世上最累的活，莫过于此，可是没有文字记录，连自家的儿孙都不相信，又怎么能指望别人记得住呢？

推土机来来回回，老人们泪光闪闪，眼睁睁看着那座承载了青春的泵站化为废墟。一幕幕画面从眼前闪过，往事并不如烟，能被时间淡忘的，是因为没有走进生命。

抽黄工程管理中心党委书记、主任李晓光站在土堆上，静静听着这群老人的对话，感慨地说："大家说得好！黄河是中华民族的摇篮，是历史文化的发源地，这条河每一段都有人类繁衍生息的印迹，有的变成化石，有的变成传唱千古的故事，更多的被历史长河淡化。我们一定要在这里建一座展览馆，让长眠在此的五十八位英雄不被遗忘，一定要把抽黄工程对整个渭北的改变记录下来，让十三万人奋斗的足迹不被湮没。"

父亲的思绪，随着李晓光的话，飘向了遥远而贫瘠的年代……

二〇二二年国庆日，东雷抽黄工程展览馆建成盛大开馆，人头攒动的大厅里有父亲的身影。他的生命与抽黄工程在五十年前就结缘，他为此而骄傲无悔。建馆过程中，他曾步履蹒跚地来过几回，他为半个世纪前参与抽黄工程建设而无比自豪。

他与最早一批"抽黄人"的青春，在抽黄纪展览馆将被还原，被世人所熟知。

第一章　西流畅想

1

风从渭北旱塬掠过，皲裂成龟甲的土地上，金色的阳光染黄了禾苗，它们耷拉着叶子，垂着头，艰难地从泥土板结的罅缝里撑出瘦弱的躯干。在阳光的逼视下，无处躲藏的身子瞬间又矮了一寸。

父亲跟在爷爷身后，神情肃穆，虔诚地叩着"嘭嘭嘭"的响头。年幼的他尚不知道，老天根本靠不住，他和爷爷虔诚而自虐的跪拜中，瓦蓝瓦蓝的天空并未闪过一丝云彩，骄阳如火，田野一片萧索。

瘦瘠的沟梁上，父亲跟在爷爷身后挥舞着锄头，从边坡的草堆里开垦出一绺绺窄窄的槽，撒上种子。汗珠吧嗒吧嗒落到地面，瞬间就被吸干。良久，爷爷抹一把汗，抬头看着湛蓝湛蓝的天，说："老天爷，赶紧下一场雨，苗就能出全。"

四季轮回的风，自是没有回应，它们榨干了人们的油脂与水分，在瘦瘠筋骨的脸上刻出一根根深浅不一的线条。年复一年持久的干旱，吸干了田里的水分，磨平了一茬茬人的血性青春，让一群群饱受磨难的生灵，悄无声息湮没在干燥的渭北旱塬。

光阴把人连同村庄糅进历史长河，日复一日，地老天荒。

故乡在河西的土塬上，黄河出龙门，穿过晋陕交界的汾渭断层峡谷，一路向南，奔腾直下。两岸厚重的黄土层起伏绵延，风雨的长久冲刷，使地面形成介于平原和高原的特殊地貌。渭北旱塬地处关中平原向黄土高原过渡地带，塬上沟峁交错纵横，黄土的疏松使雨水很难存留，水资源匮乏，土地贫瘠，年降雨量少，使得这片土地上的人们为了吃饭，不得不把所有脚步能够到达的沟峁都撒上种子。

人往高处走，水往低处流，河穿越而过的峡谷气候湿润，土地肥沃，插根扁担都能长成椽。西边塬上，一望无际的黄土平原上，村庄里的房子随着时代与主人的喜好变来变去，唯一不变的，是盘踞在村口的龙王庙。

祈雨，是旱塬人长久以来的必修课程；水荒，是严重影响了这片土地上人类繁衍生息的自然灾难。

二十世纪三十年代，渭北连年大旱，水荒让人们惶恐不安。春天是最难熬的时节，许多家户断了炊烟，随着旱情持续，告罄的面缸，光溜溜的地皮，奶奶跟着村里的妇女们把周边数十里能吃的树皮草根都吃得差不多了，贫穷与饥饿让人们丢掉了最后一丝尊严，卖儿鬻女这样的事情，人们听得多了，一脸麻木。

旱魃肆虐，渭北一带的庄稼近乎绝收，村庄的井枯了，没有水，田野一片荒芜，飞扬的尘土给村庄蒙上一层灰黄，人们衣衫褴褛蓬头垢面，满面菜色，目光呆滞地行走在田间，一株草，一片水分未曾褪去的树皮都会令人欣喜若狂，那可是荒年救命的食材。

整整一个春天，人们绝望地看着天空，没有一丝云彩，太阳如同火球，不知疲倦落在干燥的土道上、荒芜的田野里、绝望的人群中。

"老天哪！你睁开眼看看，还让不让人活……"爷爷的脸蜡黄透亮，那是饿到极致的人，皮肤呈现出一种诡异的透明的黄色。父亲推着他，站在西塬坡头，父亲的腔调和当年的爷爷一模一样。

几天后，荒芜的田里堆起一个小小的土冢。父亲声嘶力竭，爷爷和祖辈们一样，没有等到衣食无忧那一天，他不甘心闭上眼睛，被父亲连同五谷的种子一起种到泥土里。

百米土塬下的狭谷，草木茂盛，庄稼葱茏。持续的干旱使河变瘦，它平静地一路向南，所过之处，两条带子般的绿地与身后遍野枯黄对比，刺得人眼痛。

骄阳炙烤着大地，玉米苗耷拉着细瘦蔫黄的叶子，低着头像承认错误的孩子，老天毫不悯惜，它用灿烂热烈的光逼视着它们无处躲藏，直至农人的希望一点点变成失望。

长者说，"上武帝山吧！"

汉子们知道，村庄实在熬不下去了。

黄历选定日子，天尚未亮，村口的香案摆满祭品，老族长焚香沐浴，恭恭敬敬跪在佛像前面，喃喃低语着众生之苦，一群汉子跟着他泣血长拜，**繁冗的祭拜仪式结束，踩着吉时，他们循着祖宗的足迹，开始了悲壮而自虐的祈雨之路。**

坎坷不平的土道上，汉子们赤着脚，一步一叩首，荆棘与碎石刺破了赤脚，血痂结了掉，掉了结，累累叠积，脚板黑红如铁，触目惊心。火球般的太阳炙烤着大地，汉子们匍匐着身子，以最谦卑的姿态如泣如诉，等到武帝山的祈雨台，蓬头垢面衣衫褴褛的汉子早已失了人形。

祈雨并未能改变这片土地的灾情，悲壮自虐的仪式并未感动苍天，旱情还在持续。

人们明白，数千年来龙王从来就靠不住，却又想不出其他办法。

2

二十世纪七十年代初，旱灾对渭北大地的摧残触目惊心，震惊了地委书记李登全。

随后召开的"北方农业会议"，把渭北旱塬水利建设提上议事日程。

一九七三年，李登全在渭北三县调研走访。吉普车走到大荔范家两宜一带，一道土塬，河滩的华原和塬上被分为两个世界。

一路枯黄僵硬的黄土台田，几道弯坡后被甩得看不见，面对眼前浓得化不开的绿，李登全说："你们看华原像不像江南？这才是关中平原的白菜心。"

"是啊，西塬和这里就像两个世界。"

"有了水，连这千年土崖也柔媚了。"

强烈的色彩反差冲击着一行人。一路向北，进入合阳的路井和家庄，平坦的土地上稀稀拉拉长着豆类番薯等耐旱低产的作物，与河滩葱茏的青纱帐相比，恍若荒漠。水壶里没水了，司机停下车走了半条巷道，居然借不到开水。

李登全走进一户人家，问正在院里撒萝卜种子的老汉："老叔，你这里有没有热水。"

老汉上看下看许久，说："你是外地人吧！渭北民谣唱宁给半个馍，不给一碗水，指的就是我们这里。水金贵着哩！每天天不亮，村里的精壮劳力都要去沟里挑水，往返就是半个早上，刨去路上洒的半桶，这一桶半水是全家人畜一天的全部用水。家家洗脸吃饭都要算计着用，你拿一个大水壶把人都吓住了，谁家敢烧这么多开水！"

李登全给老汉发了根烟，"叔，合阳不是修了机井吗？"

老汉一脸不屑："你看看这地势，打井的一看就跑了！有啥办法，我们这里一年降水极少，广种薄收，年年缺吃少喝没衣服。哎，老辈人说，咱旱塬的人就是苦虫。"

李书记看着老人说："老叔，你放心，党和政府就是让我来了解这些情况，解决问题的！"

吉普车渐远，老人看着尘土飞扬的土道："又来了一个吹牛的，祖祖辈辈都是这样，能有啥办法？"

土地干涸已久，田野上长满了大大小小的裂缝，那是大地被风撕开的裂口。田间的禾苗稀疏瘦黄，风起土涌的巷道里，半大孩子追赶着玩耍嬉闹。一个衣衫褴褛的黑瘦老汉，在稀黄的庄稼丛里哀求老天下一场雨。

李书记在车上说："早知道渭北干旱，原以为在大荔、合阳、韩城黄河沿线修建的百余座小型泵站会缓解旱情，改善用水困境，现在看来不过是杯水车薪，根本解决不了问题。"

沿途景象凄凉，车上气氛凝重。吉普车驶过合阳县城，一路向东拐过东王坡头。坡底一条白练隔开了晋陕两省，河两侧层绿叠嶂，大片的花生玉米棉花郁郁葱葱。

"真美！什么时候西塬也能变成这样呢？"

一群鸟从滩涂上空飞过，很快消失在西边的黄土塬上。看着远去的鸟，看着空流的河，有人说："能不能通过电力提灌，把黄河水提升到黄土塬上，再通过泵站渠道向西输送到田间地头呢？"

在场的人哄的一声都笑了，"自古以来，人往高处走，水往低处流，黄河进入合阳地界，河床处在地势极低的狭谷地带，畅流无阻。西塬与谷底有近二百米的落差，这么高的土崖，打井都没有几眼能成功的，还想着黄河水爬坡上塬，简直是白日梦。"

"两千多年前的郑国渠如今还在使用，那时生产力极度落后，修筑如此巨大的工程，难度可想而知。现在看，郑国不光睿智，更有胆识有远见。实践证明，只有敢想，才有机会创造奇迹。有了让黄河之水向西流的梦想，不试一下怎么知道不行？"李书记看着高飞的鸟，若有所思地说。

李登全提出黄河西流的设想，很快引起各方重视。

同年，陕西省革委会主任带着一群水电专家从黄河边考察，提出建一群泵站，通过层层电力提灌，引黄河水上塬，彻底改变渭北的水荒的初步设想。

一九七三年八月十七日，陕西省水电局办公会议召开。

会上李远山讲起了渭北旱塬现状与修建工程的长远意义，他说："渭北旱塬实在太穷了，若不发展水利，靠天吃饭，旱塬人民的温饱问题始终无法解决，这是个死循环。"

"渭北的情况李登全同志已经汇报过了，省委班子讨论后认为，水利是农业的命脉，要彻底解决人们的吃饭问题，就一定要搞这个工程！毛主席说，一定要把黄河的事情办好！怎样办好呢？我们初步决定，先从省水电设计院和各县水电局的技术人员中选拔一批尖子，再从兄弟灌区抽调一批有经验的技术人员，这些人把好技术关口，民工由各县抽劳。从渭南地区粮食局借调一位副局长，专门负责协调工地粮食供应。随后工作中遇到新的问题，咱们随时沟通想办法。我相信，有省委地委和县上的支持，有渭北团结一心的人民，我们一定能把抽黄这件事办好！"省委书记信心满满。

会议决定筹建东雷抽黄工程。

3

一九七四年一月十八日，陕西省水电局在西安召开由省水电设计院、渭南地区水电局领导以及韩城、大荔、澄县、合阳、潼关等各县领导参加的抽黄工程设计工作座谈会议。会议决定，由陕西省水电设计院和渭南地区水电局及有关县水电局共同组成三十多人的设计组，二月十日全部到达合阳县，集中开展工作。

合阳政府招待所迎来第一批抽黄工程设计人员，经会议推选，王毓为组长，张英、李慎为副组长，会议确定先补充任务书，三季度提出设备清单，年底完成初步设计。十七日，陕西省革命委员会基本建设委员会以陕革建发〔1974〕198号文件向国家建委、水利部报送《关于关中东部高原抽黄灌溉及淤灌工程初步设计的报告》。

"国家要建抽黄工程了！"

"听说这个工程建成，黄河水能西流上到塬上，咱们村的土地和河槽子一样，都是水浇田！"

"黄河水咋能上塬呢？"奶奶想不明白。

"水泵！"刚从大队部赶回来的父亲说。

"这得要多大的水泵呀！"

大队部里，队长刚从公社开完会，兴奋地给父亲他们讲，为了保证粮食丰产，国家准备在渭北修建一座大型电力提灌工程，建好后黄河水就从村头流过，渭北人民将不再为水所困。父亲他们听了后一个个摩拳擦掌，恨不能立刻飞到施工现场。

沙丘上星星点点的绿提醒人们，春天到了。风一吹沙流动着，跳跃着让某个低谷凸起，很快又有风削平了凸起的沙丘，来来回回。设计组成员穿梭在沟卯山梁中，经反复勘察论证，最终决定渠首一级站的进水闸选址于黄淤五十八号断面上游。根据设计，进水闸把黄河水引流进入一级站，经电力提灌流入总干渠。总干渠从一级站起，沿黄河右侧滩地一路向南，至大荔县华原乡南侧一公里左右，全长约三十五点五公里。沿总干渠西，一字排开东雷、南乌牛、加西和新民四个二级站。

太里村一个毫不起眼的院落里，连续几天昏黄的灯光接住了天边的朝霞。核心小组的八名同志通宵达旦工作着，开工前的准备工作翻来覆去检查，唯恐哪一处有疏忽。开工时大家信心满满，认为方案已考虑得很周全，然而到施工现场才发现，那些充其量只能纸上谈兵。

这个工程不光是没钱，人才更是奇缺。

一张图纸画好后现场技术员看不懂，不得已核心小组的成员又要瞪着血红的眼睛熬夜从基础知识给这些技术员讲起，讲着讲着天又亮了，来不及休息，又该忙第二天的事了。

施工队的厨房，设在太里村的大队部。水煮白菜清炖南瓜土豆，显然不能满足长时间穿行在山梁沟岇上的人们的体力消耗。来自苏南的技术员小郭吃不惯北方的面食，几天下来撑不住了。那天在沙丘上测量，突然感觉腿发软，半天站不起来。夜里小郭梦里呢喃着家乡的鱼米，引起了几个南方年轻人的共鸣。睡不着，隔着木窗一轮明月清凌凌挂在天空，小郭低声说："不知道故乡的月亮和这里的一样不？"

乡愁是传染的。有人开了头，更多的人想起了故乡，说，"故乡四处都是小河，落在水里的月亮更圆。"河滩的风吹着哨子从门缝窗缝挤进来，"家乡这个时节人们都穿短袖了，这鬼地方真冷！"

相比较吃不饱，住宿更是敷衍。临时解开的泡桐树，树皮来不及刮掉，就被几个大钉子钉到一起成了床板。一排散发着泡桐清香的床板排成大通铺就是宿舍，屋子年久失修，四处漏风，河滩潮气重，阴雨时节被褥都能拧出来水。

核心小组的技术员们以前参与的电力提灌工程，最多超不过三级取水。而这一次，从东雷到最末级取水的路井西吴与澄城许庄泵站，沿途要经过八级电力提灌，中间跨越几个地势复杂的县区。仅仅河滩这三十几公里的干渠，就有黏度极高的红胶泥，有直立性差容易坍塌的黄土崖，还有大大小小的沟沟坎坎，这样复杂的地貌在陕西电力提灌史是史无前例的。核心小组成员发现到了这里，所有以前积累的经验都用不上，唯有一边施工一边根据实地情况再做设计调整。

在沟卯山梁上奔波了大半年，七月底，所有参与这场劳动的人们从面相上都老了十岁。工程概算出来，省水电局办公会议根据专家们列出的清单汇总，报"七五"计划安排：关中东部抽黄工程国家投资高达一亿两千九百四十八万元，地区拨款五百一十七万三千二百元。在当时，上亿的资金，那是天文数字。

一九七四年十二月，渭南地委同省水电局、省水电设计院在渭南召开了抽黄工程专题会议。东雷抽黄总指挥部设在合阳，工程设计主要由省水电设计院承担。随后，向国家建委、水电部报送《关于关中东部高原抽黄灌溉及淤灌工程初步设计的报告》。

第二章　信念时代

1

　　一九七五年一月十五日，渭南地委书记李登全在合阳县主持召开抽黄工程筹备工作会议，决定成立关中东部抽黄灌溉工程指挥部。在讨论兴建抽黄工程的地委常委会上，面对人力、物力、财力极度匮乏的情况，时任地委副书记的冯光荣毅然报名上抽黄。地委同意了他的意见，决定由他负责抽调干部组建抽黄工程指挥部。地委常委兼大荔县委书记范云科、大荔县革委会副主任晏运轩、合阳县委书记李昱祯、澄城县委书记孙天福、韩城县委书记篓斌生等七十多人参加会议。会议对东雷抽黄工程的施工步骤、负担原则、上劳比例、砂石采集、占地等问题进行讨论并制定出方案。

　　二十一日，渭南地委常委会议决定"关中东部抽黄灌溉工程指挥部"挂牌，组建工作由冯光荣同志负责。会议敲定了相关岗位的人员名单，立即进行岗前培训。

　　正月初五，爆竹声中，年近花甲的冯光荣带领指挥部先遣人员来到合阳，一块床板、一张桌子就是他的家。由于资金尚未落实，办公没有桌凳，先遣人员大多数就睡麦草。面对恶劣的环境有的同志心有怨言，冯光荣动情地说："咱来是干事的，不是享福的。我们要发扬延安精神，自力更生，艰苦创业，只有沉下身子干实事，才能谈到为人民造福。"

　　李登全和冯光荣两个人坐在土梁上，遥望着东边静默南流的黄河，沿河的村庄稀稀拉拉，斑驳的土墙，鸡飞狗跳的巷道里，半大的孩子穿着破烂的衣裳跑来跑去。"光荣哪，穷是农村的通病，穷应思变。对于靠天吃饭的纯农业县，兴修水利，保证农业丰产丰收才是唯一出路。"

"李书记，远景谁都能想到，眼下的日子咋过？古时打仗都是兵马未动粮草先行，现在人员召集得差不多了，后勤保障我心里真没底。工程开始，成万人的吃饭住宿，工地的材料机械厂房宿舍，水泵电机等各种大型设备，哪一样能离开钱？"

李书记说："是啊，这金黄色的河里也没说漂一堆金子过来。"

冯光荣说："等黄河水上了塬，渭北旱塬就点石成金了。"

"抽黄工程要想顺利实施，必须尽快争取列入国家基本建设计划。"到省上汇报工作时，省委书记对冯光荣说。为了使抽黄工程尽早列入国家基本建设计划，冯光荣拖着病躯数次赴京汇报。

为了争取全社会对抽黄工程的了解与支援，冯光荣苦读地方志书，陪同地直单位和中央、省驻渭单位相关领导同志来到条件艰苦、规模浩大的施工现场，不厌其烦地给大家讲述渭北历年的旱情、民情，介绍东雷抽黄工程实施的必要性与紧迫性。讲完工程现状和远景规划，他说："工程开始了，要钱没钱，要物没物，在这一穷二白的情况下，一定要把这座工程建好。今天厚着脸皮叫各位领导来，其实就是乞讨。为了工程早日竣工，为了渭北人民能早日吃饱饭，希望在场的各位给予大力支持，我冯光荣和渭北人民会铭记你们的恩情。"

冯光荣朴实无华的语言使在场的干部深受感动，他们纷纷表示会全力支持这件事。随后资助抽黄工程的钱物相继得到落实，干干停停的工程困境得以缓解，极大减轻了陕西省与渭南地区政府的压力。

太里湾防护堤续建工程是最早开工的。计划实施起来并不顺利，此地地表情况复杂，实地施工与图纸差距较大，李汉星带领的设计组一边施工，一边重新画图纸。距离关中东部抽黄工程指挥部在太里湾举行万人誓师大会的日子越来越近，工程进度与原定目标差距较大，设计组的压力越来越大。

八月的河滩无疑是美的，沿着河床，沙丘上的白茅根一簇簇吐出了白絮，与滩涂里的芦苇花絮遥相呼应，野鸭子与野鸟在浓密的草丛里蹿来蹿去，鸡心滩上的棉花吐出大朵大朵的棉絮，河滩的玉米花生郁郁葱葱，与西塬上那矮黄枯瘦的庄稼形成鲜明对比。

冯光荣站在太里村坡头，看着塬上塬下两个不同的世界，动情地对设计组同志说："如果不搞这个工程，塬上塬下就永远是这样。要想彻底解决塬上人的用水难，唯有把这个工程搞好，圆了渭北人民的水梦。"

八月十五日召开会议，冯光荣说："今天召开会议，主要是安排随后的工作。设计方案已经出来了，三十日誓师大会一过，大批的民工就要正式上工地。这些人来自受益灌区的三个县各个乡镇，最近的几十里，远的要一百多里。一旦开工，他们就要住在工地。河滩村庄稀疏，人烟稀少，一下子涌来上万人，一定要把方方面面存在的问题都考虑好，不光要解决好吃住问题，还有上万人管理，各县的任务分配等等。人多了，无论哪个环节考虑不到，一旦出事就是大事。大家商量一下，这上万人该怎么管。"

"按生产队划分，队长带队。"

"这得分多少个队哪！三个县，多少个乡，还有技术人员，按生产队肯定不行。"

"村里不是有民兵训练嘛，按民兵管理怎么样？"

经过一番讨论，最终决定对民工参照部队管制，按各乡各大队划分，进行军事化管理。

陈年的沙在风的催动下，高一堆低一堆，稀稀拉拉的芨芨草点缀在荒烟蔓草的河滩上，冯光荣坐在河边，对着坐在身边的技术员说："这沙丘上要是都长成密密麻麻的庄稼，咱们就不用为上万人的衣食住行发愁了。你说，怎样才能解决上万人的衣食住行，让民工们专心干活，没有后顾之忧呢？"

"冯指挥，你说的这个我想不出办法，众人拾柴火焰高，还是开会让大家共同想想。"

"对，三个臭皮匠顶个诸葛亮，开会！"

会场上说到上万人的吃住困难，合阳县武装部长站起来说："不要紧，部队奔赴前线的环境要比这恶劣得多，但从来没听过战士因为吃不饱睡不好影响战绩。这几年各村的小型水利工程就没停，施工现场应该是啥样子大家心里有数。上工地前各村把这里的情况说清楚了，第一批来的是骨干，他们年轻有为，善打硬仗。这几天看了一下，从东雷往南五里有两排部队的营房，指挥部协商腾出几间作为库房。现在才八月，正热呢，男人可以露宿，上工后让一部分人抓紧时间扎窝棚，要是到天凉时窝棚还不够，山腰上的窑洞也能对付一阵子。"

有了思路，人们马上沿着这个方向补充，技术员说："河滩有不少树，让木匠们把树伐了解好晾干做床板。天凉后，铺板和窝棚都搭好了。"

大家一致认为，第一批来的民工不光政治素质过硬，思想觉悟高，还要腿脚麻利，干活有经验。当然除了普通民工，木匠油漆匠泥瓦匠更是必不可少。听了大伙的意见，冯光荣动情地说："同志们，当年长征时红军的处境要比咱们这个工程艰难多少倍！但他们有着坚定的信念，不怕流血牺牲的精神，最终排除万难取得了胜利，如今的条件要比那时候好得多，咱们还有啥理由不好好干呢？把愚公移山大禹治水的精神拿出来干抽黄，不信干不好！"

2

开工那天，二十多岁的父亲连同他的发小水生还有一大帮年轻姑娘小伙子揣一兜梦想，叽叽喳喳坐在解放卡车上，来到了距家百里之外的太里湾。太里湾的土道上，尘烟滚滚，来自合阳、大荔、澄县三个县的小伙子姑娘笑着说着坐着小四轮，驾着马车从四方赶来，关中东部抽黄工程指挥部数万人的誓师大会在这里举行。

"啥叫人民的力量，啥叫劳动场面，啥叫万人大会战，那种气魄与气场，人人无所畏惧的豪情，只有在现场才能真正感受得到，后辈人是无法想象的。在那一刻，我真正理解了'热火朝天'这个词语。"多年后，躺在病床上的父亲总是长久地沉浸在那段久远的岁月中。

河滩里挤满了人，按照原定计划，民工一律采取民兵管理模式，合阳片区分为坊镇营、黑池营、路井营等等。各营的领队是乡长，营以下以生产队划分为排和班，村长支书队长成了排长班长。整个工地实行军事化管理，按时上工，统一食宿，不允许随意外出。

西边炸土的炮声隆隆，北边河滩上彩旗猎猎，大喇叭里铿锵有力的革命歌曲听得人热血沸腾。广袤的河滩，它曾在历史的长河里沉睡了数千年，这一刻被一群东雷汉子的锣鼓阵阵所惊醒。他们赤着身子挥舞着鼓槌，锣鼓铿铿锵锵，鞭炮震天惊飞了芦苇丛里的野鸟。那些鸟探头探脑地窥视着车马喧嚣，仓皇地隐入更深的草丛中。架子车、拤恰车甚至鸡公车的车辙，不断碾压在沙土上，不到下午，河滩上硬是被压出了一条瓷实白光的大路。

"毛主席说，一定要把黄河的事情办好，怎么办好呢？我们要发扬无产阶级斗争精神，一不怕苦二不怕死，齐心协力，人定胜天！"冯光荣看着宏大的场面，干劲十足的人群，动情地说。

"一定要把黄河的事情干好！"

"一定要把黄河的事情干好！"

人们回应着冯光荣的号召，大声喊着。数万人声动，如阵阵惊雷。

大喇叭里高昂激越的口号声，引领着数以万计的青年男女热血沸腾，他们在荒凉的黄河滩上努力奋战。各营领导领回任务，一群年轻人的呼喊声响彻云霄："我们一定要把黄河的事情办好，才能给党和国家一个圆满的交代！"

"水不上塬不回家！"

工地上的荒草差不多一人高，指挥部发现河滩的村庄极为稀疏，仅有的几个与施工现场相隔甚远而且太小，根本容不下这么多人。八月是河滩最美的时节，夹杂着水汽的风吹过，微凉。晚上，姑娘们住在临时搭起的棚子里，小伙子们则随意在清除过草的空地上对付一个晚上。对于在旱塬长大的小伙子们，这种天作被子地作床，枕着涛声数着星星的夜晚，新奇而美好，很容易引发更美的梦。

父亲睁大眼睛，看着与西塬不一样的风景。自然如此神奇，同一地区，有的地方总是闹水荒，有的从不缺水，河为什么不长在西塬呢？白天实在太累了，小伙子们平躺在沙地上，很快响起一片酣畅的鼾声。

父亲看到一小潭水，在月光下亮晶晶的。他像个小孩，赤脚奔过去掬起一捧洒在脸上身上。其时月亮被晃成碎片，他才把脚泡进去，轻轻搓着。

四处都是人们行走的声音，河滩的原生居民很是惊恐，野鸟偷看一眼密密麻麻的人，匆匆跳入芦苇深处。蛇躲在崖畔的草木中为被人侵占了地盘懊恼，趁着夜深，它们游过来打量一下架子车、牛车这些新奇事物，偶尔会潜入窝棚打量一下这群不速之客。半夜的窝棚里一惊一乍，那是被蛇惊醒的姑娘、小伙子的喊声。年轻的汉子挥舞着铁锨洋镐，很快就让这些好奇者有来无回。第二天，工地的厨房炖肉的香味会传很远。吃了几次亏，蛇们也聪明起来，它们不再招惹这群战天斗地的人们，悄悄迁向更深的草木丛中。

最令人头疼的是蚊子。

除了冬天，晴好的午后，它们如同轰炸机，在人们头顶盘旋，伺机而动。即便经过烈日暴晒，这群汉子早被锤炼得皮糙肉厚，蚊子自有办法穿透，它们轮番攻击着上厕所脱掉裤子的人，在人们防守最薄弱时种下几只红包，挺着鼓鼓囊囊的肚子扬长而去。

"蚊子咋这么聪明？"

"蚊子哪有人聪明！我们很快'发明'了土办法：厕所角落长年点起艾草，艾草燃烧的烟气除臭驱蚊，蚊子无法下口，终于换来人们如厕时的片刻安宁。"

夏天不堪蚊虫与蛇的困扰的人们盼冬天，冬天来了。

迎面扑来的湿冷袭击了一直生活在旱塬的人们，瞬间如同掉进冰窖。为了赶工期，人们在工地吃饭。繁重的体力劳动，无法抵御寒冷的薄衣单裤，只有通过不断劳动才能缓解快要被冻僵的躯体。饭从厨房抬到工地，结起一层冰碴。经过一整晌辛苦劳作的人们饥肠辘辘，哪还顾得上蒸馍外边包裹的那层割口的冰锋！来不及洗手，赶紧抓起来填肚子，哪知道一口咬下去嘴角都是血！看着工友嘴角的鲜血，听着"咔嚓咔嚓"的声音，人们戏谑称之为"冰碴饭"。

3

誓师大会之后，为了鼓舞士气，各营间展开了劳动竞赛。冯光荣看着半饥半饱、缺衣少食却一路小跑的人，打心底叫好：真是一帮好青年！

穷是通病，也是困扰着每个当家人的最大问题。工程要进行，面对粮食与物资的巨大缺口，冯光荣却不知道该找谁。愁得一夜一夜睡不着的他，拖着多病的身子多次奔走在省市之间，讲述着抽黄工地的艰辛，并鼓动大家来现场看看。简易的施工现场，匮乏的物资，落后而稀缺的机械，干劲冲天的成千上万的青年男女，感动了前来的领导们。他们纷纷表态，回去竭尽所能给予抽黄工程物力人力上的支援。

父亲他们施工的渠首，选址右侧是千年黄土崖，左侧濒临黄河，因地势的局限性，施工难度极高。各营领到任务后，抽调出一部分精壮民工，利用山坡台阶搭棚打洞，炸石修路。

工地上川流不息的架子车，慷慨激昂的大喇叭，人声鼎沸，到处都是忙得脚不沾地的人。暮色里炊烟袅袅，"开饭喽"！随着这一声喊，人们才停下飞奔的脚步，迅速狼吞虎咽着简单的晚餐。

吃完饭趁着月色，木匠与泥瓦匠加班加点在空地上扎窝棚，父亲他们挑灯夜战赶进度。等到天冷，最后一批露宿在河滩的小伙子们搬进了新家，冯光荣才松了一口气。窝棚的四周，炊事员和下工的人们忙着翻地锄草，早早撒上萝卜白菜菠菜等易活蔬菜的种子，河滩地肥水旺，才几天地面就长出绿油油一片。每个月初，各村按照指挥部的安排，把分摊的粮食足额交到粮站，每天下午各营管工分的队长给粮食局长汇报未来三五天的投劳人数。粮站根据他们报来的人数，准备好工地三五天的面粉提前送到，以防雨雪天气东王坡结冰打滑，运粮车下不来，影响工程进度。

为了修建抽黄工程，各村的粮食首先保证工地用粮，队长领着村民按分派的份额把粮食送到粮站，轮到社员时粮食所剩无几。父亲讲起有一年他去村里拉粮，有个老人哭着拽着牛车装好的粮食不放手。彼时渭北连年大旱，庄稼歉收极为严重，队里的粮食根本无法保证社员的生活所需。队长也舍不得，可他知道粮食必须要送到工地，只有早日修好抽黄工程，才能从根本上解决吃饭问题。

连年大旱，熬到春天日子实在熬不下去了，田野里刚冒尖的各种野菜树芽，早被采撷一空。人们瞅着泛着灰色的麦苗，想摘一把回家。队长早看透了人们的想法，他派了一群半大学生日夜巡逻，那帮愣头青特别负责任，地里的麦苗是全村人的口粮，敢偷麦苗就是搞破坏。

饥饿令人恐慌，听说黑池已有人跑出去逃荒讨饭。

大喇叭里传来声音："上黄河不光给记十分工，白馍馍不限量管饱！"

马上一大群人挤到大队部，"真有白馍馍吗？"

"不光有白馍，还有油泼辣椒干捞面！名额有限，想去的赶紧报名，迟了人招够了我也没办法。"在一个村也拿不出二十斤白面的时代，谁能受得住这样的诱惑。

父亲去田里撒粪，喇叭里说工地上顿顿白馍馍，父亲并不相信。作为一个从记事起全家长年为吃饱饭发愁的渭北农民，始终觉得白馍是一个遥远而虚幻的梦想，人们全年奔波在田间，只有逢到几十年一遇的风调雨顺，粮食丰收了，才会在年节时吃上两顿白馍馍。

队长碰见父亲，他瞅了几眼已经长成青年的父亲说："工地不光有白馍，最重要的是这座工程建成投入使用之后，整个渭北就成了水浇田，到那时咱子孙后辈再也不会为吃饭发愁。你不去吗？"

"有白馍吃很重要，子孙有白馍吃才是正道。当然要去！"父亲听到队长的话热血沸腾。

"你注意听广播，就这两天。要抓紧！想去的人多得很！"

大队部的广播里，支书铿锵有力读着关中东部抽黄指挥部的文件："中华儿女有志气，携手高举特色旗，坚定不移跟党走，齐心共助国崛起！同志们，伟大的东雷抽黄工程马上就要开工了，希望大家一如既往，发挥一不怕死二不怕苦的精神，早日打赢这场人民的战争！"

父亲和水生这帮小伙子，不等村干部把文件念完便蜂拥而上。

一九七五年八月，渠首施工时，冯光荣听从李汉星的意见，指挥中心决定从几个点同时开工。父亲他们所在的路井营归属合阳指挥部，负责渠首隧洞的施工；大荔指挥部负责一级站前进水闸的施工，草土围堰是进水闸的一部分。

草土围堰修建在一级站闸机前的取水口。根据设计，渠首进水闸由黄河直接取水，钢筋混凝土浇筑的闸身坐落在坚硬的砂质粘土层上。进水闸底板三百四十点三六米的高程比黄河枯水位低四点零五米，比汛前河槽最深点低三点三米，这样即使黄河脱流，主流道也不会距离引水口过远。只要人工临时开挖槽沟，拉沙引水，就能保证一级站正常取水。闸机处水文地质较为复杂，有近二十米的砂土层及滑坡堆积物叠成洪积坡积层，潜水位高出闸底高程四余米，所以闸机的施工要在水下进行。按照当时度汛要求，堰顶高程为三百五十四米，顶宽七米。草土围堰的堰体用草捆、土料分层夯实筑基，迎水一面防冲的草捆每捆长一两米，直径半米，用草绳或圆铅丝围扎三道，再将两捆合一组，从中间扎实。草捆平铺后，用散草填空，上边覆二十至四十厘米的土夯实，这样一层一层填到堰顶。同时用净土夯实，使堰体稳定。此时正处在黄河汛期，进水闸前，河水湍急，河面高出闸机数米，要在此地开工的难度可想而知。

由于河底施工不可预见的因素很多，所以要准备大量的麦草。太里湾的土道上，运草的架子车、牛车、手扶车昼夜不停，源源不断运来麦草。草土围堰的办法来自志书记载，领到任务的大荔营边学习边实践，草捆小了会被湍急的黄河水冲走，草捆大了又不好固定。

根据往年黄河汛期情况，九月底汛情结束。抽黄指挥部原计划这个时段施工，然而这一年的秋汛时间特别长，十月中旬黄河水位依然很高。在湍急的黄河主干道修建土堰，草一捆捆投下去，打个旋，十有六七会被冲走。日子一天天过去，工程进展极慢，再拖下去天冷了河里施工更难。负责此段施工的大荔县抽黄指挥部着急了，连续几夜召开紧急会议后决定，立刻召集百余名会游泳的民兵组成突击队，配备三条抢险船，昼夜不停抢时间筑围堰。

4

二十三岁的雷北小伙五子，从小就跟着大人去黄河滩浇地拾棉花花生，暑假和一帮毛头小子去河里摸鱼，水性不错。得到大荔抽黄指挥部要招一批会游泳的突击队员的消息，听着英雄故事长大的五子热血沸腾。他立即呼朋唤友，把工程部的办公室围住了。

突击队很快成立起来，围堰要从两头施工，逐步向中间合拢。两头临黄河的地方各租用一条木船固定好，一方面要挡住草捆，尽可能减少被水流冲走造成损失；另一方面要随时准备抢险。四班人马昼夜推进，突击队员打捆填土忙而不乱。因为干活积极又读过书，识水性，五子很快被提为雷北民兵排二班班长。

广播里唱着慷慨激昂的革命歌曲，播音员铿锵有力的声音读起表扬稿。

"表扬稿：××营同志发扬一不怕苦二不怕死的精神，用愚公移山的干劲克服重重困难，超额完成了指挥部下达的任务。"

"表扬稿：谁说女子不如男。××营铁姑娘班妇女能顶半边天，她们风餐露宿，和男同志一样搬起了大石头，筑起了堤坝。……"

工地上的土堆堆起了一座座小山，深挖方段的一溜溜土沟在阳光下熠熠发光。持续超强的体力劳动，最初的激情过后人们开始疲倦，甚至隐隐有了抱怨的声音。

怎么办呢？

冯光荣想起了流动红旗。

榜样的力量是无穷的，醒目的流动红旗，激发着每个人心底的集体荣誉感。轰轰烈烈的劳动竞赛，很快冲散了人们的疲乏，被抽调到突击队的人唯恐自己落后，愧对"突击队员"这个称号。脚下是湍急的黄河，小伙子们踩着摇摇晃晃的木船手脚不停，一边干一边唱，相互鼓舞。

方法得当，草土围堰的第一道小断面如期合龙。

十月十五日这天，黄河水流特别大，人们费力扎好的好几个大草捆刚一下水，就被湍急的河水冲走了。渭北的麦草，是农民做饭喂牲口烧炕取暖的主要原料，这东西金贵着呢！人们咬着牙把它给了工地，耗时耗工远远运到这里，可不是为了填黄河！几个人沮丧地盯着泛着泡沫的河水，恨不能跳下去把草捆捞上来。突击队长看了看汹涌的河水，说："水太大，吃完饭说不定就小了。"

饭桌上有人说起了起突击队的重要性，"突击队员和其他人不一样，他们应该给工地上万人做表率！"小伙子们听完这话，放下饭碗赶紧跑去河边继续施工。受到鼓舞的突击队员们一路小跑，结果一名突击队员因倒土时用力过猛，架子车掉进了河里，他眼巴巴看着打着漩涡的河水，不知道该怎么办。

一个大队才能有几辆架子车？这东西轻便灵巧，能运送大宗物资，可是村里的宝贝啊！草捆掉进河里人们都心疼不已，更何况架子车！他们在岸上叫着喊着跳着，现场乱作一团。

这时正在参加围堰施工的五子、王建军、张晓磊听到人们的呼喊，没有丝毫犹豫，立即跳进激流，向架子车落水的地方游过去。水深风大浪急，架子车在河心打了几个旋，很快没影了。五子他们在激流中根本看不见架子车的影子，几个人不死心，准备潜下去找一找。一位深知黄河水流凶险的老人大喊："快上来，河心有漩涡，危险！"

十月的河水冰凉，当他们向岸边游回时，明显体力不支的张晓磊突然脚抽筋，一个浪头打过，他再也把控不住被冲向下游。离张晓磊最近的五子听到岸上的惊呼声，立即转身向张晓磊扑去，当他抓住已经神志不清的张晓磊，一番奋力拼搏把他托到岸边。岸上的人群手忙脚乱把已经昏迷的张晓磊拉上去进行急救，却没有注意到五子已体力不支。

又一个恶浪扑过，五子很快被卷进漩涡。五子被旋向河心，转眼就看不见了。岸上的人急忙喊："快！五子被冲走了！"几个小伙子划着船赶过去，漩涡越来越大，根本没有办法下水，人们不得不退回来。

午后，残阳如血，群山鸣咽，河面一片平静。广播里，播音员用哽咽的声调读着五子昨天写的诗：

如今龙王任咱调

昔日无水禾苗焦，如今龙王任咱调。

改天换地党领导，万顷良田随意浇。

张晓磊站在平静如镜的河边，如血的残阳滚落在长河里，染得一河血红。他站在黄河边，湿衣服滴滴答答流着水，洇湿了河岸，他站在那里像一尊雕塑。

"娃呀，你哭两声，哭出来就好了……"

张晓磊像傻了一样，一动不动。

经过苦苦搜寻，人们在下游某个弯道处找到了五子的尸体。几个工友把他放到船上，精瘦的身体被泡肿后圆润了。他面容祥和，恬淡安静，闭着眼睛就像熟睡的样子。船磕磕绊绊，在众人的哭声里停到码头，张晓磊从岸上冲到船上，他跪在那张木板前，拼命地摇着那具早已发硬的躯体："五子你醒醒，我知道你在吓唬我，这水还没上塬呢，你咋能走！五子，你起来，走，咱干活去……"

尽管早知道黄河里作业有风险，父亲他们依然不相信生命会是如此脆弱。旱塬的人们不知道水的凶险，挤不到跟前的人从人缝中睁圆眼睛焦急地问："人怎么样了？五子水性好，应该没事吧！"

回答他的，是越来越多的哭声。

5

五子同志是第一个牺牲在工地上的烈士，一时间人们的心里转不过弯。工棚里五子用过的物品一直保持原状，旧而整齐的铺盖叠得方方正正，日复一日，再也等不到它的主人。

人们感慨世事无常。秋风萧瑟，一时间工地士气低迷，进度缓慢。

面对低落的士气，冯光荣深知难过归难过，工程还得继续。冯光荣一边擦着眼角一边说："把库房最好的木板拿出来，让木匠给五子同志做一副棺材，一定要做好，不能让英雄走得委屈。"父亲和所有在场的工友自发送英雄最后一程，送葬的队伍浩浩荡荡挤满了村子。

"五子长这么大，一直听话懂事，不给人添麻烦，可为什么是他？苍天你到底有眼没有……"

世间最残忍的，莫过于白发人送黑发人。

追悼会上，冯光荣哽咽着宣读了大荔县范家公社党委追认五子为中国共产党党员的决定，五子生前所在的雷北民兵排二班被命名为"五子班"。

"同志们，五子是为了抽黄事业而牺牲，我们一定要化悲痛为力量，继续完成英雄未竟的事业！"

"向五子学习！向英雄学习！"

一九七六年一月十日，中共渭南地委开展向社会主义献身的五子同志学习活动。号召全区广大干部群众学习五子热爱党、热爱社会主义，关键时刻无所畏惧的高贵品质。随后掀起一波向英雄学习的浪潮，万众一心，其利断金。在前期施工不利的情况下，草土围堰这项工程居然提前完成了。张晓磊呆呆地坐在进水闸外，脚下的黄河，后浪推着前浪跑，一路向南奔涌。

物资匮乏始终是工程的短板，冯光荣四处奔走相告。省政府数次召开专题会议，面对如此巨大的工程，陕西省政府要求相关部门对关中东部抽黄一路绿灯，要求陕西各市县各行业踊跃支持抽黄工程。冯光荣继续邀请区里省里的单位领导，让他们目睹工程的艰难。看着艰苦的环境，落后的设备，不屈不挠的渭北人民，领导们感慨不已，当场表态："你们在前方打仗，我们也帮不上大忙，但钱和物资挤一挤，总还是有的，希望你们不要嫌弃太少。"

冯光荣说："抽黄这现状，怎么会嫌弃呢？感恩都来不及！"

随着一批批参观人员的努力争取，后勤物资从四面八方一批批运过来。乌亮的铁钉整箱整箱运来，白炽灯泡一大箱一大箱交到库房，上好的松木板散发着淡淡的香味，临潼的缝纫机厂把库房最好的一批白铁捐了过来，那锃亮的白铁晃瞎了人们的眼。

看着库房里堆得满满的各类物资，库管员眼睛亮了。看着成堆高高摞起的以前连见都没见过的紧俏物资，突然觉得不真实，除了艳羡慢慢有了一点小心思。

领料单上的数量并不具体，起初库管员也是一丝不苟。每天盘点，物资不是多就是少，很少能对得住。他加班加点查找问题到底出到哪，费尽九牛二虎之力对上了前一天，却发现第二天还是对不上。如此反复，筋疲力尽，索性不管。几天后他发现，对上对不上根本就没人问。

父亲说，当时指挥部并未料到会有这么多的物资，前期制定的临时物资保管制度，显然应对不了这么大的场面。保管发现领料漏洞后，偷偷把几样农家稀缺物资带了一点回家，领料员来了，他把那几样东西加上。心里忐忑不安地想：被发现该怎么办？不承想那边看也不看就签了字。

看到紧俏物资如此容易到手，他的胆子越来越大。直到后来，很多精明人也有样学样，事情终于包不住了。最早出现问题的，是大荔抽黄指挥部的工地。那段时间隔三差五有请假回家的民工，手上都会提一个旧布条拼凑起来、沉甸甸的手提包。

指挥部从大荔洛惠渠挖过来的技术员姜大鹏很快发现，同样的施工进度，大荔指挥部工地的物资用量要相当于合阳的几倍。有时候半车钉子才运过去，第二天库管员报送的材料计划单上又会出现钉子短缺。几次对比，心细的姜大鹏意识到，肯定是材料管理出了漏洞。

姜大鹏把自己发现的问题及时汇报给指挥部。

施工工地到县城并没有通客车，民工回家须提前开好介绍信，站在路边等拉沙的手扶车，让拉沙车捎到东王坡头，再凭介绍信坐班车。一来二去，他们手中沉甸甸的手提包叮叮当当的响声引起了拉沙人的注意，几个拉沙人总觉得民工的手提包有问题。他们把看到的情况上报给工程部，结合姜大鹏同志提出的疑点，冯光荣同志紧急召开了办公会议，临时决定让姜大鹏带队，去民工窝棚突击检查。

午后所有人都去了工地，姜大鹏带队去了窝棚。很快队员们就从铺板下、枕头下、墙上的背包里搜出了铁钉灯泡等等，现场清理出来的铁钉足有几百斤！现场的人无不震惊，当时一个乡的国营五金商店，铁钉螺丝的存货也不过几十斤。

面对突击搜查的结果，指挥部立刻意识到问题的严重性。冯光荣连夜召开紧急会议，会议决定进一步追查国有物资的流失。扩大搜查的结果令人触目惊心，接指挥部报案，派出所民警根据了解掌握的信息直奔库管员家。因为从没出现过意外，那家人毫无防备，所有转移回来的物资成垛堆放在窑里。现场清点的结果令办案民警瞠目结舌，几大箱尚未拆箱的灯泡摆在屋里，钉子型号齐全，整箱整箱堆在那里，各种小配件比乡上国营五金商店还要齐全。工地最紧缺的松木板，大家都舍不得用来做铺板，在库管员家里居然摆了整整一间屋子。当时走一条巷道或许也凑不出来五个插销，而从这家搜出来的各种型号插销居然有几十斤！墙角堆放着整袋的白糖，各种稀缺物资令人开了眼界。

看着堆在庭院里越来越多的物资，在场的人面色凝重。

国家积贫积弱，工地物资匮乏，领导们四处奔走哭穷求助，民工们勒紧裤带赶进度。各方在自身物资匮乏的条件下，挤出来的支援物资竟然被这样肆意侵吞！

6

冯光荣看着长长的物资清单痛心疾首，他清楚这些物资的来之不易。临潼缝纫机厂拖欠工人工资好几个月了，却把库房最值钱最好的一批材料无偿运到抽黄工地，木材厂的木料那么紧张，却把最好的松木板送到抽黄工地，村里都快断顿了，却把分派的粮食一点不差交上来，人们为啥呢？不就是为了抽黄工程早日修建好，让渭北人民吃饱饭！如今好钢并未使到刀刃上，而是养了蛀虫。

"他，怎么下得了手！"冯光荣心如刀绞。

物资保管员他熟悉，能写会算，干活舍得出力很有眼色，大家共事久了觉得值得信任才让他做库管。看着清单，冯光荣和一干领导深知，这是工程开工以来的第一起重大案件，如果处理不好，会对后边的管理乃至士气造成深远的影响。

整个会场如同沸腾的铁锅，人们义愤填膺，纷纷要求严惩罪犯。经过一个下午的讨论，大家终于意识到，在极度贫困时期，仅靠个人的自律是不足以对抗外界的诱惑，必须有相应的监管机制才能从根源上杜绝这类问题。

冯光荣在会上说："首先我要做出检讨，因为没有制定出切实可行的规章管理制度，以至于事态发展到后来不可控。家徒四壁的穷人突然拥有一大堆稀有物资支配权，怎样保证他不起歪心？仅凭突击检查，是无法从根本解决问题的。一个蚁穴可以毁掉一座堤坝，搞管理何尝不是如此，一个漏洞可能会造成一个漩涡！所以管理千万不能靠人性，要靠制度！会后姜大鹏同志牵头，立即完善各类制度，加强思想政治教育，编制物料领用流程，制订出一套适合抽黄工地管理的制度。"

父亲说，当时走到哪大家都在讨论那个贪污犯。公捕大会的会场设在县城中心广场，一批犯人被五花大绑在卡车上，公诉人逐一宣读他们的罪行，轮到保管员时围观的群众听到："追回赃物灯泡五箱、木材十方、小洋钉三箱、大号钉子两箱、碘钨灯八个、白糖一百斤……"冗长的清单令围观的群众吃惊不已，如此多的物资，县城的五金商店也囤积不了这么多！

"这家伙应该拉出去枪毙！物资如此短缺，工程这么艰难，他怎么就这样胆大……"

"枪毙！枪毙……"

人们捡起地上的土块、烂菜叶向卡车扔过去，警察怕伤着人，大喇叭对着不断蜂拥过来的群众喊："退后！退后！退到警戒线后边！"

公捕大会在人群的责骂声中结束了，卡车拉着犯人缓缓从尘土飞扬的街道驶过。人群追着卡车唾骂，卡车上的人始终没有勇气抬头，会场的角落，他的亲人低着头悄悄抹着眼泪。

各种说法都有，冯光荣连续几夜未睡，眼睛熬得通红。他给姜大鹏递了一支烟："管人比干活累！"

"是啊！管生产靠安规守则，管物料必须靠制度流程。"

深夜，姜大鹏的宿舍，昏黄的灯光持续到天明。午后，一套针对工程物资的管理办法摆在指挥部的会议桌上。整整一个下午，参会人员提出可能存在的漏洞，现场进行修改完善。

开完会天已黑透，月亮挂在树梢，河滩一片虫吟蛙鸣。

冯光荣点起一根烟对姜大鹏说："最近这一段大家情绪波动，明天宣读完处罚决定和新的管理办法后，你就到各营开始督促执行。"

"这件事影响非常恶劣，我明天去各营不光要讲材料管理办法，还要提醒大家以此为戒，不要让一颗老鼠屎害了一锅汤。"

姜大鹏带队对各营库房的现存物资进行了实地盘点，按类归整。同时让物资局派来专业人员，给各营领导和保管员传授库存物资管理办法、调拨物资流程、领料用料出库入库的具体操作方法。根据管理办法，每天下工时技术员要对原木上的钉子进行核对，对照早晨个人领的数目，确保钉子都用在工地上。灯泡以旧换新，各类低值易耗品的领用都有严格的审批手续，保管员见票付物，每天下班前都要对库存物资进行盘点，把当天的盘点表和民工领料单报送到指挥部。各营营长要不定时对库存物资进行实地清查，必要时联查。联系驻地派出所，让干警承担起巡查工地物资这项工作。

"活多得干不完，还把手续弄得这么麻烦！"王二虎嘟囔着。

"出了那么大的事，再不加强管理才是有问题！严点好，没了漏洞人也就不动心思。"水生说。

"那个是特例，你看现在每天下工，技术员不光要看当天施工现场的数量质量，盘库，还要趴到原木上数钉子！"

"数就数，他就干喔事，前段不数乱成啥了！咱这是工地的库房，放的是国家的物资，不是个别人的私库！"父亲给架子车装满了土，擦了把汗，大声说道。

"就是，谁能知道一个库管员手上有这么大的权力！这次交到公安局是对的，不抓几个典型，后边的工作咋开展！"水生说。

多项举措齐头并进，在制度的约束与有效的监管下，物资流失这一漏洞总算从源头上堵住了。

随着施工强度加大，民工们天不亮随着军号起床，到工地一干就是大半天。除了中途炊事员把饭送到工地，大家一整天手脚不停。下工时回到窝棚匆匆抹一把脸，倒头就睡。那段时间，除了吃饭睡觉就是劳动，工地反倒安静下来。

"你说黄河水真能爬坡上西塬？咱的地里真能浇上黄河水？"水生问。

"当然能！听说南边的抽黄都试机成功了。"父亲说。

"他们也把黄河水引到塬上了？"

"是啊，好像离我们这里不是很远，听说设备和东雷抽黄差不多，只是规模小一点。"

"你说浇过的地能产多少斤麦子？我那天说五百斤应该不成问题，王二虎还笑话我，说我吹。我说等路井成了水浇地，全年吃白馍时就知道是不是吹！"水生说。

"听说有六百八百的，水浇地一年两收，后季还能种玉米豆子这些秋庄稼。"

"那咱加油干，争取黄河水早日上塬。"水生说完，发现父亲已经打起鼾声。

有了榜样，人就有了动力。窝棚里，人们憧憬着黄河水上塬带给故乡翻天覆地的改变，有了希望眼下的艰难并不算什么！人们知道，只要黄河水上塬，一切都会好起来。

第三章　爱情背影

1

　　根据分工，父亲和水生在队长的带领下，从金水沟给工地拉石头。拉石头是重活，开始只有精壮小伙，一周后水莲也加入他们的队伍。水莲与水生一个村的，水莲父亲早年炸石落了残疾，家里年年倒欠队里工分，成了缺粮大户。上抽黄队里不光记十分工，还能吃上白馍馍，对水莲来说简直是天上掉馅饼。

　　面对一直苦苦纠缠的水莲，队长一再强调："上抽黄那活太苦，不合适女孩子。"

　　水莲说："我婆说人就是苦虫，在哪都得下苦。再说了，不去工地，在家砸石头下地并不轻松，不光吃不饱，还挣不到工分！"

　　队长看了一眼家门口如山的石块，就连刚放学的娃娃也加入其中。工地没有碎石机，修路打混凝土的小石子全靠村里人用榔头砸，他觉得水莲说得有道理，在家也不轻松。

　　"队长，我一定不会给队里丢脸。"

　　几次三番队长拗不过，说："你先跟两天试试，不要硬撑。"

　　"谢谢队长，谢谢队长！"

　　队长心疼这女娃娃，但水莲家的情况他清楚，或许去工地还真是一条出路。分活时队长想来想去，只有让水生和水莲一组才放心。

鸡叫头遍，队长一声吆喝，浩浩荡荡的运石大军开始漫长的爬坡。石头压得架子车咯吱咯吱响个不停，曳绳深深勒进驾辕人的肩膀里，曳车的人弓着背一点也不敢松劲。一出石料场便是一道两三里路的大坡，最陡处由饲养员牵着骡子给大家曳坡，要不人根本拉不上去。

　　水生驾辕，水莲曳车，水生不停地说："悠着点，路还长着哩，一会把劲使完了后面咋走？"水莲一想到十分工白馍馍，浑身上下就有使不完的劲。

　　最后一辆车爬上坡后，骡子累得喘不过气。队长一声吆喝，排成一长溜的架子车队立刻精神地朝黄河方向走去。车队过了城东的长缓坡，余下的下坡路走起来格外轻松。路边清亮亮的水不疾不徐，滋润着东王的蔬果，这是水莲第一次去路井以外的地方。

　　"合阳还有这么好的地方！"水莲怯怯地说。

　　"夏天才美，碗口大的荷花开满池塘，一尺长的鲤鱼在荷塘里游来游去，夜里虫吟蛙鸣，跟画里一模一样。那年我和三狗给公社拉鱼，路旁的渠道里，清亮的水上冒着热气，女人们就在渠道上洗衣服。有水的地方人干净，哪像咱村的婆娘汉子，一个个灰头土脸的。渠道里的水是热的，我和三狗泡得不想回去。等黄河水上塬，咱也一年两季庄稼，再也不用半脸盆水一家人用，完了还要喂牲口！"

　　架子车来到东王坡下，水莲看得眼花缭乱。

　　"等水上塬，我要把家里的被褥衣裳统统拿出来拆洗一遍！还要天天洗头！利落的女子争着嫁河槽子，种地虽苦但不缺水，有水就能种菜，种两季庄稼，不缺粮食，还能天天洗澡，谁不想洗得干干净净啊！"

　　想着黄河水上塬后自家的庄稼也会长成这样，水莲忍不住唱："东方红，太阳升，中国出了个毛泽东，他为人民谋幸福忽嗨哟，他是人民大救星……"

　　紧跟着，拉架子车的一行人都跟着唱起来。

　　石头运到工地已是晌午。工地上人头攒动，高音喇叭广播里不时传出广播员慷慨激昂的声音："表扬稿，×× 大队铁娘子 ×× 带领着一群娘子军，超额完成既定任务，现在号召大家向 ×× 学习。

　　……

　　水莲看得眼花缭乱。工地上人们像打了鸡血，挖土方的飞快填满一车土，小伙子们拉着满满一车土飞奔到几里外的总干渠。几辆冒着黑烟的推土机轰隆轰隆地在黄土层上来回碾压。以前冬天，大队也要进行农田基本建设大会战，村里人集中修水库平整土地也很热闹，可是与抽黄的工地一比，简直就是不值一提。

水莲好羡慕铁娘子班的女人。都说妇女能顶半边天，可不是嘛！这样一想脚下如同生了风，呼啦啦一车石头就被送到干渠边。卸完石头，交付了当天任务，确定拿到十分工的人们又累又饿。水莲跑到水洼边，蹲下去掬起一捧清亮的水泼洒在脸上，无数银亮的水珠在空中跳跃着，她贪婪这份清爽，索性脱掉布鞋赤脚踩进水里，仔细搓着脚缝里的污垢。洗完又觉得头发太脏，还没来得及解开辫子，便听到水生喊："水莲，吃饭啦，再不来菜就没了……"

汉子们已经退场，地面的菜盆与辣椒碗早已底朝天，水莲蘸着汤汁一口气吃了三条杠子馍。当她伸手去拿第四条杠子馍时，突然发现蹲在对面的水生用异样目光看她，不好意思地缩回了手。

"先喝点汤，慢点吃，拉石头不适合女人干。吃得太快太饱胃受不了，吃不饱几天下来人就吃不消，我可不想换搭档。"水生一边说，一边把只剩一点汁子的菜盆竖起来好让水莲能够蘸上。

"谁说这活不是女子干的！你听听刚才表扬的那几个女子，她们比男人还要厉害！我要努力争取喇叭上也有我的名字。"

"先养胖点，才有力气干活。"水生笑了笑。

这几天水莲干活，他总忍不住偷看，看着看着就心疼了，多水灵的女子！这个样貌这个年纪的女子，应该做做针线活，去田里搭搭手，而不是跟着一帮臭男人跑工地，拉石头。

晚饭后找了个水沟美美泡了阵子，躺下翻来覆去，满脑子那个干活不惜身子的女子。实在睡不着爬起来写了一篇稿子，改了又改，改了又改。一直揣在兜里，几天后，才悄悄送到广播站。

水莲惬意地躺在河滩的草地上，天蓝云白，刚出过大力躺在这里，微风轻抚着每一个毛孔，无处不是舒服。原来幸福如此简单！

幸福的时光总是过得很快，队长吆喝大家返回石料场："不敢歇了，人是苦虫，越歇越乏。"

2

收拾好架子车排好队，人们慢悠悠开始爬东王坡。这时工地上的高音喇叭又响起来，"同志们，现在播放广播稿：一路欢歌送石料，誓叫黄水早上塬——记路井大队民兵营铁姑娘王水莲同志和他们的送石车队……送稿人，路井大队水生。"

水莲先一惊，随后立马脸红了。她不好意思地看看水生，水生和周围的人都笑了。

水莲总是先洗漱一下才赶回食堂，去晚了盆里连菜汁都没了，有两次连馒头都没了。水生眼尖，吃饭时先夹两个馍藏起来。

"水莲，以后把手擦一下先吃饭，稍一磨蹭菜就没了。"

水莲拿着水生递过来的馍夹菜，脸通地一下红了。

第二天到工地，她悄悄给水生的搪瓷缸子里放上白糖。白糖是西安的表兄两年前拿的，她偷了一点。水生喝了一口，把糖水倒进水莲的杯子。两个人推来推去，缸子里的水洒了近一半。水生一着急推了水莲一把，不小心触到一团柔软，水莲的脸"唰"一下子红了，她转过身拽着绳上了坡，不再理水生。

水生乖乖把剩下糖水喝了："水莲，你歇一下，我刚喝了糖水，身上有劲。"

水生连续写了好几篇工地报道，引起了指挥部的重视。成万民工里能写好名字的没几个，更别说写稿。水生被抽调到工宣队排一台大戏，他是主力军，带着一群俊男美女在各个工地巡演。

水莲往返一天，也很难见上水生一面。

水莲孤零零拉车上坡，大喇叭讲述着水生写的工地故事。水莲停下来，听着听着就眼眶红了。水莲以可见的速度消瘦下去。她大心疼女儿，悄悄找队长想让她妈把女儿换下来。水莲却死活不同意。

"刚受了表扬就撒懒，这哪行？大，这活顺手，一天一趟主要在路上不是太累。我婆和弟妹挣不了几分工，我要不去咱屋只能喝西北风。"她大①

---

①大，方言，指父亲。

看了一眼倔强的女儿，脑袋里闪过一个画面，突然明白了女儿的心思，无奈摇摇头。

水生不止一次劝水莲跟他去工宣队，然而无论水生怎样劝，水莲就是不听。

"这么大的工程，总不能靠唱歌跳舞来完成吧！天天赶工期拼命干都干不完，还有心思吹拉弹唱？国家出这么多钱修建抽黄工程，不干活，黄河水能听着歌上塬吗？不上工地的，队里按人头给家家户户分配了砸石头的任务，把大石块用小榔头砸成小石块和石子，走到村里连娃娃都知道抽黄工地活多人少，他们放下书包就开始砸石头！"

"水莲，哪里都是工作，工宣队也是工作！大家干活这么辛苦，如果没有一点娱乐项目调节，时间长了哪能行？"

"路井和东王的差距明晃晃在眼前，建抽黄是为了缩小差距。要去你去，我要好好干，等黄河水上塬，家家都能吃饱饭，我跟着你天天唱歌跳舞，现在就是要干活。"

争执了一番，水生说不过，叹息一声："真是个傻女子。"

连续一个月披星戴月地拉石头，人实在撑不住了，队上决定换一批新人，换下人被派去挖土方。

这是水莲他们最后一次拉石头。卸完最后一车石头，水生带着他的文艺小分队来到工地，给大家表演工地故事《铁姑娘和她的拉石头车队》。

> 红旗飘扬歌声亮，
> 百里河岸摆战场。
> 水莲立下革命志，
> 一颗红心永向党。
> ……

一片掌声中，大家看向水莲的目光突然变了。水莲突然有一种不真实的感觉，故事里的自己是自己又不是自己，她羞涩地把头埋在一个嫂嫂的肩头。她觉得宣传队是在哄人哩，拉石头爬坡时那么累，路那么远，人只想着快快把石头送到工地，哪里顾得上有什么思想。她看见演水莲的女演员皮肤白皙，穿着干净漂亮的演出服，举手投足间一阵香风钻入鼻孔。演出结束女演员端了一杯水挨着水生坐，不知道说了一句啥，他俩笑得好开心。

水莲顿时有了自卑。

夜里水莲躺在窝棚的铺板上怎么也睡不着，一会是女演员和水生亲昵的画面，一会是自己拉石头蓬头垢面的样子。她觉得她和水生之间越来越远，却又不甘心，反反复复撕扯中，天亮了。

水生他们演完夜场，返回指挥部的宿舍已是深夜。清凌凌的月把银光泼洒了一地，他睡不着，借着月光给他心爱的姑娘写起了信。

水莲：

　　我的傻姑娘，今晚月亮真好，因为想到你，这清凉的月色里有了温暖。今天看见你疲惫的样子，我很难过又很自责。你这样的女孩子适合干许多事情，唯独不适合干这种拉石头的重体力活。这里并不是歧视女性，而是时下工地的许多活并不适合女孩子干。虽然我俩都在这个工地，因分工不同很难聚到一起，即使遇上人多，好多话想说又没有机会。

　　水莲，这段工期结束如果你愿意，我想把咱俩的事情定下了，争取早日把你娶进家。作为一个新时代的男青年，为了心爱的人，我一定努力撑起一片天空，给自己心爱的女子创造一个温馨温暖的家，让她不必像男人一样劳苦。

　　你最近说的话，我细思了一下如果非要去一线施工，那也是应该是我这样的男子汉。今天去总干渠讲故事，那里赶工期需要成立突击队员，我明天就去报名。

　　我的傻姑娘，大队轮休你一定要休整一段时间。虽然我也不愿意你回去，至少在这里我心中的姑娘就在眼前。但我看着你瘦得失了形的样子，觉得应该劝你回去。

　　等黄河水上塬，咱们再也不会为水发愁，咱们的庄稼也会变成一年两季，等那时你就能穿着漂亮的衣裳，天天洗头洗澡。

水生

3

　　水生申请到总干渠渠首段突击队，令很多人都很惊讶，宣传队的事情多洋火！说说唱唱动动嘴皮根本不用下苦，吃饭有小灶，还是十分工，要是夜演还给添工分。大家猜测是水莲吃醋了，说来说去几个年轻人为水生感到不值，宣传队写稿子的才子身边不缺美人，水生真是脑子进水了。

　　报告送到指挥部，几个领导都感到惋惜。水生年轻聪明好学，有才气又腿勤，真是个不可多得的人才。本来准备留在指挥部做宣传干事，可他执意坚持要去渠首开凿山洞。领导们决定让小伙先锻炼一下，再回来。

　　渠首的过水涵洞，穿越黄河四级阶地前缘赤壁第七至第十咀。洞经林场沟、白家沟隔有一段明洞。施工时要从西边的红土崖山体上凿洞，此地西边是崖东边是黄河，地质结构复杂，因地势局限施工时机械是完全用不上的。隧洞由合阳澄城两县分上下两段施工，特殊的山体条件，原始的工具，单薄的技术力量，使施工进度很慢。

　　黄胶泥的土崖，洋镐抡上去只能挖火柴盒大的坑，逼仄的空间，人想转身都比较困难，山水间的夹缝里施工，全靠人工打排钎一点点向前挪。原定的图纸，在这复杂的地貌里根本无法实施，唯有一边开挖，一边观察地貌再定方案。

　　六个施工洞口都支有铁匠炉子，炉火昼夜不息，专门加工钢钎。水生和父亲一组，被分到涵洞南边的洞口群英洞。六个人一班，轮换着抡大锤开凿。红胶泥的高黏度使人有种有劲无处使的感觉，使了那么大劲，高高抡起的大锤下只落了一点粉末。在这复杂的地质环境中，鼓足劲抡圆，不知道一钎子打到哪，突然某一处滴滴答答，开始渗水。一边设计一边施工，困难不要讲，办法自己想，是东雷抽黄工程施工期间的宗旨。面对缓慢的施工进程，太里指挥所决定开挖四个旁洞，连同进出口及两条沟道破口，共计十四个工作面同时施工。此段涵洞的洞体受地理位置所限，土方全部由人工开挖，采用先拱后墙法施工。父亲不知道，他们在群英洞这一轮大锤就是两年多。这条全长一千二百多米的隧洞，是一块最难啃的骨头。

　　参与过石堡川隧洞修建工程的姜大鹏深知，隧洞施工最怕的就是透水。

真是怕什么来什么。五号工作面上出口有裂缝，没有及时处理，山体滑坡致使出口塌方。泥水携裹着土崖把人推出十几米外的地方，正在取土的架子车车轴裂了九十度，驾车的伏六营营长的腿被滑坡的泥石砸中，送到医院不得不截肢。

群英洞是这条干渠上最难啃的硬骨头。

一九七六年春节其他工地陆续停了，唯余群英洞这一段的所有施工人员都在继续施工。太里村的鞭炮噼噼啪啪响起来了，地上一层厚厚的红纸屑，风一吹满满的喜庆感。

冯光荣对没有回家过年的姜大鹏说："今年过年你是回不去了，但是饺子不能少！吃吧，不够再来一份。"

"够了够了，工地隧洞这个硬骨头没有啃下，在家也不能安心。年也是平常的一天，只要有饺子在哪都是过！"

"是啊，在哪过都是过呢，工地一摊事让谁回去都不会安心。等黄河水上塬了，我老汉天天窝到渭南家里不出门。"

"冯指挥，大家辛苦了这么久，工地灶房有副食加工厂送来的肉，我刚安排给大家包饺子，下工的都去各自灶上帮忙，下午大家早点下工，让宣传队讲讲故事，要有个过年的气氛。"

"嗯，我也这么想的，今年在工地过年，前几天让管后勤的联系，想方设法保证大家每人一顿饺子。"

阴暗潮湿的施工隧洞里，吃完热气腾腾的饺子，来不及休息汉子们又开始抢起了大锤。姜大鹏在冯光荣的宿舍放下碗，赶紧跑到施工现场，五号工作面地形逼仄，山体结构复杂，容不得一点意外。细心的他发现上导洞出现滴水时，赶紧命令施工队员退出去。冯光荣、李汉星及相关领导火速赶到现场，只见房子大的土块压下来，撑子面的柳木板已经弯曲。冯光荣当机立断，工程组挑选突击队员留下来抢险，其余人员统统撤退。

救护车拉着警笛停在施工涵洞外边，当时洞子里的木料柱子要全部换成混凝土石块，整个支撑面的木料要全部换下来。由年轻的木工、手脚麻利的混凝土工人组成的突击队，向洞子里边撤换模板。振捣棒的使用极为重要，长时间的操作不光要有技巧，更靠的是耐力。姜大鹏想到从导弹部队转业的李金旺，接到通知，李金旺立即担当起此重任。逼仄的空间，随时有可能塌方的洞顶，李金旺趴在洞子里施工，一边施工一边撤退，趴在地上负重的他撤退时由两个小伙子拉着腿退出去。

水生白天打钎子，晚上给水莲写信：

我的好姑娘！

又过了一个年，我的姑娘又长大一岁。

今天在逼仄阴暗的窄洞里持续打钢钎，有人伸出来的手，那是怎样的一双手！层层叠叠的裂痕，大锤抡歪落下的伤疤，早已分不清本来的底色。水莲，你说得对！这么大的工程，绝对不是靠唱歌跳舞就能完成的。我知道再过一段时间，我的手伸出来也会和今天看到的那双手一样。我想那时候，我可以伸出这样一双饱经磨难、记满功勋的手抱抱我的姑娘。

一天下来，累得躺到床上动也不想动，但一想到你，浑身都是力气，爱情的力量是无穷的。

想你的水生

4

读着水生的信，水莲忘了困乏。不远处，铁娘子班那几个姑娘在唱："青山不绿我不嫁，水不上塬不结婚……"

她使劲揉搓着水生那几件被汗渍得看不出颜色的衣裳，随着污垢在清水里洇出一朵朵水花，水莲心底那朵心花一点点地绽放。晾好衣服，放眼望去，河滩堆起的如山土堆，小丘般杂乱无章的石块，冬日河滩枯燥单调的色彩，所有的一切因为那个人而美好无比。

一天天过去了，平坦的河滩腹地上一条人工运河，如长龙般蜿蜒在黄河与西塬的夹岸之间。

牛困马乏的日子里，能写故事的水生又接到去宣传队报到的介绍信。接到通知，水生去河沟里洗了个澡，他拿出水莲洗干净的衣裳闻了又闻，还是舍不得穿。水生来到干渠边，水莲正在那里砌石，头顶的白毛巾早已污浊不堪。

水生心疼了。

"水莲，你跟我一起去宣教队！"

"你要去宣教队？不是说好了咱们一起干工地吗？"

水生觉察到水莲的不快："水莲，你不高兴我就不去了，在哪都是干革命，涵洞苦是苦，大家能熬我也能熬。今天组织找我谈话，说写稿件这事更重要，说吃苦的活谁都能干，可写稿件这事一个营也未必能选出两个。其实组织分配干啥活都行，在我心里你是最重要的。"

"水生，你没听师傅们咋说宣教队！那些女孩子娇滴滴的，男的穿得干干净净，头发油亮油亮说话装腔作势，一个个肩不能担，手不能提，就不像农民。农民终归要靠力气吃饭。"

水生低头沉思。

水莲不理解，就像他有时也不理解水莲。沉默中水生第一次意识到他们之间的差异。尽管领导明确表示要重点培养他，然而在前程和水莲之间，他愿意选择水莲。他无法抵抗水莲从出现以来带给他的那种美好感觉，这就是爱情吧，无疑他是真爱她的。

"我就是跟你商量一下，你不愿意，我就不去了。"

水莲靠在水生肩上："队长说月底换人，我就不上工地了。我不想被换下来，我想跟你一起干抽黄，看黄河水爬坡上塬。"

水生紧紧搂着水莲，低声说："水莲，这个月底咱结婚吧！等结了婚，我在工地挣工分，你安心在家给咱养鸡养猪，再养几个娃娃。"

"嗯。"

月底水莲穿上嫁衣，做了新娘。

三天后，水生又回到了工地。

随着工期越来越紧，工作量越来越大，一天下来人们随便往地上一躺就睡着了。会战时期不允许请假，民工成月成月都回不了一趟家。体力极度透支，人们对日复一日的繁重劳动开始厌倦，这时宣教队的节目最是解乏。干净漂亮的姑娘小伙子，演着的故事里就有自己的影子，想想都激动。慢慢地人们对宣教队的认识变了，辛苦的活谁不会干！上台表演写剧本，工地十几万人，有几个能干得了？

水生正在总干渠上拉土。他的手在群英洞里打铁钎时，被大锤砸过，肌腱受损，再也无法使巧劲。看着讲故事的男主角，父亲想起水生从前的飒爽英姿，忍不住叹息。

恰逢总干渠会战，十三万人马昼夜不分地抢时间打擂台，进行劳动竞赛。工期紧任务重，水生整整三个月都没回家。

一九七六年那个寻常的早晨，新媳妇水莲天不亮就骑着自行车，从六十里外的家里赶来看望水生。看着脏得就像土人一样的丈夫，水莲赶紧拿出换洗衣服，掏出用手帕包起来的红油辣子夹馍塞给水生。新蒸馍的暄软与辣椒的油润融化了水生的心。

"水莲，黄河西流上塬，那可是祖祖辈辈不敢想的事！到那时，咱就守着屋里的十亩地，好好过日子。"

水莲麻利地洗好水生换下来的脏衣服，在水生的催促下一边推着车子，几番回头。她不断叮嘱急着上工的水生："干活要小心，家里有我不用你操心！"

他们不知道，这次相见竟是诀别。

卸石料了。洋溢在幸福里的水生，丝毫没有察觉危险袭来。石料车在刚垫起的渠帮上开始倾斜，水生发现时已来不及躲开，尚未碾瓷的土帮受到重压迅速变形，拉石车瞬间侧翻。水生大喊着，"快躲开，石头下来了！"正在靠近料车的人们听到喊声迅速散开，司机从车窗跳了出去。一瞬间，翻滚的石头像脱缰的野马横冲直撞，水生被滚落的石块砸中，来不及挣扎，人们眼睁睁看着更多的石块滚下去……

很快，那一车石头填平那一处渠道。清理完压在水生身上的石头，已是傍晚。似血的晚霞染红了西塬，染红了在场人的眼睛。父亲他们一边哭，一边用手刨着石块。虽然早有心理准备，但看到没有一点人形的一堆血肉时，汉子们放声大哭。

蒹葭苍苍，风号啸着，回荡在黄河岸边。

冯光荣红着眼看着变成一堆肉酱的水生，想起那个倔强有才的小伙子，泪潸然而下："找几个木匠，把库房里最好的油松板拿来给水生做棺木，要真三寸。水生是为了抽黄工程而牺牲的，等黄河水上塬，一定要舀一桶水浇到他的坟上！"

水生是烈士遗孤，母亲多年卧病在床。听闻消息，这个刚强的女人说，这么大的工事，牺牲肯定会有的。然而直至出殡，老太太整整三天水米未进。

水莲使劲用头磕着水生的棺木，她哭喊着："都怪我！都怪我！为啥不让你去工宣队呢！水生你回来，你回来，你想干啥就干啥，我再也不说你了……"

残阳如血，群山呜咽，水生再也听不见秀莲的哭声了。

一九七八年，隧道打通那天，一个个如叫花子的汉子们像孩子一样，从里边钻来钻去，大声跑着喊着，听隧洞里的回声。

试机了！他们贴着洞口，聆听着黄河水拍打着洞壁的声音，看着卷着草屑枯枝的第一个浪头从洞里涌出来向南奔去，一群汉子跪倒在地上，喜极而泣，久久不能平静。他们在洞口的空地上飞奔着，在草地上打着滚，继而声嘶力竭地喊：

"黄河水上塬喽！"

"黄河水上塬喽！"

试机成功，村子变成水浇田后，当年就有麦子亩产过了千斤。

水莲看着麦子在场里堆成山，她蓬头垢面躺在麦堆里大哭："水生，黄河水上塬了，粮食丰收了，你在哪……"

父亲后来说，水莲与水生他们没有孩子，水莲再未嫁人，她守望了水生三十多年后也走了，村人把她与水生合葬在一个墓穴里。

你们懂什么叫爱情？

父亲最看不惯年轻人不惜夫妻缘分与情分。

第四章　壮哉群英

1

　　群英洞是总干渠的渠首。黄河水穿过群英洞向南，便是号称人工天河的东雷抽黄总干渠，父亲曾在这里奋斗了数百个日夜。站在东王坡头，看着浩浩荡荡的一渠水，忍不住感叹，这条天河牵引着黄河向西逆流，爬坡上塬硬生生改写了西塬缺水的历史。

　　这条长三十五点五千米、最高过水能力为每秒一百二十立方米的渠道，比当地的小河流都大。灌溉时节许多来东王的游客，第一眼都以为这是黄河。

　　一九七五年三月，东雷抽黄工程建设正式破土，最先开工的就是这条总干渠。满脸菜色的人们推着载满黄土的架子车，挖方段人们用洋镐和铁锨让凸出来的土包凹下去，落后的劳动工具无疑加大了劳动强度。活太多来不及思考，人们机械地迈着步子，醒来干活，饿了吃饭，天黑睡觉。穷有穷的快乐，一面流动红旗，一篇提到自己的表扬稿，劳动竞赛中的第一名，这些都是劳动人民的精神支柱。

　　四十多年过去了，参与当年会战总干渠的老人提起那段历史，慷慨激昂："军号一响，我们一路小跑到工地，没有架子车，用担担笼提，一趟趟穿梭在河滩。手上起先是水泡，泡破了结痂，痂掉了又磨破，最终伸出来的手像冬天的树皮，粗糙肮脏。怕回到营地耽搁时间，为了流动红旗，为了劳动比赛的名次，午饭就在施工现场。夏天好过，无非就是有些虫子；冬天受罪，本来人就哆哆嗦嗦，原想吃点热饭缓缓，结果饭抬过来上边结了一层冰碴。填方段的，取土要到几里外的土崖下，有架子车用架子车运土，没有架子车和我们一样，笼提担担。忙上一天等到晚上，一个个像被抽了筋，软瘫在麦草上鼾声震天。辛苦不要紧，上抽黄没有轻松活，主要是危险。仅仅三十多公里的渠道，有六个工友长眠在那。所以参加过总干渠会战的人，有一种亲人的感情，多年后大家相互称为战友。"

微微哽咽的讲述中，是十三万人对青春的怀念与坚不可摧的信念，是一代人为他们曾经创造的永恒的辉煌与骄傲：二十九点九千米长的填方段，填土量六百一十万立方米，挖方段五点六千米，土方量一百五十八万立方米。一九七五年的渭北，架子车在村里都算奢侈品，低下生产力遇上如此浩大的工程，怎么看都觉得不可能完成。然而这十三万半饥饱的渭北人，硬是靠着对美好生活的向往创造出了奇迹。当年三县十三万民工共建"亚洲第一泵站"的场面，绝不亚于河南林州"红旗渠"的建设。

冯光荣带着指挥部的技术人员，看着面前一大片长满荒草的洼地，憧憬着不远的将来这里就会长出一条小河。他更清楚，以当前的实力，唯有凭借人工慢慢干，省上提出又快又好，那几乎是梦想。

"这么大的工程量，肯定要分段施工，至于怎么分呢？就是今天开会的目的，大家说说怎么分比较合理。"

姜大鹏说："为了长远，咱按三县受益比例分担施工任务，大家看怎么样？"

"我们没有意见！"

"既然大家都没意见，就按会议决定执行，散会！"

冯光荣话音未落，有人站起来说："冯指挥，我想提一点建议。以前分派任务到营后，因速度不一领导为了总体进度，把干得慢的队的任务分给干得快的营，这种鞭打快牛，让老实人吃亏，影响了士气。这次工作量太大，不能再鞭打快牛。"

冯光荣说："以后任务一旦下达就不再更改劳动量，任何人不得随意追加或减免。"

施工分为两个阶段：初期由三县各公社组建民兵营，大队组成民兵连，生产队为民兵排，投入一万五千名民兵进行专业化施工，人员参照部队管理模式。渠道边随处可见塑料布、帆布搭起来的窝棚，低矮寒酸，那是参加会战的民工住了三年的家。

自六十年代末原新民公社五个村移民搬迁后，填方段沿线几乎没有村庄。搬迁后留下的破旧土窑，民兵们打扫后作为各营的指挥部与厨房。打地铺是青年汉子的首选，蚊子恍若轰炸机。除了蚊虫，夜露寒凉蚀骨。有人发现土崖上有个半大的洞，铺上麦草，在洞口燃一把艾草，那一夜睡得太舒服了。很快人们挨着他的土窑掏出了一排洞，穴居暂时缓解了人们的潮湿之苦。

"有个遮风避雨的窑洞，有一层暄软的麦草，对刚出过大力的人来说，就是无上的幸福。合阳是穷县，上工地的民工每人每天由生产队补贴一斤小麦，土方活体力消耗极大，缺乏油水人饿得极快，这个标准显然是不够的。虽然一再强调保证大家吃饱，但月底核算超标准部分要在生产队的口粮中抵扣，所以人们不敢超标，工地上人们菜色的脸上刻着饥饿，看见白花花的馒头若真敢放开肚皮，来年一家人真要喝西北风了。"父亲说，他们最喜欢加班，多挣点少吃点才是过日子。

河滩待久了，父亲他们看着东王①的土地有些眼红。从地理上划分，一样属于渭北旱塬，东王的土地保证一年两季，不愁粮食蔬菜。晚上躺在窝棚，这种反差使他们深刻认识到庄稼靠水，唯有引黄上塬，才能彻底改变他们的生活。

当时怕拖欠队里工分，在大家的一再要求下，伙食标准一减再减。河滩土地湿润肥沃，随意扔一把种子就能长成一片绿地。等到菜苗绿莹莹铺满地面，餐桌上的菜盆越来越满。水煮萝卜、白菜、土豆，这些随手种的蔬菜陪着人们过了大半年，伙食费总算没有超标。

总干渠填方取土在西塬的黄土崖下，干渠工程战线长，各分队的土点不在一处。近的二百来米，远的有五六百米，最远的要跑一两公里。崖上放炮取土，再由人转运到渠道施工点。千年土崖在风吹日晒里不断风化，被炮一震随时可能坍塌。

---

① 1997 年 12 月前洽川原名东王。

多年后，父亲他们这些参与过总干渠会战的人聚在一起，提起那个十八岁的澄城姑娘，人们哽咽得说不出一句话。

2

十八岁的小文，像花一样。和工地上那些女孩子一样，她混在一群糙汉里，干着重体力活，立志要改变渭北旱塬的现状。

"欢迎小文同志！我们这里需要你这样的女孩子，清一色爷们一个个没羞没臊的，现在来了女娃娃，大家都注意点，干活时要照顾，别说粗话把人家娃娃吓跑了！"队长说。

"你别吓唬他们，我才没那么娇气！新社会男女平等，这平等可不是光嘴上说，工作干活都要一视同仁！"小文银铃般的笑声，给清一色的男人工地注入了活力。

高填方需要大量的黄土，工地就在黄土台塬下边，土源不存在问题，缺的是挖掘机械与运输工具。小文拉一天土下工后总要先擦洗，把换下来的衣裳洗得干干净净，才去吃饭。吃完饭大家休息时，她一边哼着革命歌曲，一边帮那群汉子揉两把满满汗腥味的衣裳。

"水这么方便，也不知道多揉两把！脏得像猪，起来！别偷懒了，洗洗头擦擦身子，头发都成毡片了。"

"不洗咋睡呢！看看你的样子，像不像新时代的青年！"

小文来之前，这些年轻人一下工就躺在铺板上。即使水很方便，大家谁都不想动。自从小文来后一切都变了，在她的催促下，他们也会忍着一身酸疼，爬起来洗头洗脚，坚持一段时间后竟然成了习惯。某人某天乏了忘了洗脚，邻铺的小伙子一把把他拉起来，"洗脚去，脏得像猪。"

"再不洗脚，明天就不给你洗衣服了！"

小姑娘清脆的嗓子比营长都管用。人对人的改变是在潜移默化里完成的，那些年轻人在不自知的状态下悄悄喜欢上小文。

当时，父亲已是路井营的一个副排长。总干渠会战时，各营经常组织劳动竞赛，那个笑声像银铃的女孩子很容易让人记住，她带领的年轻人，个个干净利落。当时合阳营的营长就批评了父亲："你看看你们，一个个脏得像泥猪！水这么方便，人家澄城营的个个干净利落，哪像你们邋邋遢遢！"

一九七六年那个早晨，小文起得早，工地上工的军号尚未吹响。小文围着营地转了一圈，她一个人来到工地上，看到渠帮上的土都用得干干净净。要是等到上工，砌渠的人就要停下来。工期这么紧，这一等又要耽搁多少时间！看着横七竖八躺着的汉子们，终不忍心叫醒他们。她想了一下，独自拉着架子车去两里外的黄土崖下取土。

几只早起的鸟叫着，微雨薄凉的清晨，被雨滋润过的黄土老崖散发着一股清新的泥腥味道。潮湿的黄土挂锨，比平常沉，小文吃力地装满一车土，擦了一把汗，拉着准备回工地。南边一声巨响，震得土塬轻微晃动，紧跟着又是几声，她知道大荔段开始放炮了！这些人真勤快，哪像自家工地这帮懒汉，光知道睡！

又一声响炮传过来，身后的黄土崖被雨水浸泡后变得松软。被隆隆炮声一震，一座土崖晃了几下砸了下来。已经转过身的女孩子，根本看不到身后的危险，她被不断坍塌下来的土块砸中，更大一排土崖排山倒海倒下来，来不及呼喊，就连同架子车被不断落下的黄土湮没。

等父亲他们来到土崖下时，已是晌午。几个小伙子使劲用手刨着冰冷黏凉的黄土，他们不愿意用洋镐和铁锨，怕一个不小心伤了女孩子。几个小伙子的手鲜血迸流，此时人们已经感觉不到痛，他们拼尽全力去刨开那一大堆土，一边挖一边哭着说："谁让你一个人来拉土！你不知道南滩今早放炮，工地通知今天不让去取土吗？噢，通知的时候，你又给我们几个懒猪洗衣服去了，你不知道啊！你肯定认为我们偷懒，也不想叫我们，一个人来取土……你起来，我们陪着你取土，我们不偷懒了……"

半下午，几个人把女孩收拾得干干净净，给架子车上铺了一床花褥子。小文躺在那里，静静地像睡着了。一个小伙子把昨天小文给他们洗了还未干透的衣服披到她身上，他们拉着车哽咽啜泣着。

澄城营的营长说："想哭就哭出来，这样人太难受！"

小伙子们大声哭起来："你真是个傻丫头，我们这帮男人都累得趴下了，你逞啥能！下工还不休息洗衣服，要不是这几件衣服，能有这事吗？"

这是工地送走的第三个年轻人。

冯光荣站在渠道边，东边的黄河从堤看去是窄窄的一条线，这水到底还得多久才能上塬？默默抽完一支烟，冯光荣泪流满面："多好的孩子啊……"

整个工地哭声一片，人们无法相信，昨天还活蹦乱跳的女孩子，今天就没了。那一段时间，习惯饭后女孩督促着洗头洗脸的小伙子们，突然邋遢下来，衣衫脏了再也没有人帮着揉一把，没有歌声，没有那个鸟儿一样早早呼唤大家起床的女孩，人们许久缓不过神。

日子还得继续。

指挥部前"向小文同志学习"的几个字刺得人心痛。

澄城营那帮小伙子像疯了一样，战斗力爆发，加班加点，挑灯夜战。怎么劝都劝不住，以至于合阳营和大荔营倍感压力山大，差距一天天变大，怎么追都追不上。

半年后，澄城工地来了一个女孩子，举手投足和小文极像。

"你是小文？"

面对人们惊讶的目光，女孩坦荡地说："我叫小丫，是小文的妹妹，我来接着姐姐未竟的事业。"

第五章　黄河西流

1

　　冯光荣深知，施工质量是工程成败的关键。他起早贪黑，守在施工现场。每次会议他都不断强调工程质量，他说："千里之堤毁于蚁穴，水利工程是千秋万代的事。没有捷径可走，不偷奸耍滑，保证工程质量，就是爱惜民力、财力。咱们这个工程，各指挥部一把手要对质量负责对历史负责。"

　　千年老崖的土层长年风吹日晒，几乎没有水分，渠帮的碾压对土壤湿度要求很高。当时设计要求渠道每层铺土厚度规定二十厘米，就地拉来的黄土太干燥，根本无法保证施工质量。各营派精壮劳力去河边取水，来来回回费时费力。大家发现渠帮碾压的进度缓慢，赶不上工期，人工拉水根本无法满足工程需要。有东王人建议，河滩水位低，随便挖两三米就能出水。冯光荣大喜，号召各民兵连连夜开始打井，果然有的地方只用了一夜，井就出了水。看着清亮亮的井水，工地一片欢腾，有了取水井，工程进度一下子赶了上来。

　　填方段碾压是掺不得一点假，若是碾压不实，衬砌完工后的渠道会渗水、裂缝乃至塌陷。

　　几个营打起了擂台，进度一天比一天快。面对飞快提升的速度，父亲心底突然生出了一丝不踏实。

　　一九七六年五月十一日，冯光荣带着姜大鹏等一干人对合阳路井营工段进行抽检，抽检结果填方不达标。

冯光荣震怒了："咱们修渠道的目的，是为了解决西塬的干旱问题，而不是给下游村庄悬一把刀！马上把这五十米长的渠底填方全部返工！"

现场一片哗然，父亲他们当场就蒙了。全部返工是要把好不容易填起来的部分挖开，重新抛土碾压，对于纯人工干工程的时代，工作量之大可以想象。

合阳指挥部的领导满脸通红："平常给你们千叮咛万嘱咐，你们都当了耳边风！人常说水火无情，这渠道过水一旦出现险情，垮坝后一渠水泄下去东边的几个村子会有什么后果？"他返回去在工地上找到姜大鹏，低声哀求，"乡党，你看那段活能不能不返工，他们太苦了！合阳经济差，一个村子也找不出几辆架子车，他们全凭肩扛手提的，本来进度就慢，这一返工还不知道要干到何年何月！你跟冯指挥能搭上话，给求个情把表层推倒，洒上水让压路机多压几次行不行？"

姜大鹏自是知道民工的辛苦，他更清楚地知道，即使去说冯指挥也搁不住。他还是决定去说一下，一直在一线的他深知会战民工的艰辛。

姜大鹏很快从冯光荣的办公室出来了："你回吧！别耽搁时间了，让大伙返工吧！这次也是一个教训。还好发现问题早，工作量不算太大。"

父亲他们几个带工的抱头痛哭。

"争点气，哭能解决问题我和你们一起哭！干活吧！"营长说。父亲他们亲手扒掉先前一点点垒起来的渠，经过数次碾压，黄土瓷实得像水泥板。骄阳下，晒成黑炭条的父亲和工友们费力地抠起渠帮上的土，阳光榨干了他们身上的油脂和水分。成型的渠道在榔头和铁锨的挥舞下变成一堆黄土，他们一点一点把渠底压过的土铲起来敲碎，重新浇水，扎扎实实回填碾压。

多年来，父亲始终视那次不合格为耻辱，并一再警告后辈做事不能急于求成，一定要一步一个脚印，扎扎实实。

恶劣的环境，枯燥的生活，长时间繁重的体力劳作，民工们开始有了懈怠情绪。面对开始打蔫的民工，为了鼓舞士气，指挥部决定表彰一批先进典型。考评组到工作现场进行评比打分，经过对比，他们发现澄城县寺前镇"死任务，活板面，铺土、碾压、化验操作责任制"方法扎实可行，程序化的流程不光保证了施工质量，还提高了效率。他们立即对澄城县寺前营给予表彰奖励，随后整个工地都以澄城的标准来进行施工。事实证明，这样的施工方法的确可靠，四十多年过去了，无论黄河河床向东向西，那条渠道固若金汤。

总干渠选址地貌复杂，工程浩大，指挥部选择多点施工。工期长，施工点多，施工人员多，很快后勤补给明显跟不上了。面对持久战带来的困境，指挥部提出在一九七六年"三夏"结束后与秋收之前打一场人民战争，争取三年工期两年完成。

那段时间，渭北各村的大喇叭此起彼伏，铿锵有力。几天内，三县受益区有劳动能力的人，几乎全部上了抽黄工地，上不了工地的，生产队分工砸石任务。三十多公里的施工线上，密密麻麻铺满了人。

大喇叭不断播放着捷报：

"××营再创佳绩，提前完成了劳动任务，获嘉奖一次！"

"××突击队，为了按时完成任务，排除艰险完成××这项伟大而光荣的任务！"

"巾帼不让须眉，××铁娘子军在××的带领下，又一次获得劳动竞赛的冠军，指挥部发起号召，向铁娘子军团学习！"

不得不承认，宣传的力量是无穷的。父亲说，再困再累，听到喇叭里的表扬声，人们就像喝了水的禾苗，精神抖擞。翻开东雷志，极简的史话中后人会看到十三万建设劳动大军、一百二十台履带拖拉机、六十副自制混凝土碾压滚的场面。

多年后，站在广袤的河滩里，鹭鸟在荷塘边悠闲地散步，抽水站的电机敲醒了寂寞的夜，掩在青纱帐里的虫吟蛙鸣伴着鱼池上星星点点的灯火，把这河滩装饰得诗情画意。凉风吹过，人们还会记得父辈们在这片土地上挑灯夜战、点点灯火染亮了河滩的场面吗？人是群居动物，即便一片荒芜的河滩，只要有人只要有组织，只要坚定信念，困难就会退缩，自然终会随人的意志转变，这大约就是人定胜天的最初释义。

父亲说，"那时的人不会偷懒，争抢流动红旗可是拼了全力，每个人都怕拉了班组的后腿，干活全力以赴。当时夫妻父子兄妹，一家干抽黄，男女老少齐上阵的情况比比皆是。"同吃同住三年，父亲和工友们结下了深厚的友谊，这样的情谊，唯有当过兵的人才有同感。超负荷的劳动强度，恶劣的生存环境，工友们常挂在嘴边的话就是："我们就不信把这抽黄的事干不好！

就不信离黄河这么近，却要让老天爷拿捏！人定胜天，这活，它也怕人干！"

四十余年过去了，随着时光推移，随着越来越多参与当年那场会战的人作古，那代人为了今天的幸福生活所付出的努力在后人心中渐已模糊。父亲和他的工友站在东雷一级站的群英洞口，那条如河般的渠道依旧当初，默默承载着一渠渠水，从东到西，从塬下到塬上，悄悄滋润着百万亩良田。四十年前村口树下的人，早已换了一茬又一茬，那些为了这一天所奋斗过、牺牲过的人们并不在乎后人能否记得，当旱塬变水乡时，他们就圆了这一生的梦。

2

东雷工程属于"三没"工程，没钱没粮没技术。比起总干渠的土方活，泵站的装机和田间地头的倒虹节制闸的设计安装更具有挑战性。

时任关中东部抽黄指挥部副指挥的李汉星，这位从西安交通大学水利工程系毕业的高才生说："巧妇难为无米之炊，怎么办？硬着头皮也要干！"面对这样的施工条件，他边设计、边施工，带领着其他同志克服重重困难，及时拟定了年度施工计划与阶段施工安排，协助省水电设计院完成了工程概算的编拟、修正。

冯光荣最喜欢说："汉星，我在外化缘，你守在工地做好建设。"

李汉星严肃地说："保证完成领导分派的任务！你只管用心化缘！"

作为工程计划、统计、预算的责任人，李汉星主持编拟的《东雷抽黄施工任务分配意见》《东雷抽黄工程施工预算定额》《东雷抽黄工程施工细则》等重要文件与规章制度，为领导科学决策提供了依据。担任工程部副部长和副指挥后，他亲自组织施工承包责任制的试点。通过实践，总结出了切实可行的《抽黄工程大包干的办法》，有效地调动了施工单位的积极性，纠正了吃"大锅饭"的弊端。

父亲常说，大家说民工辛苦，其实民工只要干好分配的任务，不用动脑子。技术人员才是真累，这么大的工程，没有规划设计，一声令下，多点施工。到了现场，因河滩地形复杂，技术员们一边画着图纸，一边改着图纸。幸好有那个正规大学毕业的副指挥，他和技术员在施工现场画图……

塬下的渠道施工如火如荼，同期塬上的泵站建设轰轰烈烈。泵站的机坑地处深挖方的谷底，手扶车"突突"昼夜不停，大量机械挖出来的土方要运出去。随着时间推移，进水闸、流道、吸水池、机房、配电房这些水利工程按照图纸，悄悄从谷底长出。

随着深挖方施工结束，很快安装队员正式入驻。

父亲跟着安装队的师傅进入安装工程阶段。几年时间，父亲这个扫盲班水平的农民，居然能正儿八经看懂设计图线路图。比起田间地头渠道的摸索施工，泵站的安装不光要有力气，还要有窍门。

安装队的师傅站在东雷管坡下边，对父亲说："东雷抽黄的东雷二级站了不起！水泵二百二十五米的垂直扬程是目前亚洲最高的出水扬程。这两台水泵是泵厂专门为东雷二级站特制的"黄河一号""黄河二号"，这是我们国家自主设计的，它是大国重器！有幸参与这两台水泵的安装，余生想起都是骄傲。泵厂的专家第一次制造这么大的水泵，我们安装人员更是第一次见这么大的水泵电机，之前我们都没见过这么大的玩意，所以错了也不怕你们笑话，只有干活的人才出错嘛。"

"你们是谦虚，我们只能给你们打下手。"父亲说

"别那么生分，来，一起看图纸！虽然它大，但是内部构造是一样的，不要怕。"

对照着图纸，父亲他们久久不能把眼前这堆巨大的配件与水泵电机联系起来："我们村里以前组装过三联水泵，那时我们看着水泵出水就很骄傲，总以为自己也是正儿八经组装过设备的。可是现在一看黄河一号，以前的水泵电机简直就是玩具模型。"

胡总工从机房外进来，看着站在三米高的叶轮下的人群笑着说："你们看起来真小！"父亲他们抬起头，这座钢铁怪物的吸水管直径近两米，如此庞然大物下，人是如此渺小。

水泵与电机之间连接，要校同心，这可是个技术加运气的活路，要把两个庞然大物的轴线对接到一条水平线，真不容易。有时人们忙了半天，满头大汗地用撬杠别来别去，怎么调整都到不了位置，有时却不知道哪一块对上卯，一下子就到位了。

"小李，世间没有白吃的苦，跟着安装队的师傅们好好干，以后设备有问题你就知道该咋处理，到时候你们就是东雷抽黄的一笔宝贵财富，抽黄投运后的泵站维修就靠你们了。"安装队的总工说。

"谢谢刘总，我们一定好好学习，天天向上！"

时光如白驹过隙，不知不觉，加西系统安装完毕。

"加西系统试水成功！"

眼睁睁看着水一点点从拍门下边涌出，人们敲锣打鼓，喜气洋洋在渠道边嬉闹着，胆大一点的下到支渠，试一下黄河水抚身的感觉。

"听说伏六也快交工了，我们范家高明这边啥时候通水呢？"试机成功的声音传出去，乌牛灌区的人着急了，他们拉着站上的人问。

"南乌牛系统设有十五座泵站，泵站多，水泵自然就多。光高明三级站就要装二十台机组，所以这边的进度要比加西和伏六系统要慢，别着急，还有黑池垫底。"

第二个试运成功的是伏六系统。伏六系统的二级站是东雷二级站，参与过"亚洲之最"的安装调试，父亲成为熟练的安装工，被抽调到乌牛系统继续进行安装。

高明三级站厂房，两溜长长的机坑，要排开二十台24sh-19的水泵，一行十排看得眼花。父亲满手油污，焦急地站在六号泵前护着真空管道，等着徒弟的小管钳，等了半天，却发现徒弟站在五号泵那里。

"小王，你是不是站错机位了！"

听见父亲的声音，小王赶紧跑过来："师傅，我就说半天没看见你！这机组把人看得眼花缭乱。"

"傻孩子，连数都不识了。"

大家哄堂大笑，然而繁重而不断返工的工程令大家很快就笑不出来了。

总工程师守在机房："这个地脚螺丝有点移位，必须调整电机，否则运行可能要断轴。"

"这个靠背轮装反了！"

"这个闸阀没有调好，提到顶了，开关也不跳！"

"这个中开面的垫纸薄厚不到位……"

父亲他们很无奈，被指出问题要返工，意味着这几天算是白干了。

"大家手底下放麻利，咱们看谁干得又快又好，合阳的庄稼都喝上了黄河水，大荔人民着急了！"

"除了八号十号机组，其余机组经过测试，达到试机标准，这些年都坚持下来了，也不在乎这两天，大家加油！争取后天乌牛系统也能申请试运行！"

"全部设备已达试机标准，同志们辛苦了，大家再做一遍检查，争取试机一次成功！"

"各就位，做好开机前准备工作！"

3

父亲站在南乌牛二级站的附机层，装好门窗的厂房中主设备早已安装到位，控制柜上黄红绿三色指示灯闪闪烁烁。碘钨灯清冷的光把夜色照得透亮，整流柜后面一大把一大把的二次线找到了主人，它们沿着电缆地沟把水泵电机与控制室的高压部分连接到一起。

"抽黄这些设备，可娇情了！高压开关的触头要用凡士林和猪油涂抹，蓄电池室的电瓶要盖上棉被保暖，清洗要用柴油汽油，二次侧的除尘要用专用琵琶，轴瓦里要加机油，泵壳电机壳管道闸阀，每年都要刷漆，它们比一般家庭的娃娃还要娇气，没办法，它就是龙王，就是菩萨，得供着！"胡工说。

"哦，这些设备真是娇贵！"

"可不嘛！人家能把黄河水引上塬，咱们得受着。"父亲他们一边说，一边把设备齐齐摸了一遍。

"哄"的一声，随着电机开启的声音整个渭北的灯泡明显暗了一下。"不用担心，咱们八千千瓦电机的启动电流是正常运行时的数倍，等电机达到正常转数，这些灯就好了。"胡工说。

电话铃响了，胡工接过，嘈杂的机房，通话时断时续，半天才领会清对方的意思："以后东雷递交用电申请，必须把开机时间安排到夜里十二点以后，东雷抽黄的泵站开机启动电流过大，好几次都让正在生产的企业跳闸了。

企业意见可大了，供电局开会决定，以后东雷必须夜里开机，渭北供电紧张，每年都要限电一段时间，如果不限制东雷抽黄，企业没法正常生产又该告状了，这抽黄真是电老虎。"

胡工听完说："服从你们的安排，一切按你们指令执行。"

一九八二年三月五日，南乌牛系统试机。

父亲他们趴在出水洞口，激动地听着洞子里的动静。当洞里的响声一点点大了时候，父亲他们瞪大眼睛盯着，唯恐错过水涌出洞子的瞬间。很快黄河水顶着柴草浮沫从洞口涌出来，沿着进水闸流进流道，草在水中打几个漩，连同水面肮脏的浮沫一起横在拦污栅前，随着草越堵越多，流道的水位急速下降。人们手忙脚乱拿着铁耙和木杈，来到拦污栅前，随着流道边的空地堆起了小小的柴山，流道的水流一下子畅通起来，前池水位终于恢复了。

"河水真黄！"

"那当然，不黄，怎么叫黄河。"

"这真是黄河水吗？这么远，爬坡上塬，你们辛苦了！"

整个前池一片欢笑声。

南乌牛系统试水，作为抽黄的主力军，南乌牛系统灌溉合阳、澄县、大荔、蒲城四县数十万亩土地，全系统共设泵站十五座，安装水泵机组七十六台。塬上的人们得到消息，激动地挤在出水口，瞪圆眼睛盯着，唯恐一眨眼错过了水上塬的瞬间。

漆黑的贲门微微颤抖，人们目不转睛盯着，随着抖动越来越厉害，"砰"的一声，水头顶开了拍门，哗啦啦倾入渠道。

"水来了！水上塬了！"有人大喊声。

"快来看哪！谁说黄河只会向东流，你看，这水向西流呢！"

眼看着渠道的水流到田里，庄稼挺起腰杆，人们说话的声音大了起来："还是党和政府有办法！求了这么多年的龙王，有啥用，还不是受旱受穷！"

"走，砸了那狗日的龙王庙！供奉的佛像享用了那么多香火，却丝毫不能庇护苍生，要他何用！同志们，龙王靠不住，只有自力更生！抽黄比龙王管用，有了它以后咱们再也不会为水荒发愁！"

"先泡一阵吧！以前一年到头洗不了几次澡，以后就好了，渠道挑一担水，晒上一天，地里回来喝完汤，擦一把，想想都舒服。"

"嗨！干吗那么麻烦，干完活在地头的渠道泡一泡，多美！"

年轻人一边说，一边跳进渠道，紧跟着，人群欢喜雀跃，跟着他一起跳进渠道去拥抱黄河水。

"嗨，不把你摁到水里听你喊两声，我都以为是做梦呢！"

"对啊，使劲翻腾，不翻腾会觉得这一切都是假的。"

水花飞扬，人群嬉闹着，翻腾着。

人们沿着干渠来到支渠，站在田间地头凝望着。河水流进干涸的田间的那一刹那，有人喊："快看，蔫黄的禾苗刚一见水，腾地站直了，叶子变绿了！"人们像一群孩子，指指点点着黄河水带给庄稼的变化。

不远处的锣鼓声响起，那是按捺不住喜悦的人，敲锣打鼓来接水。一个老人跪在泥泞的田间，看着汩汩西流的河水，用手抓着被黄河水浸过的泥土喜极而泣："苍天哪！你终于睁眼了！从今往后，龙王就住咱家了，我们再也不会为水发愁，再也不会为吃饭发愁……"

父亲和他的工友们站在乌牛出水口沉默着，五子、水生、小文……五十八张熟悉的面孔如同电影片从眼前晃过，老人的哭声惊走了眼前的人影。风一吹，河滩的沙迷糊了眼，父亲和他的工友泪流满面。唯有他们清楚地记得，为了这一天，有五十八个人献出了鲜活的生命。

夜色的渠边，满满一渠黄河水向西奔流，一轮明晃晃的满月清冷冰凉挂在树梢。父亲和他的工友们借着柴草燃起的烟火，把一沓沓纸钱扔在火里。

"今天水上塬了，水生，这么大的事，不管你知道不，我们都应该告知你一声。若有在天之灵，你就让纸蝶跳个舞，我们就知道你看见了……"

风一吹，瞬间，那群纸蝴蝶腾空而起，飞得好高、好高……

"水生他看得见，他一定看见了。"

父亲他们哭了，有一朵纸蝴蝶轻柔地落在他的脸上，像要为他擦眼泪，"水生，我的好兄弟，我知道是你……"

第六章　后浪涌来

1

二十世纪七十年代末，第一批青工正式到抽黄指挥部报到，开启了抽黄的新篇章。这群十五六岁的孩子便是抽黄建成投入使用后的第一批国家正式工。此前工程阶段的关中东部抽黄指挥部属于临时机构，所有技术人员与指挥部的领导们都是从其他单位借调的，所有民工都是各村投劳。随着工程投入使用，抽黄有了正式编制，早期借调的人员愿意回原单位的回，不愿意的办好手续，从此就是抽黄人。

作为第一批通过招工进来的国家正式职工，抽黄指挥部的领导们对他们寄予厚望，看着这群充满朝气的年轻人，郜指挥高兴地说："这是咱们抽黄的新主人了，日后设备运行与日常管护就由他们担负了，抽黄的长远发展也是他们的责任。"

一群叽叽喳喳的年轻人，给泵站带来了活力。张爱华、雷月等几个女孩子来自西安，史进、韩晓红他们十几个来自周围的县城。这群城里长大的孩子们早早离开家，磕磕绊绊，吃了不少苦。

青工们停学早，在家这两年也是吃了一些苦。如今盯着介绍信上的公章，半天不能相信这是真的。

"史进，咱们是国家正式工了，以后每个月就能领工资，对吗？"张爱华问。

"那是，从现在起，咱们可是端上铁饭碗的人了。"

"哈哈，真好！这几年妈妈把我送到乡下，我是真笨，五谷不分，锄草锄了苗，割麦割了手，撒种撒不到窝里，人家告了几回状，妈妈愁眉苦脸地说，像我这样，嫁了人会天天挨打。"

"哈哈哈，能让告状可见你是真笨，不过不要紧，以后咱们要做的，就是发动着机器，让它轰隆隆地响，修好了水泵，让它把水提上塬。切记，机械是死的，人是活的，只要用心，都能学好。"

雷月说："对，我们要珍惜这份工作，没有工作，我们就是米虫。"

"快走，我要发动机器，让它轰隆隆地响。"韩晓红兴奋地跳着。

卸下简易的行李，年轻人四处打量一番，单位不缺房子，一人一间薄壳窑。库房有施工阶段制作的床板，领到床板，几个年轻人跑到同伴的宿舍左看右看，一种主人翁的自豪感油然而生。

史进激动地站到椅子上，长臂一伸，大声喊："从现在起，我们便是国家正式工了！"

雷月说："从今天起，咱们就是工人阶级先锋队了！"

"咱们工人有力量，嗨，咱们工人有力量……"张爱华开始唱起来，歌声惊起了雪松树上的鸟。

几个年轻人循着鸟的"扑棱"声，来到雪松树下。他们像一群叽叽喳喳的鸟，话题落在两年村里的生活，张爱华感慨道："停学后天天混日子，做梦都没想到，有一天我会成为一名国家正式职工，能有一间独立的宿舍，史进史进，你过来让我掐一把，看是不是做梦。"

"行了行了，这还能有假！实话实说，从今天起，只要伺候好机器，按时上班，无论刮风下雨，风调雨顺，每月工资雷打不动。"史进说。

刚踏上工作岗位的青工们跟到安装队师傅后边，他们嘴甜腿勤："李师李师，这水咋这么黄？"

"王师王师，这个洞子的尽头是哪？是不是这样一条密封的黑洞子直通黄河，不让河水见光，直接运上来……"

"李师，这里到黄河边到底有多远？我想去看黄河。"

不几天，这群年轻人和安装队的师傅们打成一片。下班后，渠道上、土路上、田野里，到处都是他们的欢笑声。他们排成排，战战兢兢从数十米高的斜拉渡槽上走过来，一边大声喊着害怕，一边又走过去。他们兴趣盎然地看着农人在田间忙碌，猜测着田里的青苗是谷子还是糜子，他们为草丛里跳出来的蚂蚱和天空飞舞的蝴蝶惊喜半天。

晚上回来，史进张口唱道："风在吼，马在叫，黄河在咆哮，黄河在咆哮……"

紧跟着，一帮年轻人都跟着吼起来。

后来，一听到这个声音，父亲他们就知道，这帮年轻人疯回来了。

他们脑海里有数不尽的问题，他们会缠着技术员问，这满满一渠水从人头顶过时会不会突然决口？他们也会趴在倒虹吸的暗格口，"史进，你说这水怎么能从地下又流到地面。"

史进一脸嫌弃："嗨，这你都不懂，傻。还不是渠道上边的水压大，把底下的水挤上去了。"

当然，他们更感兴趣的，是村里的鸡晚上歇在树上。

史进兴奋地提着两只鸡："昨晚踩好点了，这个村人懒，大多数不垒鸡窝。巷道的树上卧着好多鸡。等夜黑透了，站在树下用手电筒一照，那些鸡一动不动，被人捉住也不叫。"

安装是外包，机房里人仰马翻的忙碌并不影响他们，他们才是这里的主人。安装队的师傅语重心长地说："史进，你们一定要好好学，试机成功以后我们就要撤了，工人啥时候都是靠技术吃饭，正式运行后，设备出现的各种故障处理就要靠你们了。"

"知道了，师傅。"史进几个嘴乖，但自从知道国家"正式工"这个词语的含义后，他们并不把师傅们的话当回事。

夜里鸡拎回来，史进怕它叫，把鸡嘴用铁丝捆起来，放锅里烫一下，开始拔毛。

2

机房里，这群第一次参加灌溉的孩子叽叽喳喳趴在出水洞口，憧憬着黄河水从洞口涌出来的样子，父亲他们在机房忙碌了，没人理睬这帮孩子。

"史进史进，你听洞子里有响声了，是不是水来了？"

"嗨，水声肯定比这个要响亮。"

"嘘，别说话，小心把水惊跑了。"

这一说，刚才还手舞足蹈的张爱华马上乖乖把耳朵贴在洞子，一动不敢动，怕惊着洞里的水头。

当洞口可以听见轻微的水声，韩晓红再也忍不住内心的激动，她努力压低嗓门，用激动得发颤的声音说："我听见水响了！"

"我也听见了！"

水声越来越大，他们眼睛一眨不眨盯着，唯恐错过水涌出洞口的瞬间。然而当泛着白沫的水卷着一大堆枯枝荒草从出水洞涌出来时，他们顿感失落。记忆里村庄用机井水浇地那水清亮清亮的，哪像这一渠铜稠烂漫的黄泥水。他们一脸失望嫌弃，回到控制室看着配电屏上闪闪烁烁的指示灯。雷月看着桌子上的运行日志说："只有坐在这里才像工人，以后我不去前池了，捞草看水位，那都是没有技术含量的活。"

史进说："咱们不能光坐，走，去看看师傅们咋干活。"

"我不去，我以后就坐在这里，抄抄表，跑跑腿。以后你们好好干，当个班长总值啥的，可以护着我！"电炉上的水沸腾了，张爱华给桌子上的缸子里续好水，把水壶放到边上，拿起笤帚，满地都是男人们弹的烟灰。

随着最后一台水泵的平稳开启，前池水位逐渐稳定，父亲他们洗干净手回到控制室。缸子里的水温刚好，父亲一口气喝了大半缸子，说："孩子们，灌季正式开始了。"

"李师，你比我大不了多少，就叫我小史，或史进！"

父亲笑了笑："史进爱华，一会下班你们沿着渠道走走看看，看看黄河水是怎样流到田里，对了，以前见过浇地没有？"

"在村里时见过浇地，那是机井水，水很清。李师下班你跟我们一起去渠道上看浇地吧！"韩晓红说。

"我就不去了，家里晚上浇地，我要回家干活，你们沿着渠道看看，别跑丢了。"

下班后，几个年轻人怀着激动的心情跳到干渠上。放眼望去，农人穿着棉衣在田间忙来忙去，接上水的人眉开眼笑。他们弓着腰在早早打好的垄上戳开一个小口子，让水流进小小的井格，等这一小方块灌得差不多了，他又戳开下一块方田。

等待接水的过程是漫长的，排在后面的人不时走过来看一眼前边过了水的庄稼。点一锅旱烟坐在渠帮上候着，他们怕一不留神这一家浇完了把自己空过。

有人认出了几个年轻人："这不是水站新分的那几个娃娃，你们下班啦？站上开了几台机子？"

史进他们立刻把小身板挺得直直的，说："开了两台，刚下班时准备加机组呢。"

"那就好，加了机组我下游那二亩地就不会被遗下，渠道末梢就怕水到跟前了，抽黄停机了。"

"你们家不在这，平常上街也不方便，我家在出了站门朝南第三条巷道第二家，没事就来坐坐。"

"好啊好啊！"

找到话题，渠帮上的人来劲了，这群第一批受到抽黄工程惠泽、能吃饱饭的农人，对抽黄的喜欢是虔诚景仰的。爱屋及乌，他们看见抽黄人就觉得是自己人。

有人从裹了几层的手帕里拿出烤红薯塞给张爱华："这女娃娃长得真好看！红薯还热着呢，你吃一块！"

张爱华红着脸："刚吃过饭，吃不下了。"

如此推了几次，那人有点生气了。张爱华只好接过来和几个年轻人分着吃。

"甜绵甜绵，真好吃！"

晚霞把天空抹得通红，一群年轻人身披彩霞一路高歌返回站区。

父亲说，有了这帮年轻人，站区才有了活力。

3

初时的新鲜劲过了，河滩更多是寂寞。夏夜荒郊野外，蛇鼠和蝎子是很常见的。时间久了，女孩子不再一惊一乍，她们大大咧咧拿着手钳夹住墙上的蝎子，讨论今夜这只猫头鹰的叫声比前边的美妙动听许多，它肯定是猫头鹰里边的美人。面对慢悠悠从面前游过的蛇也不躲避，对视一下，张爱华也会学着史进的样子，对着蛇做一个手势："您先请……"

张爱华清楚记得，她到东雷的第三个夏灌，那是一个闷热的夜班。她和身为师傅的父亲坐在前池边看水位，虫吟蛙鸣，月明星稀，青草散发出的幽香冲淡了酷暑的燥热。

"李师，以前这样的夏夜，我会和大人们坐在回民街的烤肉摊上。他们喝着啤酒，我们闻着空气里的烟火气息等肉熟。周末会去与兴庆公园划船，不划船看公园里的花草灯光，也很有意思。"

"爱华是想家了，可惜太远，要不然休班你回去转转。"

"不了，在站上想回去，真回去又不习惯，城市变化太快，跟不上节奏。"张爱华有点伤感。

远处隐隐传来雷声，不一会狂风突兀地掀开门窗，无所顾忌地窜来窜去，引得电闪雷鸣越来越近。

父亲从椅子上跳起来说："小张，赶紧关窗！"他飞快跑到控制室准备好应急电源，张爱华刚关了两扇窗，雷就在头顶炸开，风呼啸着摇摆着电线与室外的灯。灯闪了几闪，终于在一道劈开天地的闪电后，一片漆黑。

"失电了！"随着父亲的喊声，整整一管坡水在毫无提防中蜂拥而下，电机在水的压力下高速倒转，瞬间机房充斥着尖锐刺耳的声音。父亲打开应急电源，手摇电话没了信号，他一边吃力绞动着出水闸阀，一边喊："小张，快上去叫人！"

瓢泼大雨打在身上，巨雷在头顶一个接一个炸过。顾不上害怕，张爱华顺着管坡，跌跌绊绊地往生活区跑。台阶泥泞而湿滑，雨打得睁不开眼睛，她不断摔倒，又迅速爬起来向前冲。雨水夹着泪水，分不清谁是谁，张爱华艰难地向前挪着。

闪电撕破了天际，雷声滚滚，张爱华跌跌撞撞地冲向雨中的生活区。突然对面有几束手电光照过来，雨夜这光影是如此柔和温暖，她知道，同事们来了。

"失电后水工更辛苦，他们要在第一时间赶到渠道上把所有闸门斗门都提起来，所有斗口支口泄洪，以减轻机房前边水位突涨的压力。泄洪不及时会危及机房，机坑一旦进水就是大事故。"几位老职工对这帮年轻人说。

大家手忙脚乱按照应急预案逐项去做，当父亲手动关闭了最后一台出水阀门，倒转的电机慢慢停了下来，机房一片宁静。

风停了，雨住了，等到供电恢复后，坐在控制台前的张爱华再也忍不住哭了。"傻孩子，刚才怎么不哭？"父亲问。

"刚才紧张得顾不上害怕，现在缓过神知道害怕了。"

史进斜了张爱华一眼："小样，一点出息也没有！"

已成为班长的父亲和几个技术过硬的工友，手把手教着这群青工，他们惊讶地发现这帮年轻人学东西真快。当初他们许久都捋不清的二次线路，史进和韩晓红两天就分得清清楚楚。

发工资那天，一帮年轻人规规矩矩在工资表上签上名字，看着从出纳手里领过来的钞票，久久不敢相信自己的眼睛。

"我也是有钱人了！"张爱华在宿舍里用手甩了甩那沓钞票。

"切，好像姐没钱一样！"韩晓红傲娇地扭了一下脖子，年久变色的线衣经不住主人折腾，裂开了缝。

张爱华笑得肚子疼："我知道姐姐有钱，当务之急，是不是应该先买身秋衣秋裤！"

"走，叫上史进他们，一人一身新衣裳！"

一帮人笑着闹着，跑到乡上来不及转街，循着食堂的香气，大家不约而同想到吃饭。

史进说："国营食堂的莛面味道不错，油水也厚，以前一年吃不了两次，这次敞开肚皮，女孩子两碗，男孩子三碗，人生第一次领工资，我请客！"

女孩子当然吃不下两碗，男孩子两碗也吃不完。

张爱华说："一样的饭菜，灶房里永远清汤寡水，开水煮菜。每次饿着肚子跑到灶房，除了菜里没油，四处都糊着油腻，当时就不饿了，等会咱们买点菜，回去自己做两顿饭！"

"我觉得当务之急，先不说做饭，我们最需要的是一人一身新秋衣！"史进说。

张爱华说："第一个月工资，要干的事多了，我还想烫头发呢，算了，做饭是下个月考虑的事。"

"烫头发就算了，这里的水平，烫坏了你咋出门！改天休班咱们去县城，政府门口国营理发馆的师傅，手艺杠杠的！"

父亲和他的工友们正在晒着太阳。赶集回来焕然一新的青工们，拎了一兜麻花蹦蹦跳跳进了院子。

"国营食堂的蜇面量大，我一碗吃得饱饱的，没尝饼子。"

"史进眼大肚子小，吹牛说能吃三碗，结果两碗都没吃完。"

几个年长的工友，看着一身新装的年轻人，不年不节的，上趟街回来就敢买新衣服，这些年轻人还真是不会过日子！想起工资表上这批才上了几天班的青工工资明显比他们高出一截，想想家里拮据的日子，心里有点失落。

4

渭北穷，这帮汉子从小就知道钱的不易。父辈们长年在土地上辛勤耕作，日复一日汗珠子摔八瓣，也不一定能割两斤肉过年。农村的孩子早早停学就开始相亲结婚，他们比这帮青工大不了几岁，却都是几个孩子的父亲了。上有老下有小，生活的担子压得他们不敢胡乱花一分钱，有了抽黄这份工资，家里的日子在村里还算过得去，但国营食堂的蜇面烧饼，他们一年也未必敢放开肚皮吃两次。

"发了工资，你们到乡里给家里寄钱了没？"三班长问。

"没，第一个月要干的事多。"史进说。

"这人跟人就是不能比，看看人家……"王二虎小声给父亲说。

"还是要攒点钱，你们以后结婚生娃娃了，钱是不够用的。"父亲接过史进的烟，吸了一口说。

史进笑着说:"结婚生子?那还是很远的事,我们还是孩子。哦,对了,韩晓红张爱华你们要赶快哪,女孩子老得快,你们可不敢拖成老姑娘……"

"切,你姐我还没来得及年轻,你居然敢说我老!"

"再胡说姐撕烂你的嘴!"韩晓红和张爱华追上史进作势要打。他们像一群鸟掠过渭北的天空,使父亲他们明白,原来年轻还可以是另一种样子。

"西安的娃娃就是长得好看。"王二虎盯着跑远了的张爱华,半天没头没脑说了一句。

半天没有人接话茬,张爱华的漂亮毋庸置疑,长眼睛的,都看得见。同样的黄军装大裆裤,别人穿出来拖拖沓沓,她穿出来就是风景。

父亲抽完一支烟,看了看天。

"家里的棉花该抹裤腿了!轮换着回家干活,咱是农民,迟早是要回到村里,不要忘了本分。"

长长的沉默,大家清楚,他们和这群青工根本没法相比。

王二虎说:"我看了,等他们能独立拿下这份工作,我们就该回家了。"

"他们拿不拿得下来,我们都要回去的,这是一开始就确定的。我知道从抽黄筹建到现在,这么多年时间,咱们习惯了抽水站的生活,慢慢生了许多念头。"

"每次接到上水的通知,我一走到村口,他们就会赶上来问:'二虎,天这么旱,咋还不开机呢?'你不知道我心底那份骄傲!我都不敢想,突然没了这份工作,见了人该怎么说!"

其实住在村里的抽黄人都一样,每到灌溉时节,他们会在村里人一脸艳羡中骄傲地说:"要开机了,我去站上,赶紧把准备工作做好。"走得老远,还能听见背后村里人艳羡的声音:"人家不光把地种了,还在站上领工资呢。"

每当这时,他们的背会挺得笔直。

"咱们一期的回得差不多了,就是明天通知回去都是预料之中的事啊!机械是死的,这个行业干久了,谁都能学会。土方活和安装都已经结束了,抽黄工程建成投入使用,马上会大批招工。"父亲幽幽地说。

青工们一直是父亲他们私下里议论的焦点,他们的生活方式颠覆了父亲这帮人的认知。

慢慢地，大家吃饭自觉分成两摊。交接班前，二虎他们技术过硬，发现事故隐患，他们利用长期积累的经验把小问题暂时拖延一下。等交班后，机组很快出了问题，青工们焦头烂额半天也找不出来原因。

看着青工们兵荒马乱忙着，王二虎惬意地唱着秦腔。几次后青工们也慢慢看出了苗头，年轻人脑子转得快又不受气，也会想方设法制造一些事故隐患，几次三番斗法，站上的气氛越来越紧张。

人们自觉分成两派。慢慢地，除了上班，两群人几乎不再交流。青工们才不在乎，他们下班后会步行去邻近的站区，找同一期上班的青工们去乡里聚餐，去河谷里玩。

父亲在院子里洗工作服，隔着墙都能听见那帮年轻人欢快的笑声。进了门，父亲惊讶地发现史进的手里居然提着一口钢精锅，身后的韩晓红手里提着肉。

"真不会过日子，不年不节的，割啥肉呢！"王二虎眼尖，从竹门帘缝里看见后说。

"他们没啥负担。"父亲说。

"挣两工资烧包的！这帮倒财子！"王二虎咬着牙，恨恨想起自己吃过肉已经快两个月了。

晚上年轻人在张爱华的宿舍煮肉，也不知道他们买了啥料，那香味弥漫了整个院落的上空，被风一吹，半个村庄都可以闻到。后来，肉香的味道几乎每天夜里都有，与此同时丢鸡的村民越来越多。

队长怒气冲冲来到站上质问这几个年轻人时，父亲从心底认为这几个青工是被冤枉了。他们工资不低，又没负担，钱肯定够花，直到队长从机坑边坡的垃圾堆里挖出一堆鸡毛。

"你们不知道，才没有冤枉他们，那天赶集碰见熟人，恰好跟这个史进的姥姥是一个村的，就说他在村里怎么害人。总想着长大了上班了就会懂事，嗨！"

他越说越气。史进看着红脸低头的张爱华，怕她扛不住，狠狠瞪了一眼。此时他心里暗暗庆幸，队长若是晚上在树下守株待兔，他肯定会被抓现行，真要抓到现场，这个饭碗大概就保不住了。

"我们白天上一天班，晚上早早就睡了，这杀鸡煮肉，没有半天谁能干完！别冤枉好人了。"史进说。

"你们还能算好人？我还能把你们冤枉了！敢对天发誓吗？算了，你们这种人还有啥不敢！还是到派出所报案，让警察来处理。"

史进深知，必须把今天这个事抹过去。

双方争执不下，队长红着眼说："原以为国家正式工人有钱有文化，要比我们这些农民明事理，可看看你们的所作所为，也不过如此。你们到村里看看，庄户人家攒的鸡蛋连老人孩子轻易都舍不得吃，那是要到集上换油盐酱醋的，可这帮祸害居然把鸡偷去杀了！实话实说，抽黄对我们的改变大家有目共睹，就是逢年过节你们到家里来喝两口酒，村里人都乐意招待，可是这种偷鸡摸狗的事做出来，让人怎么尊重你们！这次没抓到现场，我们吃个哑巴亏，你们要是屡教不改，被村里人抓住凉了饭碗也是活该！"

5

张爱华无比羞愧，队长说得对，村里人的零碎开销就指靠鸡屁股银行。她也清楚这件事不能认，如果认了以后还咋活人！她后悔自己贪嘴，后悔自己为什么不光不劝史进，还跟着他们一起炖肉吃。

王二虎更是戳心窝子："从施工到现在，我们在村里住的这些年，从未听说谁家丢过啥，这贼名我们不背，报派出所吧！"

"二虎说得对！咱是农村人，知道每家每户的零花就靠那几个鸡蛋，才干不出这丧良心的事，让警察查案吧！"三班长说。

"是啊，村里大多数家户的油盐酱醋就靠那几只鸡。这事做得过了。不过也不一定是这帮孩子，他们有工资。"父亲挺矛盾的，事实放在那肯定没人冤枉青工，想到当年对那个保管的处理，他又怕凉了他们的饭碗，说着说着，就有了求情的味道。

有人说："丢饭碗咋啦！这种偷鸡摸狗的人，就不配做工人！"

总值办说，"马队长您放心，我明天就把这事汇报到总站，真要是我们的人，决不姑息包庇；不是他们，也会给大家说明情况，还他们一个清白，你看怎么样？"

队长想了一下，说："我回头去总站吧！今天也没想把事情弄大，年轻人有时候不知道深浅，不吭声不给点教训，总不能让把村里的鸡偷完吧？"

"实在不好意思！"总值把他们送出大门，看着那几间黑了灯的宿舍，叹息一声，"真是身在福中不知福，有那么馋？"

张爱华藏在关了灯的门背后，捂着脸双腿打颤，她是真怕了。

史进一听考虑村里和抽黄的关系，知道这次逃过一劫，但说不怕，那是假的。

韩晓红暗暗扇了两下嘴巴，"干嘛要嘴馋！真闹到派出所，以后咋活人呢！"

雷月发誓，以后一定要离他们几个远一点。

队长第二天去了总站，可能昨天发过火，第二天他说话委婉了许多。他坐在马站长办公室，喝了两口酽茶，说："这些孩子嘴馋想吃鸡也不算啥大事，但是偷鸡这事影响极坏，这次我给你说就不追究了，以后再这样，我就到派出所报案。"

"你放心，你们能考虑到村里和抽黄的关系，我们当然更要考虑抽黄在灌区的影响。明天我就去总部把这件事情反映一下，我们一定会好好教育这帮年轻人。"

"这样最好！抽黄对灌区的贡献太大了，让一个村一个村的人吃饱饭，这份恩情不是两句感谢就能带过去。今天来总站我都感到惭愧，犹豫半天，我这个身份，不说又不行……"

"你咋能不来，既然出现问题，咱们就该早早说开，寻找解决的办法，多少大事都是小问题拖出来的。"

送走队长，马站长不敢犹豫，赶紧把这情况上报给指挥部。

听完汇报，部指挥立刻通知，凡是单位分配了青工的站领导，明天中午到抽黄总部会议室开会。

会议室，还不等他发问，各站领导都开始倒苦水："这帮青年聪明是聪明，可闯祸也一直不停。偷瓜偷枣偷青玉米棒子，和老工人斗法，简直就像孙猴子。"细问一下，果然都差不多。大家经过一番交流得出结论，这群孩子读书少，年龄小，思想不成熟，很容易犯错。

"未来的路还很长，抽黄终归要靠这帮年轻人，可就他们这样子，如何能担起这副重担呢？"姜指挥忧心忡忡。

马站长说："我听说电力局委托专业技术学校培训他们新入职的职工，咱们有机会问问，看能不能让这帮年轻人出去读两年书，也是给咱抽黄培养技术人才。"

"这个主意好！过几天去厅里参加会议我问一下，争取让这帮娃娃出去读两年书。"

开完会，郜指挥拉着在抽黄工地干过的一个副厅长，谈起站上那群令人头疼的青工。在场的一个处长说："你今天来得还真是时候，水校校长刚好在，你俩商量一下，看能不能委托水校开个班，培训一下这群年轻人。需要厅里出啥材料，我们一路绿灯，世界终归是年轻人的，多读书总错不了。"

站上出了那事，几个小青年很快被大家孤立了。就是走到村里也被人指指点点。他们强装一脸不在乎，隔三岔五从集市上割点肉，吃饱喝足就在院子说说唱唱。

"真是一群二流子！"王二虎愤愤不平地说。

"别说村里人，就连咱挣点钱的，过年都不敢这样放开吃。"父亲说。

自投运后，抽黄不再无偿使用民工。上班的民工每月按时发工资，虽少但也够村里人眼热。青工的到来，对比之下那点优越感一扫而空。

乌牛系统的试机成功，标志着工程接近尾声，已经交付使用的泵站用不了多少人。随着几次大规模招工，父亲他们明白，抽黄的新旧交替就快要完成了。

残酷的现实面前，人心难免有些浮躁。面对突然闯入他们世界的青工，他们心底恐惧，又无能为力。明白后，双方相处当然不会太融洽，青工们上班前也是经过一番摸爬滚打的，他们见过世面。看清老工人举动里的恶意，他们很快抱团反击，老工人自然不会坐以待毙，较量无时不在进行。

"老李，你别再犯傻！教会学生饿死老师的道理你不懂吗？今天狗屎问油开关操作机构不灵怎么处理，大家都不说，就你显能！他们不会单位才离不了咱们，啥都教你是想回去了！"晚饭后几个年轻人又出去溜达，已成二班长的王二虎说起史进，恨不能用语言杀了他。

"你说得对，以后我不显摆了。以前想咱是师傅要有师傅的样子，教好徒弟是咱的本分，就忘了他们根本就没想认这师傅，以后我绝不给他们多说一个字。"父亲抽了支烟，虽然心底不太认可王二虎的话，但他知道，他们才是一伙的。

"李师李师，这个线路图这一块缺了一点，我看不懂，你能不能给我讲讲？"

"这个电气安装当时是安装队干的，我也没整明白，停机后你到二次配电柜后边按标号看吧！"

"好的，好的，等停机了我们几个研究研究！"

史进跳着走开了，父亲呆呆看着飞速转动的水泵，一脸茫然。

父亲有些看不明白这个世界。

屡次吃亏的青工们从心底不再尊重师傅，指桑骂槐过后，他们依葫芦画瓢，交班前也埋个雷。第二天一大早，院子里的骂声惊扰了美梦。他们也不恼，知道接班的老工人忙了一宿，心底那个爽啊，如同三伏天吃了冰镇西瓜。

6

接到去泾阳水校读书的通知，年轻人在院子里叽叽喳喳，像一群鸟。他们做梦都没想到，这一生居然还有机会继续上学。

"恭喜你们！这一上学回来就是知识分子了！水利技校，那可是水利技师的摇篮哪！好好学！对了，你们没问上学期间发不发工资？学校的开销是不是要找家里要钱？"

王二虎心底在滴血，面上却是笑眯眯。

张爱华心里没了底，她瞅着韩晓红问："应该发工资吧！晓红，你说咱是单位派出去的……"

"我去问问史进，他消息渠道多，咱们这一批人多着呢，看看谁有确切消息。"

王二虎一本正经地说："甭问了，上学是给你们自己读书，单位咋可能掏钱。"

"雷月，你说咱总不能上班还找家里要钱吧！"

看着慌作一团的孩子们，王二虎悄悄溜到父亲宿舍，美滋滋抽了一根烟。

"我就见不得这帮祸害好过，啥都不会还不谦虚！成群结伙，胆子又大，到哪都是祸害！还想公费读书，凭啥呢！咱们跟着安装队齐排着过了几遍，全凭自己摸索才开了窍，电气运行可不是听几节课就能会，这要扎扎实实把设备的原理及线路图吃透，咱们这一批多少人，能学会的就这百十号人，他们行吗？"

父亲收了根烟说："人家是正式工，这个不能变。指挥部让娃娃念书这个主意好，参加总干渠会战那十几万人，你数数还剩几个？抽黄会不断招工，你和我这样的身份都留不住。你说得对，光念书是不行的，我看这帮娃娃蛮不错，聪明麻利，应该让他们跟着安装队锻炼锻炼，两个泵站安装下来，啥都会了。"

"黄河水上塬，村里人这几年虽然粮食够吃，可还是钱紧！咱们上这班，不影响种田，还能领份工资，手头才宽泛。老李你脑袋有病！他们来了，只会加快咱们被辞退的进度。"

"不来他们，也会来别人，新单位肯定要招工的。"

王二虎一脸恨铁不成钢的样子："咱才是一伙的，猪肉贴不到羊身上，你替他们说话，他们巴不得明天把你撵回去！知道不？老李！"

"不管那些了，咱识不了两个字，领工资连名字都写不好，凭啥跟人家争。我看了，还是要让娃娃好好念书，他们考上学将来回到抽黄上班，在家门口端着铁饭碗，那才是祖坟冒青烟的好事。"

"对！让娃娃好好念念书！娃娃念书分到抽黄就是干部，管他们这帮工人！"

"史进，咱到底去不去上学？要是两年不挣钱还要花钱，我就不去了。"张爱华说。

"就是，咱屋里也不富裕，参加工作还问家里要钱，这事我干不出来。"韩晓红接着张爱华的话说。

"都别吵了，我现在就去总部办公室，找冯政工看一下文件，具体情况咱们回来再说。"正在睡觉的史进被吵醒。

"那我们也去！"

看着几个年轻人慌慌张张出门，王二虎心情大好：

> 祖籍陕西韩城县
>
> 杏花村中有家园
>
> 姐弟姻缘生了变
>
> 堂上滴血蒙屈冤
>
> 姐入牢笼她又逃窜
>
> 不知她逃难到哪边
>
> 为寻妻哪顾得路途遥远
>
> 登山涉水到蒲关……

酣畅淋漓吼完一段秦腔，心满意足吃了一碗灶房的手擀面。阳光正好，拉个椅子晒着太阳，想着落荒而逃的对手，王二虎觉得这样的日子才叫日子。

傍晚史进他们回来了，带着从县城买回来的卤肉酒菜，一改往日的敌对情绪，他们恭恭敬敬齐排着敲门："师傅师傅，赶快到爱华房子喝酒喽！"

王二虎虽然愤愤不平，但还没有骨气和酒肉过不去，毕竟这样的场合，一年也遇不上两次。父亲进门，他已经坐在酒桌上喝了好几杯。

"你们虽然受了点苦，但跟我们相比，你们受的苦算啥？生得好，有资格端上铁饭碗，有机会公派念书，抽黄对你们真好，去了一定要好好学习，回来肯定是要挑大梁。可不敢学上一回啥都不会，出笑话。"几杯酒下肚，父亲的话也多了起来。

史进说："李师，别这样说，我听说当年参与抽黄的施工最多时有十三万人，大浪淘沙，不断裁减，现在只剩下数百号人，你们都是精英啊！不光有着丰富的经验和扎实的技术，对周围的环境非常熟悉，能够处理各种纠纷，其实跟在你身边就能学很多东西。"

"我们终归得回家种地，经验和技术谁都可以学。能留到现在够幸运了，我们这帮农民也是真金白银拿过公家工资的！对于在黄土地上刨吃食的祖辈来说，家里出了挣皇粮的，可是了不起的事情，国家投资修建水利工程，为的是我们不再为吃饭发愁，给自家干事公家管吃管住的，居然还会发工资！

放眼哪个朝代都不可能，共产党就做到了。你们在城里出生，父母都是拿工资的人，不知道一文钱难倒英雄好汉。邻居的娃娃发烧，借了一条巷没借到五块钱，眼睁睁把娃烧没了……"王二虎说着说着就哭了，这一哭惹得几个人泪水涟涟的。

"不说那些扫兴话，他们明天出门，说点高兴的吧！"父亲说。

张爱华说："李师，让他说吧！我们这一去要两年呢，回来能不能在一起上班，真是未知数。在站上这段时间，有过快乐也有过不快乐，今天大家多喝点酒，让不快乐的事翻篇。"

"爱华是个好女子，长得好看又心善，这样的女娃娃应该去唱戏，而不是在这里和螺丝扳手拧劲。"王二虎说。

"我才不唱戏，我要做新中国的工人阶级！"

"就是，咱们工人有力量！"史进说完又唱起来，很快一帮年轻人跟着一起唱：

  咱们工人有力量

  嘿　咱们工人有力量

  每天每日工作忙

  嘿　每天每日工作忙

  盖成了高楼大厦

  修起了铁路煤矿

  改造得世界变呀么变了样　哎嘿

  发动了机器

  轰隆隆地响

  举起了铁锤

  响叮当

  造成了犁锄

  好生产

  造成了枪炮

  送前方

  哎嘿哎嘿嘿呀

咱们的脸上发红光

咱们的汗水往下淌

为什么……

父亲他们很快被感染，大家一起唱着闹着，夜色渐深，这份喧闹惊扰了寂寂的河滩，很远以外都能听见他们的歌声。

第二天一大早，父亲他们早早起来，把青工们捆好的被褥放到卡车上，又帮着把房间零散物品收拾好。发动机的轰鸣声里，院里尘土飞扬，父亲他们挥着手，直到土道上黄尘渐散，那帮年轻人没了影子。

7

卡车停在院子中央，几个中分头喇叭裤的男年轻戴着墨镜，哼着流行歌从车厢跳下来。紧接着，几个烫了"招手停"刘海的女青年从驾驶室钻了出来。

他们打量着父亲这群人，目光如同看着一堆雕塑。

王二虎悄悄对父亲说："你看这帮年轻人像不像小流氓？我听说高个子那个叫章骁美，跟人打架动过刀子，你看，就那个，一看就不是好人。"

"别胡说，这帮人可是高中毕业的，他们有文化讲义气，在城里长大，有见识。咱还是管住嘴，别招惹他们。"父亲对这帮前卫的青年，有种恐惧感。

看不惯归看不惯，几天后父亲他们不得不承认，这帮年轻人虽然看起来像小流氓，但其实是一帮好青年。他们干活利落，为人处世老成世故。比如检修，几个女娃娃会带着茶叶到机房，早早给师傅们泡好茶，有时赶集回来买了鸡蛋，她们会按机房检修的人数煮好提到机房，人手一个。章骁美他们发烟，总是齐排着，人人有份。对于他们，民工技术人员只能倾囊相授。

"这帮年轻人不会过日子！村里人鸡下的蛋，除了看望紧要病人拿上六个八个，其余的攒下，就是油盐酱醋针头线脑。咱们凭啥吃人家的鸡蛋，人家的钱也不是风刮来的。"

三次以后，父亲坚决不吃他们的鸡蛋。

"他们腿勤嘴甜，又舍得，学啥还快，章骁美干活特别有窍，我干时他在边上看两遍就会了，这就是悟性。"王二虎说。

"抽了人家的烟，就向着人家说话了。"父亲笑着说。

"人家年轻人敬咱，咱不能不识人敬哪！你今年种瓜不？粮食够吃了，我想腾出二分地种西瓜，娃娃馋的。"

"我在玉米地里撒了几颗种子，够自家吃。"

"土地分配到户，黄河水上塬后，人们不再为吃饭发愁。按理说应该种些瓜果换钱，可饿怕了的人才不敢折腾，他们只晓得种小麦玉米红薯油菜。至于西瓜甜瓜这些解馋的，边角地随意种了几棵，苹果梨后院栽两棵，连送亲戚都有了。"父亲说。

单一的产业结构注定灌溉时间不会太长，停机修整时，这群年轻人骑着二八加重自行车唱着流行歌曲沿总干渠一路向南。他们很快就能熟练通过内网电话相互联系，确定下一站去哪。时间充足，他们会骑着自行车跑到几十里外大荔的站区找另一群年轻人。一来一回，他们发现了合阳和大荔的差距。

大荔的河滩平整，水资源丰富，历朝历代都是渭北的粮仓。站在朝邑滩，稠密的庄稼给河滩覆上一层新衣，一望无际的绿使这帮年轻人感慨万千。

章骁美说："你们看，这不就是书上写的沃野千里，天下粮仓。"

杨晓莉说："是啊，河滩居然藏了这么大一片平地，我还以为整个渭北都是沟壑纵横的土塬坡地。"

刘超英说："今天听技术员王学文说他屋在朝邑，那里有座古代粮仓，叫丰图义仓，阁楼上还有慈禧太后亲笔题字呢。我问咋走，他说沿乌牛站一直朝南到鲁安，向西就是朝邑。他还问咱咋去，我说骑自行车啊，他惊得眼珠子都快掉下来，真是读书读傻了。"

章骁美拍了拍屁股上的灰，跳上自行车："那就赶紧走，还等啥，太晚了回来路上害怕！"几个年轻人飞快蹬着自行车，直奔丰图义仓。

急着赶路，小伙子们车子蹬得飞快，来不及看沿途风景，唯恐耽搁行程。站在丰图义仓的院落里，这座始建于清朝的粮仓很幸运，至今保存完好。青砖灰瓦的阁楼藏在一圈圈绿中，空置久了，长满青苔瓦松的屋顶陈旧颓败。许久没有人来，草们从地面跑到仓顶的青砖缝，给粮仓涂上一层浓郁的绿，风一吹，这会摇动的绿撒下一片清凉，悄然湮没了过往的繁华。盛粮食的斛斗染满了岁月留印，年轻人已经认不出来这些古董。他们爬上斑驳的阁楼，老佛爷的题字在阁楼上龙飞凤舞，也没看出啥新意。从阁楼放眼望去，东边的黄河像一条白练，给峡谷的青纱帐围上一条围巾。脚下是大片大片的西瓜棉花，地的一圈都种上黄花菜。

"晓莉，你说他们这样挥霍土地，大片种上这些农副产品，他们不担心粮不够吃吗？"

"那你去问问！这边土地平坦，村庄稀疏，应该不缺粮。"

阳光正好，风惬意从面前划过，站在阁楼上向东眺望，黄河在不远处闪着银光，阁楼下方的田里有人浇地。

"你说那田里种的是啥？"杨晓莉问，自上次把麦苗当成韭菜传为笑话后，杨晓莉看见地里的苗苗，谨慎了很多。

"我去问问！"章骁美一边说，一边从阁楼走下去。

这片西瓜目测有五六十亩。看惯了合阳灌区的小面积耕作，小雷惊讶地说："他们咋敢种这么多西瓜！卖给谁呢？西瓜不耐储存，过了节令就会坏，咱那种三五亩都要愁一家子，他们竟敢种这么多！"

"人家敢种这么多，肯定不会让坏掉，我去问问。"

章骁美跑过去给主人发了一支烟："师傅，浇地哪！这么大一片，从种子到肥料，投资肯定不会少，据说西瓜费人费地，能忙过来吗？我们合阳种瓜超不过三亩，人们饿怕了，地里基本是麦子玉米，可不敢这么大手笔种农副产品。"

主人擦了把汗，笑了笑，指着身后广袤的沃野说："河滩地广人稀，土地肥沃，这里曾经是有名的同洲府。这里历朝历代都是国家的粮仓棉仓，土地承包到户后，产量翻了番，每一家发愁的不是没啥吃，而是没有地方存放粮食。108 国道修通后，货物运输方便了，人们发现农副产品的经济效益要比粮食高，而且比粮食省劲。西瓜棉花的收益正常年份要顶五到十亩麦子。滩里水浅，略微挖个十几米就有水，随时可以浇地，一年到头地都不闲。滩地光照足，只要有水肥，只要人勤快，种啥长啥，经济作物的收益好，几年就能盖新房。"

第七章　观念涤荡

1

　　几个年轻人听呆了，章骁美说："合阳人守旧，只知道种粮食，以为种地受穷是正常的，有机会应该让他们看看你们是怎样种地。"

　　"这不一样，合阳土地贫瘠，村庄稠密，历来靠天吃饭。十年九旱让人们吃尽苦头。直到抽黄工程的建成投入，才解决了吃饭问题，饱受缺衣少食之苦的人深知粮食珍贵，好不容易有点水浇田，哪舍得种农副产品？说到底，还不是饿怕了。"

　　"可是家家种这么多，卖给谁呢？"杨晓莉问。

　　"西安渭南，包括你们合阳。大荔沙地西瓜有名，瓜贩子早早就来了，他们只怕少了装不起车，越多越好。"

　　"西瓜棉花费劳力，你们家家种，咋忙得过来？"

　　"多了就有多的办法，有合阳人啊！西瓜压蔓疏果时节，金水坡头都是从黑池马家庄赶来打零工的人，合阳人干活实在，慢慢成了熟客，我们给钱利索，大家都有了固定关系户。"

　　"谢谢师傅，这一趟让我们明白合阳和大荔的差距，回去给那帮木头师傅说，让他们来学习一下。"章骁美说。

　　几个年轻人告辞了浇地的汉子，他们骑着自行车沿河滩仔细分辨田里的花生棉花西瓜。直到进入合阳地界，农副产品戛然而止，仿佛换了一个国度。窄窄的田间只有单一的麦子玉米，人们在地垄上种一点蔬菜，恨不能把机耕小路都种上庄稼。

"合阳人勤，像李师王师一下班赶紧奔到地里，东山日头背西山，也不过温饱。他们挣点工资，日子绝对中等偏上。对于大多数村里人来说，娶媳妇盖房是人生的两件大事，要凑到一起，除非老祖宗留了私财。一般屋里盖房，要动用所有资源，举家负债。"杨晓莉说。

"是啊，不改变观念是不行的。难怪他们说，只有乌牛系统开机才算真正的开机，至于黑池伏六的灌溉，那是搭头。东雷二级站拥有亚洲之最的水泵电机，却没发挥应有的作用，伏六是穷乡，一个灌季十天能宣告结束，能富到哪！简直是资源浪费。我得回去劝劝那帮榆木疙瘩，让他们出来看看，每天三点一线，土里刨食，一个个都成井底的青蛙了。"章骁美说。

夜色渐深，月色正好，渠道上的路坎坎坷坷，鱼池的水面波光闪闪，年轻人兴致正浓，一条鱼跃出水面，惊起一堆细浪，又很快潜入水中。

"这样的天应该吃鱼！"章骁美说。

"是啊，这么鲜的鱼就该被吃！咱们没有工具，摸不上来。"

"走，咱们找鱼池的主人，他这里肯定有灶具，让他做两条鱼咱们吃完再回站上，今跑了一天，我都饿了。"

小雷说："走！在大荔吃饭早，我也饿了。"

鱼池的狗极为机敏，他们才近看护房狗就叫了，紧跟着，附近鱼池的狗都叫起来。杨晓莉吓得脸色苍白，瑟缩在章骁美后边拉着他的衣角，嗓音微颤，"咱回吧！鱼池的狗可不是一般的笨狗，我怕。"

"怕什么！买鱼，又不是偷！这么多狗叫主人很快会出来的……"

"谁？谁在那里，赶紧走，再不走就放狗了！"话音未落，主人摸索着从看护房走了出来。

"师傅，我们是抽黄的，今天骑车子去大荔，一来回又累又饿，想吃两条鱼，你网上来做好得多钱。"

"原来是抽黄的，来来来，你们坐这等一下，我去网鱼。"男主人拉亮了看护房外的灯，向投料机走去。

等男主人手提两条三斤左右的草鱼回来时，女主人早已做好了剥葱剁蒜生火准备工作。男主人扔了几颗花椒在油里，烧热后放入葱蒜辣椒，炒出香味把剁好的鱼块扔进去，盖上锅，不一会空气里弥漫着浓浓的香气。女人把鱼盛到菜盆里，莹白的鱼汤与鲜香的鱼肉刺激着人的味觉，男人拿出一瓶酒，"河滩这一带，除了你们，就是我们！都成一家人了。你们是新来的吧！二虎小史小张我都认识，他们常来。来来来，喝酒！"

几杯酒下肚，话多了起来："哥，你这鱼做得比政府招待所的都好吃！要是能天天吃这样的鱼，我们也不辞长作东雷人。"章骁美说。

"那是！我这鱼多鲜哪！食堂要提前采购并杀好，有时他们混几条死鱼也发现不了。我告诉你怎样分辨鱼是死杀还是活杀的，死杀的鱼肉吃到嘴里稀松绵软，活杀的鱼，肉质劲道！"

吃完鱼章骁美给钱，鱼池主人说啥都不要："我和老婆从河南过来养鱼，长年在河滩也没啥亲人，这一带，除了我们，就是你们，咱是最近的亲人！没有抽黄水，我还养啥鱼呢！一池死水，鱼早都死光了，抽黄人吃我的鱼是看得起我，给钱就是打哥的脸。"

"吃饭给钱，天经地义，你再这样我就恼了。哥，出这么远的门不就是为挣点钱吗？再说吧，我们是挣工资的人，白吃你的鱼，晚上睡不着！"

两人推推拉拉半天，章骁美硬是给留了两块钱。酒足饭饱，一上渠道的土路，章骁美兴奋了，他的嗓音极好：

> 年轻的朋友们
> 今天来相会
> 荡起小船儿
> 暖风轻轻吹
> 花儿香鸟儿鸣
> 春光惹人醉
> 欢歌笑语绕着彩云飞
> 啊亲爱的朋友们
> 美妙的春光属于谁
> 属于我属于你

2

在章骁美的带动下，年轻人一起大声唱着，歌声在荒芜的静夜特响亮。寂寞许久的狗受了惊吓，它们此起彼伏叫成一片。河滩的土道坎坷不平，章骁美带着杨晓莉几次差点摔倒，晓莉去扶章骁美，拉着他的手，心底突然漾起异样的波，这一波令她身体有片刻酥软。狗猛烈叫着，晓莉缩回手，又有点怕，那颗心紧张得想要跳出胸膛。她不敢说话，努力吞咽着唾沫，极力压回那颗想要蹿出来的心。

"晓莉，我唱歌好听不？"

正在走神的杨晓莉没有听见，微醉的章骁美突然猛踩脚踏，自行车飞快向前冲去，碰到一个小土堆，"擦"的一声，车子倒了。章骁美直挺挺摔倒到路上，杨晓莉紧跳慢跳，还是从渠帮滚下，幸好斜面长出一棵小树，只是手被蹭破了。

"你们两个笨蛋，今要是掉到渠里，这一渠水可是够呛，哈哈哈······"几个人扶起车子，看着狼狈不堪的两个人笑得肚子疼。

章骁美拍了拍土扶起车子说："笑个屁，谁长这么大还不摔几回！"

第二天一早，章骁美一见父亲就说：李师，我们昨天去朝邑滩，人家和地主一样，种棉花都是成百亩，西瓜都是几十亩！至于麦子更是一大片一大片的，麦子收了种玉米或者萝卜，每年收两季。"

"这帮年轻人站着说话不腰疼！我屋不到十亩地，简单种点麦子红薯。一年到头都没休息时间，你说他们种几百亩？还几十亩西瓜！年轻人真能吹。"王二虎毫不客气。

父亲虽然也认为这几个年轻人着实不靠谱，但心底还是很羡慕他们。他和这帮发小一起干了这么多年抽黄，始终规规矩矩守着工地，守着站区。即使那年去港口送叶轮，也是坐着蹦蹦车来去匆匆，哪有心思管人家地里种了啥。这帮年轻人才来几天，站区的四角尚未踩遍，居然敢跑那么远！

家里永远都有干不完的农活。周末若是恰逢上水，母亲必然要我跟她去浇地。母亲穿着雨靴，轮着铁锹，把大田分成一堆方方正正的井字，母亲这才舍得坐到地头的渠沿上，眼睛盯着邻家田里的流水。

终于邻居家的地浇完了，母亲"倏"地从渠道上跳起来喊"燕儿，水来了！"她手忙脚乱戳开一个口子，不停地用铁锹围着土，等这一畦漫透了，又把下一畦戳开。渠道的泥水自然不会听话，它们会及时发现某一处的土质松软，某一处的鼠窝被水冲开，随后水像长了眼睛，从这些地方乱跑乱窜。母亲高高挽起的裤腿上溅满了泥水，她的脸上被汗水和泥水糊得分不清本色。浇地是费人活，尤其冬春灌的夜里，风呼啸而过，在人们的脸上手上狠狠留下一道道抓痕。

"燕儿，你去渠道口看看，妈咋觉得水小了！"

"燕儿，快拿把锹过来把这个口子堵上！"

"燕儿，妈去地里，你把锅碗收拾了烧点开水送到地里！"

……

活实在太多了，母亲恨不能把自己当八个人使，发觉自己不够使，又把我加上。为了逃避母亲无休止的派活，我会以做作业的名义理直气壮要求跟父亲去站上。抽水站安静暖和，写完了还可以去机房渠道四处溜达。夏灌时，若是父亲上前夜，我会和他一起坐到前池边，父亲提起铁耙在拦污栅前捞草，渠侧的地板上很快堆起小山一样的柴火。捞完草后，父亲带着我把白班时捞的草点着，半干的柴草光冒烟不起火，父亲用笤帚使劲扇着，火没起来，我和他落了一脸尘灰。我们也不恼，兴趣盎然看着缕缕青烟冲向天空和暮色融为一体。

一阵风吹过，虫吟蛙鸣，水声潺潺，机房里指示盘上的三色灯闪闪烁烁，那一刻，我想，长大后能做个抽黄人该多么幸福！

父亲去指挥部盖章，管章子的杨干事是从黑池站调上去的，总干渠会战时的技术员，和父亲一个营，很熟。那时只要参加过总干渠会战的人见面都是直呼"战友"，因这层关系他对父亲格外亲热。午饭时他拦住了准备返回的父亲："老李，指挥部食堂有饭，知道你来，我早早报了两份。"

父亲也不推脱，吃着面条谈起站上那帮年轻人。

"老李，你这可冤枉了年轻人。大荔河滩和马家庄交界，我们村不少人去那边打零工，人家的庄稼还真是这么种。区别是种得多了主人反倒不累。种棉花靠机械，拾棉花时节，马家庄坡下满是打零工的合阳人。话到这了，我还是要说说，咱的思想要转变，不愁吃饭还不行，要致富，应该种一些价钱好的农副产品。"

"半亩西瓜都吃不完，转村吧拉不下脸，最后大多送人了。几十亩投资可不是一个小数，不说人工，单说丰年卖给谁呢？"父亲说。

"老李，你真该去南滩转转！种得多了，能装起车就会有客来。大荔县的西瓜根本不愁卖。黑池马家庄离大荔近，学了点皮毛，黑池土质长出的红薯好吃，北雷红在西安渭南可受欢迎了。你看这两年黑池马家庄的人大片大片种红薯，县南的经济就比县北好。"

吃完饭尚早，父亲办完事破天荒没有直接奔向自己那几亩地。他从县城骑自行车沿马家庄坡下一路向南，南边河谷宽阔平坦，干渠两边有大片的鱼池，有大片大片的麦子棉花。正是棉花抹裤腿的时节，地头有蹦蹦车，还有横七竖八的一堆自行车，田里一拨一拨的人。田间的草庵上空，炊烟袅袅。正如干事所说，主家给干活的人管一顿饭。父亲骑着自行车继续向前，停在一大片瓜地旁歇歇，此时正是压蔓掐牙的时节，田里有一大帮妇女。

父亲从南滩回来已是深夜。没有月亮，渠道没有水看不清路，父亲满脑子都是大荔的田野，以至于平常熟悉而温驯的渠帮土道也变得磕磕绊绊。摔倒几次，车头歪了，手和腿蹭破了皮，父亲感觉不到疼，他陷入了一种巨大的惶惑不安之中。南滩的种植模式已经超出了父亲的想象，这种模式不就是原来的地主吗？这些人算不算剥削？长期下去国家管不管呢？

那一夜，父亲失眠了。凭着以前拉着西瓜转村换粮的经验，他知道种西瓜的收益要比种小麦好，可卖瓜要拉下脸，他在村里喊几声"换瓜了"都脸红，真种上几亩，该怎样才能卖出去呢？

3

连续两场雨，渭北的空气里散发着泥土的芬芳，村里人满怀喜悦，有了雨，可以省几十块钱的浇地款。然而这场雨并未让父亲开心，厦房漏雨了。

他很糟心，同时又庆幸雨不大，要是大白雨家里不知会成啥样。父亲正在计算修房子需要多少钱时，伯父过来说奶奶时日不多，该给准备准备了。按照以前约定，棺材板父亲出，粮食伯父出。

送走伯父，母亲说："娃娃一天天大了，用钱地方越来越多，幸好还有抽黄这份工资，不然光凭枭粮食咋能够，你一定要把抽黄这事当事！"

父亲抽着烟，脑子陷入了空前的混乱。他不知道明年还能不能在抽黄挣工资，没了这份工资凭啥撑起这个家？他在纠结，敢不敢多种几亩西瓜，他怕赔又怕太赚钱。

第二年春，父亲在地头转来转去，终于下定决心种三亩西瓜。

三亩西瓜园在小块耕作的田野里也算一大片，够扎眼的。父亲天天泡在田里，殷勤地除草施肥浇水。眼见着瓜苗一天一个样，父亲开心得像孩子，那一段除了上班，他把所有精力都投入那三亩地里，他能清楚记住哪一株瓜蔓最早开花，哪一株瓜蔓最先坐了瓜。

七月正是夏灌最忙的时节，父亲要去上班。

"燕儿妈，瓜大了，你跑勤快点，别让人祸害了，那可是咱的全部家底！种子是杨干事从大荔捎过来的，钱还没给人家呢。"

"哎！知道了，你赶紧上班去，不敢迟到。"母亲答道。她想把手里那点活干完再去，左右不差这会。

她不知道，整村的孩子们都惦记上了那片西瓜。

母亲看着脚下的瓜田，现场之惨烈超出人的想象，遍地都是摔破的瓜，有的瓢子刚挂一点粉红，有的是白色，每一个被打破的瓜都没啃几口，尸横遍野躺了一地。母亲转完三亩地，几乎找不到一个好瓜。

看着眼前的惨相，母亲瞬间就蒙了，两腿一软直直跪在土道上。片刻后，夏日的村庄上空飘荡着母亲撕心裂肺的哭喊："天杀的，你还让不让人活，你们咋下得了手……"

"燕儿，给你妈擦洗一下，她刚晕倒在路上。"

院子里挤满了人，大家都在安慰母亲，同时又埋怨他俩胆子太大，居然敢一次种这么多瓜。

下午父亲下班回来，一进村已经知道下午发生了什么。他一声不吭，他默默清理了现场，坐在瓜庵里抽了一夜烟。

站上的年轻人不时问："李师，瓜熟了没有？熟了带几个大家尝尝。"

父亲忍着伤心，说："快了，快了……"

父亲路过四叔家的半亩瓜园，四叔正在卸瓜。一个念头闪过，买几个带到站上，就说自家的，省得这帮年轻人没完没了。

"你最近没去地里吧！我早上路过，你地里的瓜都碗口大了，也不管，不怕浪蔓！干啥都要有耐心，三亩投资不小呢，头茬被糟蹋了还有二茬。你没经验，种那么多瓜就不敢开园太早，娃娃们盯着呢！"

父亲站在瓜地边，惊喜地发现瓜蔓上长出了碗口大的瓜了。大约母亲寻死觅活的举动吓着了村里人，他们暗地里教训了孩子。

七月底的渭北正热，临时停机，几个年轻人嚷嚷着要跟父亲蹭饭。家里粮食不再稀缺，七月的田间各类蔬菜都有，父亲爽快地答应了。父亲让他们在家等，他去田里换母亲回来，让客人去瓜庵吃饭不像话。年轻人一听忙说就到田里，空气好，又有新鲜蔬果。

父亲从田里挑了两个瓜，虽然不大但因是生地，种出来的瓜沙甜多汁。几个年轻人连声说好瓜。

"李师，给我们每人带五个，称一下！"

父亲自然不会去称。

瓜整整齐齐排在那，章骁美说："不要钱我们就不要了，你投资这么大就是为了送人？"

然而父亲态度非常坚决："我种三亩瓜还没有你们吃的？给钱这就是看不起我！自家地里长的，要啥钱！"

后来，因为父亲执意不要钱，他们只带了两个瓜。

"你就是倔，他们买谁的都是买，三亩瓜投资这么多，现在一分钱都没卖到。还想凭着几亩瓜置办点啥，现在看来，别说赚钱，这是要血本无归。"

"我要在站上活人啊！整天就在一个院子，人家吃两个瓜咱还要钱，我做不出来……"

父亲蔫蔫坐在前池发呆。

总值老张急匆匆跑到机房问父亲："老李，你屋还有多少西瓜？总站打电话让你找个四轮都拉来，总站给大家发福利呢。"

"你说啥？"父亲以为自己听错了。

"你得谢章骁美这帮子年轻人！"

父亲呆住了。

等到下班，那帮年轻人和父亲一起到瓜田卸瓜，忙了一个下午，随着两辆四轮车的远去，母亲和父亲愁白了头的问题解决了。

报账并不像父亲想得那么麻烦，总站让各个小站自己过秤卸瓜，把数字报上去。出纳就把钱给了父亲，前后不过三天时间。

父亲盯着手中的钞票，比想象中厚了许多。歇工后，父亲和总值去街道买了啤酒卤肉送到厨房，他齐排着敲门，招呼大家喝酒。

已是二班长的王二虎，几杯酒下肚话也多了："老李，上班种田搞经济几不耽搁，说实在的瓜吃起来很不错。你这老实人才咥大活哩！"

章骁美笑着说："李师，你就是太实在，瓜是你辛苦种出来的，投资那么大，不就是为卖点钱，有啥不好意思！"

"不说了，喝酒。"总值老张举起酒杯。

父亲讷讷地，红着脸不停倒酒发烟。

那年以后，村里种瓜的家户越来越多，规模越来越大，效益越来越好，父亲却再也没有种过西瓜。

4

两年时间飞快，出门培训的青工回来了。两年时间，站上的新面孔多了一茬，踩在熟悉的土地上，史进他们感到陌生而胆怯。以章骁美为首的年轻人来迎接他们，初时的生涩感过后，两帮年轻人很快融合到一起。年轻人多了，站区马上有了生机。

八十年代初的乡村，那群长头发喇叭裤的男男女女，很快成了乡村人关注的焦点。他们的举止颠覆了乡村人对年轻男女的认知，牵着老牛犁地的汉子骂叛逆的孩子："看看你，跟站上那些二流子有啥区别！"

被指指点点，初时马站长并不觉得有啥，直到有几个老太太跑到站上说，这帮年轻人带坏了她家的女孩子,女孩子看这帮人的样子,也和男娃娃一起赶集,还想买喇叭裤。

马站长哭笑不得,却不得不赔着笑脸解释半天。

好不容易打发走老太太,马站长决定给年轻人开个会。年轻人不知人言可畏。他不知道该咋样去说服,在冯政工的引导下,细思半天才说:"你们还年轻,都没结婚,一群男男女女,影响不好。"

"那我们应该怎样?马站长您说!是不是下了班就该各自在房间枯坐念经?我们是堂堂正正的国家正式职工,让我们不要出门?"史进说。

"我不是那意思,站区无所谓,出去要考虑影响……"

"怎么考虑影响?我们是单身青年,别说现在没有谈恋爱,有也很正常啊!爱说啥说去,路是他家的还是站是他家的?"

"就你嘴能!下午村里几个老太太都找上门来,说的话不堪入耳。咱们要在这里生活,我劝你们离村子远一点是为你好!史进留下,其他人先回吧!"

傍晚时分,史进大摇大摆回到站上,他在一个崭新的摘抄本扉页歪歪扭扭写下:"走自己的路,让别人去说吧!"

正在讨论翁美玲自杀事件的女青年分为两派:一派考虑到领导说的名声,她们的确到了该找对象的年龄;另一派认为不招谁惹谁,只要自己快乐。慢慢地,除了杨晓莉,女孩子们退出了群体活动。

史进喜欢张爱华,毫不遮掩。只是史进自己不说,张爱华就不知道,她的心底把他定位为死党。他们一起长大,一起到站上报到,一起去泾阳上学,又分到一个小站,张爱华把史进当作亲人了。

矗立在村外的小泵站,清闲寂寞。张爱华就像一道风景,很快就走到章骁美他们几个的心里。合适的年龄,相同的背景,章骁美毫不犹豫,立刻展开了轰轰烈烈的追求。

漫长的灌季结束,检修才是重头戏。碗口大的螺丝,遍体都靠各类油脂润滑的庞大机组,每天从机房出来,工作服都像是从油桶拉出来的。黄油机油渗到指缝里许久都洗不干净,以至于每次拿起馒头,都是油脂的味道。洗澡对于村庄算是奢侈品,镇上的澡堂唯有年末才好好营业,受过苦的民工们早已习惯了这样的日子。城里长大的年轻人是不能忍受的，他们下班后总要在宿舍用肥皂冲洗好几遍才去灶房。

一号机组大修，章骁美看着解体后的满地油污，说："张爱华，这里也不要这么多人，大家都是油手，你去给咱烧开水泡茶，以后有点眼色，我们这帮爷们干活，你就多跑跑腿。"

"就是，心里过意不去可以帮我们洗洗衣服干干其他的。"史进自是赞同。

"不去，我就跟大家一起干活，等下班给你们泡茶。"张爱华说着，拿起扳手开始拧螺丝。

王二虎觉得这几个女孩矫情，他讲起总干渠会战时那个叫水莲的女孩。

他自顾自说着，突然发现整个机房一片沉默。

父亲感到难堪，说过去跟现在没有可比性。

"王师，水莲的故事我们都听过，她已经够苦了，听得人心疼。"张爱华说。

父亲和王二虎这些一头沉家在村里的，一下班就骑着自行车赶回家去。夜里的泵站一片宁静，几个年轻人坐在树下，章骁美想起白天的话题，问："你们说水莲这样到底值不值？"

人死如灯灭，水生的一生就这样完了。水莲因执拗备受的磨难到底值不值？年轻人开始认真思索这个问题。

"应该是值得的！她爱水生，水生也爱她，这世间两个人同步爱上对方，是一件多么美好的事情！虽然过程短了，但作为水莲，以后回忆起彼此的爱都是充实的。水莲和水生的故事，是爱与奉献，值得人们尊重并记住，水莲的人生不是一个'傻'能论定的！"杨晓莉说。

章骁美说："水莲不傻，她吃苦耐劳，守本分。正是因为千千万万水莲式的民工，才会在一穷二白的岁月，砸锅卖铁建出亚洲之最这样的奇迹工程。若都是聪明人，谁去埋头苦干呢？从概率上说，出事的不是水生也会有别人，这样一想，无论是爱情还国家大义，他们都值得。"

"你们突然说出这么深奥的话，我不得不仰视。"张爱华说。

杨晓莉说："人的长大，就是在某个瞬间突然明白了许多道理。"

"你说人这一生到底是为啥呢？我们曾经也是豪情万丈，去村里以前，我对妈妈说，我一定能给姥姥家把地种好。几年过去了，笨手笨脚的我始终是大人的累赘。"张爱华神情凝重。

"你现在是堂堂正正的工人阶级，怎么会是累赘？英雄不问出处，向前看！"史进说。

章骁美没有接话，他高中毕业在家并未吃多少苦。这一刻，他在想张爱华的话，人到底应该怎样去活一生？

夜凉如水，白花花的月亮从窗里走进来，肆无忌惮落到床上。张爱华翻来覆去睡不着，她拿了本书静静翻着，她喜欢看别人的故事，看完后把烦恼写到纸上，然后烧掉。

第八章 青春风波

1

"张总值，咱们能不能检修时分两组，李师和二班长各带一组人马，哪一组干完哪一组就放假，如何？"第二天到机房，章骁美说。

"那当然可以，其实能分组干是最好的，效率高，只是女孩子力气小一点……"

"没事，晓莉爱华她俩跟我，我们这边有章骁美，他力气大，又有窍。"父亲笑着说。

"那行，李师你们这边人手放麻利，早早干完你还能回去帮嫂子干活，一大家人也不容易！"

王二虎心底乐开了花，这两个女孩干活，他一个也看不上。

父亲笑了笑，没吭声。

每组三台机器很快分好了，章骁美很坦然地说："张，去给我们烧壶开水，你那里不是还有茉莉花茶；杨，你去把香皂拿下来，一会我们都是油手，洗衣粉洗不干净，没人打下手喝口水都困难！"

"好嘞！"

分组以后的进度反而都快了，这是父亲怎么想都想不明白的事。原计划三天的活，要是晚上加一会班，一天都可以搞定。晚饭后，父亲迟迟没有回家，他坐在那吞吞吐吐半天，晓莉和爱华俩听得云里雾里，不知所云。章骁美很快反应过来："李师，你晚上回去晚点不要紧吧！我看这活加会班就能干完，完了我们明天就不用穿这一身肮脏的工作服了。"

父亲看着章骁美，这个孩子总能站到别人角度考虑问题，又会不动声色帮着解围，这样的人放到河滩真是可惜了。

"爱华爱华，走，到东王看戏去！"一吃完饭，章骁美就在院子里喊着。

"等一下，我去叫史进他们几个一起去！"张爱华说。

那天恰好王二虎家里浇地，史进替王二虎值班。张爱华打声招呼出来，问了其他几个人，大家手头有事，张爱华便跳上章骁美的加重自行车，沿着坑坑洼洼的土道去东王看戏。

乡村最热闹的，莫过于戏台下。两长排小吃摊前挤满了人。台上演员专注地唱着那些过往的才子佳人，远古的忠贞节烈，璀璨的灯火与台下浓浓的烟火气息相比，演员演绎的故事便有了仙意。

"我小时候也学过几天唱戏，那时天天半夜起来吊嗓子练功，总不能合师傅的意，半个月被打了好几次，受不了那份委屈便不学了。"张爱华一边说，一边做两个动作。

章骁美直勾勾看着说："真的很专业，难怪你看起来和别人不太一样。要是当时坚持下去，这会说不定就在台上。"

"现在不是也挺好嘛，我姥姥家离城不太远，也没吃啥苦，而且早早安置了工作，还带工资出去读了两年书。"张爱华很感恩。

"黄河滩比起村子好不了多少！报到那天班车坐到东王坡下，然后在路边拦住拉沙的四轮，沿途风一吹眼睛都睁不开，张口就吃了满嘴的沙子。"章骁美说。

"苦有啥呢，和李师他们相比我们吃的苦算啥啊！当时到单位宿舍，一大间房子就是我一个人的，从小到大第一次有了自己的房子，院子里水很方便，想洗就洗，领的工资每月都有节余，这样的日子以前做梦也没梦过。有了单位，就有了当家做主的感觉。"

"是得珍惜我们所拥有的一切。"章骁美说。

空气里散发着炸油糕的香甜气息，张爱华一手拿着糖葫芦，一手拿着油糕说："我就喜欢站在小吃摊前看戏，一边是烟火气息的人间美味，一边是俊男靓女演绎的神话。"

"爱华，开始我也和你一样，总认为演员是仙女下凡。后来搬到北街，我家隔壁就是剧团，演员早早吊嗓子吵得睡不着。我从剧团后门溜进去，看见卸了妆的演员，憔悴衰老，恍若路人。那种神秘感被捅破，大失所望，便不再看戏。后来剧团散了，咿咿呀呀的吊嗓子早已销声匿迹，我突然想听那些优美华丽的戏词，字正腔圆地被吐出来。今天就圆梦了，以后附近村庄演大戏咱就去！"

史进心急火燎地在机房转来转去，搪瓷缸子里的酽茶在电炉上翻滚着，溢出来差点引起短路。他在机房坐立不安，实在忍不住跑到院子里四处张望，恰好看见父亲骑着自行车从家里赶来："李师，你替我上会班，我有点事，改天你浇地我替你顶班。"

"你去忙吧！没事。"

史进心急火燎地骑着自行车向东王奔去。渠帮上的土道坎坷不平，因为骑得太快，他摔了一跤。史进扶起车子急急瞪了两下，劲鼓圆了脚下却是一片虚空，差点又摔一跤。他飞身上车子，把脚踏蹬得飞快，一路向南。乡下的夜太过寂静，戏台上的灯光在几里外都能看见，史进循着灯光脚下又加了把劲。

史进远远看见张爱华坐在蜓面摊前一边吃着面，一边跟章骁美说说笑笑。他扔下车子，飞快冲到张爱华跟前："这戏台下好热闹！"

"你不是上班呢，咋提前跑了？"章骁美问。

"我不上班也不需要给你请示吧！准你看戏我就不能看啦！"史进像吃了炸药。

"吃炸药了？"

"你才吃炸药，我吃蜓面。唱戏就是为人多热闹，我就想来看看热闹，没碍着你吧。"史进找到一个理由。

"那你慢慢吃，爱华，咱们回吧！"

"你一个人带着人家女娃娃都不怕别人说闲话！爱华等一下，我吃碗面就走！"

"为啥要怕，戏台下这么多女孩子，都是四处赶来的，怕就别出门了。"

张爱华说。

"史进说得对，没事，你慢慢吃，肯定要一起回去呢，难得出来一趟，多逛会。"章骁美想起前段时间马站长谈话的事。

史进很快吃完一碗面，三个人在戏台下的小吃摊前转悠着。恰好新民站的年轻人也来到戏台下，大家又绕着那两排小吃摊转了几圈，直到肚子再也塞不下一点食物才作罢。台上的戏还在咿咿呀呀地唱着，台下年轻人早跑光了。

也不知道几点了，月亮悄悄落在干渠那一渠水里，很快染亮了渠道两旁的河谷。四野一片寂静，回家的路要比来时亮得多，大约因为这光亮，路也近了许多。一路上章骁美和史进较劲，骁美带着爱华骑得飞快，跟在后边的史进怎么能甘心！他的车子没有章骁美的好，加上刚才又摔了跤，心一急几次差点摔倒。

"慢点，再这么快要摔跤了！"张爱华银铃般的笑声，穿透了寂寂的田野，也搅乱了两个年轻人的心。

2

站区的手摇电话响了，总站孙政工打来电话，明天早上除了值班的，其他人去总站开会。

放下电话，到底发生了啥大事要在运行期间召开会议？自通水以来，上水时总站是不会组织大家开会的，除非出了重大决议。

早早吃过饭，大家骑着车子来到总站，一进院子看见指挥部那辆吉普车停在院子里，党办主任和张副指挥已经坐在会议室。马站长低着头看红头文件，众人更是心慌。

"本来咱们灌溉运行期间是不组织学习开会的，因为事关重大，就临时把大家召集来开个会，总值回去给值班的人员传达一下。今天召集大家开会是有两件大事，一件是关于关中东部抽黄指挥部顺利通过竣工验收的报告，下面由陈局长宣读文件。"

"根据渭党发第三十四号文件，东雷抽黄工程已顺利通过验收，工程施工优良，达到国家要求运行标准，即日起关中东部抽黄指挥部更名为东雷抽黄灌溉管理局。"

马站长说："下面我宣读一下第二个文件：关于渭南区委会对东雷抽黄提出工程阶段有过特殊贡献的民工申请转为国家正式职工的批复。东雷抽黄管理局第一批上报的十个有特殊贡献的民工昨天得到批复，经区委会研究决定，同意转为国家正式职工。未能赶上这次转正的同志继续加油，后边肯定还会有机会……"

十个民工转正的消息砸蒙了父亲他们，后边的话他一句都没听进去。在父亲他们这代人的认知里，农民没有当兵上战场或者考学的经历，是不会有机会跳出农门的。商品粮，那是城镇居民的身份标志，是一生不可逾越的出身差异，是想也不敢想的阶级跨越。如今这红头文件一发，民工就能变成捧着铁饭碗的国家正式工！

父亲悄悄掐了自己一把，确定这是真的。

"虽然这次没有我，但只要有先例，就有希望，努力总没错！"第一批这十个人大家都认识，以前一起在黄河滩修干渠，他们一直是标兵，各方面都拔尖，屡次竞技都是获奖选手，他们转正也是情理之中的事情。

回站的路上，父亲和王二虎推着自行车走着。

"老李，你说我没听错吧！民工也可以转正？那可是响当当的铁饭碗！咱这泥腿子也能捧得上？"王二虎有些激动。

"红头文件一下肯定是真的，只要开了头，后边还会有机会的，咱们一起努力。"他们惊异于这个能够改变命运的重大变革，他们喋喋不休，只是相互地再次确认。

"你说张爱华那孩子啥都好，就是在男女关系上厘不清，村里那些人说的话可难听了。"

"二虎你想多了，当年咱们上工地时谁还分男女！现在提倡自由恋爱，你也是单位上的人，别跟农村婆娘一样总叨叨。"

回到站区，气氛有了微妙的变化。因为有了转正的机会，民工对年轻人的仇视也缓解了很多。下午章骁美几个喝酒，客套让父亲他们一块去，这次他们没有推辞。

酒桌上王二虎不住地给青年们倒酒，他说："后生可畏！以后一定要和你们多交流。你们这群年轻人，有文化有知识有出息，……"

"你才不是大老粗，你比李师有心眼多了。"张爱华说。

几杯下肚，气氛活跃了许多，寻常不敢说的话都出了口。史进借着酒不断跟章骁美较劲，张爱华一看这场面早早退场了。

章骁美从小在县城长大，高中毕业待业两年一直是孩子王，自然不会纵容小史，很快酒桌上就有了火药味。说着说着，史进又提起刚上班那些事："刚上班时我们口口声声把你们敬为师傅，可你们没少为难我们。我是唯一一个没转正就当了班长的人，章骁美，我们和你们这帮社会青年不一样，我们自食其力在村庄摸爬滚打时，你们正在街头当小混混！我们在泵站摸索水泵电机时，你们正在为女孩子打架；我们在泾阳念书的时候，你们就知道骑着自行车四处蹿着找女孩子！"

"那是。我们自小在父母跟前长大，没有那么多的经历，上班以后才知道，有些人会把偷鸡摸狗当作一项技能。我们这群人在父母的教育下知道什么事情可以做，什么事情不能做，而且作为一名合格的泵站运行工，基本的业务技能就是自己的谋生手段。至于带女孩子看戏，你也没少带着女孩子赶集。都是志同道合的好同志，结伴一起看戏又怎么了？"

"史进，为人处世你比起章骁美还是有差距。"王二虎说。

"学个屁！喝酒！"

"这一个单位上班，以后日子长着呢，醉话不作数，少说几句。想喝再喝两杯，不想喝就去睡觉，明天还要上班呢。"父亲发现苗头不对，劝了几句。

章骁美说："李师，你是好人。好人就是没原则没底线地和稀泥。你看看他说的那些话，哪里像一条巷的兄弟说的！"

"得了吧！你们那点心思谁不知道！窈窕淑女，君子好逑。都好好干，别让人家姑娘家为难，当了先进再追人家，姑娘脸上也有光。像你们这样一群年轻人天天骑着自行车浪，在村里早被当作二流子，人们的唾沫星早晚都要把你们淹死了！"总值说。

众人劝不住，史进与章骁美还是发生了肢体冲突。

没人注意到，王二虎悄悄地出去了。

"都住手！看看像啥样子，你们都是有文化的新青年，有这劲用到钻研技术上，别年纪轻轻把自己的名声弄坏了！"总值一怒之下摔了酒杯。

父亲拉走了骂骂咧咧的史进。

章骁美被这一摔摔得清醒过来，他开始后悔，人言可畏他懂。

杨晓莉极力抑制住自己内心的波动，慢悠悠洗干净章骁美的工作服，把它晾在铁丝上。章骁美对她始终只是妹妹。不，连妹妹也算不上，难为她一再给他暗示，他毫无表示。她知道张爱华又一次选择了回避，搁以前她早跑出去劝了。人与人之间很微妙，张爱华劝，他们都听。但今天她放弃了。王二虎顺着墙角溜出去，以杨晓莉对王二虎的了解，一定是去打小报告了。

不出意外，明天这个事情一定会传到总站。

这一夜，杨晓莉想明白了许多，她暗自庆幸那层纸从未捅破，否则今天被这群人架到火上烤的就会是自己。母亲说过，在不确定对方态度时女孩子不要轻易坦露心迹，社会对女孩子本就不公，名声这玩意只限制女孩子，母亲真是睿智。

闭上眼睛，全是章骁美与自己的过往。她很小就认识他，他是孩子王，一帮小男孩小女孩都喜欢跟在他屁股后边，听他发号施令。一直到单位他的这种优势依然在。除了不喜欢读书，章骁美真挑不出毛病。夜彻底静下来，杨晓莉就着昏暗的手电光在日记本上写下："再见！我的初恋。"

过了今夜，张爱华一定会被村里那帮古董妖魔化。她没错，错的是她把城市的习惯带到渭北乡村，村人日出而作日落而息的生活规律与封建思想，可不是抽水站这几个年轻人能扭转的。杨晓莉已经二十一岁了，当务之急是需要换个泵站，远离章骁美。回归平和的心态听从母亲的安排，找一个靠得住的人结婚生子，把日子过好。

父亲还是过于单纯。他跟这帮年轻人相处久了，思想早已有了变化。史进和章骁美的举止，他认为年轻人血气方刚磕磕绊绊没有啥。随后事态的失控，使他见识到了什么是人言可畏。

3

史进、章骁美、张爱华一夜间成了名人，故事的演绎早已变了味道。村里一部分人看不惯这群年轻人，一部分女人更是不喜欢小张。敢打架的史进、章骁美是她们心目中的英雄，张爱华自然是祸水。

消息很快传到总站，起初马站长认为一帮年轻人酒后闹事，双方都没来总站，可见并不要紧。他想着等风头过去了，把他们叫到总站私下里说几句，以后注意点。但他没想到，这件事居然以超级离谱的版本被捅到局里。

管理局办公室来电话说，有老同志找领导反映问题，站上的年轻人行为不端，争风吃醋大打出手，以至于灌区人民对整个抽黄都有了看法。这次打架事件在灌区影响极为恶劣，严重影响了单位的形象。

马站长接完电话一时呆住了。

处理结果下来了，史进、章骁美各背一个警告处分。虽然马站长一再强调张爱华不在场，但他还是遵从管理局的决定，为张爱华换一个泵站。

这座泵站坐落在合阳与大荔交界的黄土塬下，这里曾经就驻扎过一个连部，部队改制调走了，那些窑洞日久失修渐渐废弃。改革开放后，一些外地人在此处承包鱼池养鱼，零零星星住了几户。站区孤零零隐藏在河滩腹地，离村庄远，交通不便，买点日用品都要走到十几里外的东王。

"你跟小何小胡三个人接电话，咱们这个站比较偏远，女孩子上运行太操心。"孟站长打量着张爱华说。

"你们三个的宿舍紧挨着，管理局也不知道咋想的，把几个年轻漂亮的姑娘放到这，真不知道我有多大的压力！"

"我一定听话，不惹事，让您少操心！"张爱华说。

"好了，收拾一下宿舍，跟那两个女娃娃熟悉一下，你们以后要相互关照。"

年轻人好相处，三个人很快就熟了。张爱华发现话务员也挺好，不用满手油污，不用去机房熬夜，更不用操心水电安全。

三月河滩风沙大，阳光被黄沙染过，落到地上给整个世界蒙上一层晕黄。风卷着尘沙从窗缝门缝钻进来，整个值班室就像下了一层灰。熬到下班，张爱华再也受不了浑身上下的黏腻，她借了辆自行车去东王洗澡。

洗去一身污垢，一身清爽的她返回站上，突然发现院子两侧都栽上了树。正在上班的话务员告诉她："你的树苗在屋后。"

屋后的乱石堆里，六棵树苗静静躺在那里。以前三月植树，她和那帮年轻人分工合作一起，挖坑的活她干不了，也就是提水浇树苗，如今该怎么办呢？她抡起锄头，可惜落下去只是一个白点。

"张爱华，你的电话！"是史进打来的："你早上干吗去了？打了几次电话你都不在，问了半天也没人知道你去了哪！你们站的树怎么分的，你的树栽了没？"

"我刚试了几下，挖不动树坑！"

"就知道你挖不动，栽不了也不知道打个电话！你别着急，我马上过来。"

二十里地，史进几个骑着自行车飞奔而来，张爱华手足无措站在那里。

"怎么样？人多力量大，看，这不就好了！"

看着在风里亭亭玉立的树苗，张爱华感动得想哭。

"你们想吃啥，踅面吃不？东王过会呢，街上有。"

"算了吧！我们吃过饭才过来的，咱们是纯粹的革命同志关系，不搞吃吃喝喝那一套！"史进笑着说。

几年来，他们分工协作早已有了默契，潜意识里大家就是一家人。然而他们的举止落在别人眼里简直就是惊世骇俗。张爱华调过来之前那段往事又被拉出来，如今再看到史进，有人无端兴奋起来。

没几天，抽黄的泵站都在传，让两个男青年争风吃醋打起来的漂亮女青年好吃懒做，分内的工作都要隔几十里地找人干。马站长唯有庆幸这次不是史进单独去的，不然张爱华除了嫁给史进，真没别的办法。

张爱华浑然不觉，机房干活一般不需要电话员去，她们除了接电话，就是打扫站区卫生。站区闲暇时间多，女人们坐在一起织着毛衣，有限的话题只剩东家长西家短。张爱华一见针线活就头疼，又说不到一块，所以她宁愿下班后骑二十里地去找史进他们玩。

春灌时管理局下了通知，上水期间不允许串站。这个决定对于这帮离家远、长期分散在河滩的年轻人不亚于晴天霹雳。史进骂骂咧咧，因处分在身，倒也不敢过于造次。他暗暗下定决心，再见到张爱华一定把话挑明，这样名正言顺就没人说了。

"狗日的长嘴烂舌头！"他心底骂着。

"人倒霉就这样，做啥错啥，不做更是错。史进，我想回西安，政策越来越好，我有手有脚，没有这份工作也不会被饿死！"张爱华接到史进的电话时说。

"别，你回去了我咋办呢？别人说啥是别人的事，自己的路还是要靠自己走！"

"好，我知道了。"内线电话没有任何隐私可言，张爱华是话务员，深知这点，她赶紧挂了电话。

4

八十年代中期，塬下几个泵站尚未来得及硬化路面，渠道上一条人工踩出来的土道弯弯曲曲延伸到东王，那是站区通往外面世界的唯一道路。若是连续半月不开天，站区的粮食蔬菜就要告急了。

连阴雨使站区变成一座与世隔绝的荒谷。管理局非常着急，会上大家想了很多办法，但现场根本行不通。炊事员眼看面缸开始见底，心急如焚。又是一趟无功而返。郜指挥一脸失望，"当年十三万人施工的补给都没问题，如今条件这么好，还能把人饿着了？想办法！"

物资车从塬上的村子绕到管坡头，男人们穿上雨衣，在数百个台阶上排成竖排，物资沿着这条人工输送带安全运到站区。多年后，大家沿宽敞笔直的沿黄景观公路来到改造过的新泵站，提起背粮往事，眼眶湿润。

雨越下越大，人们腾挪的那几个台阶铺了厚厚一层青苔，一走一滑。从早饭后开始，直到傍晚，终于运完最后一袋菜，即便穿着雨衣，小伙子们浑身上下还是湿透了。等他们换好衣服，张爱华几个女孩子早早在院子里准备好了姜糖水。

站门口那条泥泞的土道上出现了几个黑点，走近了才发现是附近村里的人。他们穿着高筒雨靴跌跌撞撞，身后疙里疙瘩的乙烯袋里是给站上职工准备馒头和蔬菜，眼尖的小张发现，居然还有两条鱼！

"村长说，站上正在检修，雨下了这么久，站上的卡车肯定出不去，这么多人光吃饭都会成问题。你们离开城市来这里这里图啥？还不是为了渭北旱塬人不再受穷，你们能做的我们做不了，但跑个腿应个急，对河滩长大的我们也不算难事。"领头的人大约在路上摔了跤，上半身都是泥。

最近的村子也在十里之外，看着那几位狼狈的模样，张爱华赶紧倒了几杯热茶，让他们进房间坐坐。女孩子干净，宿舍里散发出一股淡淡的香味，几个人看看自己一身泥水，久久未动。

鱼和蔬菜让年轻人一阵欢呼。

第二天，出乎意料雨停了。根据惯例，检修结束离灌季还有一段时间，管理局会安排大家休整。张爱华因为家太远，回家要倒好几次车，再加上电话班本就需要有人留守，索性断了回家的念想，留在站上值班。

一树月季在空旷的河滩开出了碗口大的花朵，她掐了一枝在手里晃着，不远处的河滩里，人们正在播撒着全年的希望，她惊讶地发现，耕地居然有了机械。

张爱华想到了章骁美和史进，他们都不错，但时下怎么选都不对。好像章骁美更顺眼一点，那又如何？那一场酒，那两个处分，已经让她清楚地认识到，以后不能再和他们走得太近。

连续几天吃了睡睡了吃，张爱华感觉自己快要变成猪了。百无聊赖，翻箱倒柜，还好在泾阳上学那两年带回来的书都在，随意找出一本机电运行手册，翻了几页，渐渐觉得也不是那么枯燥。随后的日子有了书，日子过起来快了许多。

"爱华在哪个房间？"她听见一个熟悉的声音在院子问路。

"晓莉，你来了！"张爱华推开门跳到杨晓莉面前，"这么远，你咋来的呢？还说有空去看你们。"

"知道你不方便，我来看你！"杨晓莉笑着说。

"调到这个站能习惯不？以前我们在一起，相互照应着干点力所能及的活，现在你一个人，人家不照顾也是本分，要有个适应过程。在没找到对象前，你可要学会照顾自己。"

"急什么，你不也没有嘛。"

"我妈着急啊，这段时间在家我妈天天安排见面，还说女孩子的花季就这三几年，错过了再介绍的对象都是别人挑剩的。"

"见了那么多，有没有看对眼的！"

"我看顺眼的人家没看上我，看上我的我看不顺眼。倒是你，真不考虑史进？他对你有多好，这样的男孩子不嫁，你想嫁怎样的！"

"晓莉，我们的情况你是知道的。几年时间，他就像哥哥一次次护着我们。然后我们一起上班，一起上学，又一起从学校回到单位，我是晚熟型的人，对感情方面的事情反应迟钝。他早早挑明，或许我俩现在都订婚了。现在倒好，帮我干活都要到院子里解释，我是他妹妹。"

"那你对章骁美呢？你俩蛮般配的。"

"别掺和得乱七八糟，你觉得我和他们俩有可能吗？他俩都是好人，我也是，好人就别为难好人了。"

"现在才体会到人言可畏，正常的年轻人间的爱慕追求，怎么在这里就转了味儿！"

"以前爸爸就说过，书本是劝善的，它会回避人性的丑恶，只有人们心存美好，世界才有希望。毕竟我不是渭北农村不识字的女孩子，别人怎么看我，我真的没有那么在乎。"

"他们说身后的这条渠道上，每年春末开始就有鳖从黄河爬上来晃悠悠到这里晒盖，巡渠的人回来时会抓一堆。后来就有了专门到这一带收鳖的人，附近村子的人一窝蜂涌过来抓鳖，然后鳖越来越少了。"张爱华说。

"哎呀，爱华，快看你的脚底下！"杨晓莉惊喜地喊。

"这么大！"

脚下慢悠悠爬过来一只四斤左右的鳖，张爱华和杨晓莉手忙脚乱不知道该怎么去抓。后来还是晓莉机智，脱掉外套直接把鳖裹进去。

"你说它不好好待在黄河里，乱跑啥呢！它不知道外边有多危险！它不知道人有多坏！"

"它那些安分的祖辈都在黄河里过了一生，至于不安分的，走出来还没来得及告诉它外边有多危险已经被人抓走了。"杨晓莉被张爱华满满天真的话语逗笑了。

"这里离黄河不远，要不然我们俩把它放生了。据说黄河边的放生是为自己和子孙积德，咱们也试一回！"

"好！"

黄河边，两个人虔诚地把鳖放进水里，鳖扑腾两下，很快隐入铜稠烂漫的水底。

"愿你以后不再任性，在河里静过一生！愿你告诫身边小伙伴，外边的世界很危险……"张爱华念念有词。

"对它来说危险个屁，不过一次任性离家出走，尚未来得及迷路，就被咱俩顶着烈日送回来。回去一定要好好保佑我俩，有一段好姻缘！"杨晓莉大声说。

"害不害羞啊？"

多年后父亲提醒我们，两个心里不舒服的年轻人喝酒，别人千万不要掺和，两个人说开了就没事，可是有了旁人，人都好面子，小事都会升级。夫妻间也一样，有的矛盾不需要调和，两个人嚷完就完了，但有了看客就不行了。

第九章　起伏之间

1

八十年代中期开始，东雷抽黄每年都要招几个杨凌水校毕业的学生。水校毕业的学生是基层水利单位最喜欢录用的技术人才，他们聪慧好学，吃得下苦，受得起委屈。时任指挥部指挥的姜大鹏也是农门学子，从施工到运行一路干出来的他，深知好钢都是磨出来的。他坚持水校学生先到最艰苦站点锻炼，以期今后担当大任。

一九九三年，不满二十岁的李晓光从渭南坐着班车一路颠簸，四个多小时后到达合阳县城。他睁圆眼睛看着这座县城，街道很窄，路面坑坑洼洼，大车经过，尘土飞扬。出了汽车站向东不远，就是东雷抽黄管理局，李晓光站到门口打量着隐在树丛中的三层楼，第一感觉这座办公楼很气派。人事科长收下派遣证顺手递过早已开好的介绍信，李晓光第一次知道，有个地方叫新民二级站。

卡车从县道到村道再到渠畔的土道，房屋与人群急速隐去，唯余兼葭与沙丘让空寂的河滩荒芜开阔。卡车拐进一座依土塬而建的站区，院落很大，横七竖八长着一群杂草与一些不成材的树。迎接他的王站长接过他的行李，收下介绍信说："库房还有单人床板，王班长你们给小李拉一点砖，光有床板没有床腿，就用砖把铺板支起来。"

安顿好，王班长说："咱们这条件不太好，委屈你了。"

"没事的，王班长，既来之，则安之。"

李晓光成为一名水工，他尚不清楚水工的具体工作。看着一脸懵懂的他，师傅说："明天带你去渠道熟悉熟悉，这几本书拿着，没事时候看看，这可是咱们抽黄最实用的工具书。"

乡村夜静。院子里唯一亮着灯的房间里，李晓光随意翻开一本书，里边有东雷抽黄的设计图纸，一页页翻看，看着就割舍不下了，不知不觉，天边泛起一抹鱼肚白。有些困，合上书。多好的读书环境，李晓光想。

连续几天，他一个人泡在房间里读书，这样的举动让那群活泼惯了的年轻人很惊讶。

"李晓光，走！今天东王过会，吃油糕去。"几个年轻人碰见他招呼道。

"我不去了，刚才师傅说快要开机了，让我和他去渠道查看一下，你们去吧！"

春灌如期而至。憧憬许久的黄河水奔腾上塬真来了，河水昏黄，水面漂着厚厚一层杂草树枝。

"原来黄河水就是这个样子！"似乎与李晓光想得不大一样。

师傅强调运行期间遇到问题的处理方法，他说，东雷抽黄是一座电力提灌工程，属于特种行业，技术人员必须要有担当精神。总值接过话："王师，给晓光讲一下胡工的故事。"

师傅喝了口茶，娓娓讲起那段往事：

"那年二月底，上游的桃花汛下来，整个流道的水如稠泥。电机声音如同牛吼，管道震动厉害，厂房的玻璃都被震碎了几块。这样的情况，运行人员一点也不敢马虎。当时我们觉得，水工虽然在渠道上风吹日晒，虽然辛苦，但比机房安全。

"当时我在东雷二级站机房上班，接配水站开机通知，东雷二级站电气班长带队去高压室，检查多油开关油位以及操作机构是否灵活，母线排是否有蛛网灰尘。机械班长带领一班人马去机房检查闸阀启闭是否灵活，排污泵动作是否可靠。瓦室的油位油质，女孩子拿出各项运行记录本核对底数，做好各项数据登记，新来的技术员忐忑不安地看着机房里人仰马翻的场面。值班室打来电话，330 线路供电到位，东雷二级站准备开机。现场气势如临战，总值接完电话说：'电气班，执行人、监护人立即到位！机房做好准备，看手势合闸！总控室值班人员填完操作票开始唱票。'机房那两排碘钨灯暗了一下，一阵轰鸣，然后悄然无声。

"又是一阵轰鸣，水泵的声音刺耳沉重，片刻后悄然跳闸。东雷二级站开机一直都是夜里，同步电机启动时整个渭北的灯都要暗一下，本来电机声音就大，那天开启后的声音听起来简直是鬼哭狼嚎。胆小的女孩子看着明明灭灭的灯火，听着刺耳的声音，躲在机房角落瑟瑟发抖。电气班合上油开关，机械班听到指令后准备开启出水闸阀，尚未来得及动作，控制室蜂鸣器嗡嗡作响，'砰'的一声，油开关跳闸了。章骁美细心，他带着新来的技术员去控制室排查，只见光字牌显示'过负荷'。反复试了几次都是这样。

"机电站长满头大汗对值班室喊道，立即报告管理局，东雷二级站开机出现电气故障，请机电科与修试所支援。电话接通不久，修试所与机电科的人来了，他们在配电柜上折腾了许久，水泵电机空载没有任何问题，就是不能带负荷。

"有几个年龄大点的工人说，'水太稠，电机负荷不起，要不然等几天桃花汛过后水清了再开机。'

站在水泵跟前的胡总听了，大声说：'那怎么行，抽黄是纯抗旱单位，抽水站的工作就是服务农业，黄河枯水期开不了机是正常情况，如今水这么大天这么旱不开难道等风调雨顺时再开？我看了一下，设备没啥问题，把二次侧保护部分先撤掉！'

"技术员立刻反对：'不能撤！万一机组发热，保护部分不能不动作，会引发事故！'

"胡工说：'据我观察，设备没有任何问题，是黄河泥沙过大。八千千瓦电机启动，瞬时电流过大，保护动作。只要启动起来，电流恢复正常值，运行应该没有问题。'

"几个年龄大的工人和总值站在控制屏前说：'你说得也有道理，可这明显是违规操作。理论上行，万一出了事怎么办？谁能担待得了？'

"胡总说，'不试一下怎么知道行不行？站在这里干瞪眼总不解决问题。

先按我说的做，万一出了事我负责！同志们，遇到问题要首先想该怎么解决！而不是推三阻四！紧急情况要有担当！'

"总值带着电气班长迅速拆除了二次侧的保护装置，一脸忐忑地唱票：'电气班，执行人、监护人立即到位！机房做好准备，看手势合闸！'

"电机怒吼几声，从机房外边都能感觉到水泵颤了几颤，撤掉保护，水泵果然如胡工所言顺利开启，表盘上指针摆来摆去，机组运行声音嘶哑低沉，总值一头冷汗，他的心随着指针的摇摆而惶恐不安，眼睛一眨不眨，唯恐一不小心，电机起火。

"胡总背对着人群，站在颤抖的水泵边上，他把手放在轴瓦上，还好，有些热，温度计的数值在允许范围内。机房的灯闪了几下，随着出水口的淤泥被冲开，灯光恢复正常，紧跟着颤抖的机组平稳了，水泵电机的声音一下子明亮起来。

"胡工极力把微颤的双腿藏在水泵后边，豆大的汗珠渗透了毛巾。他知道，这次冒险成功了，回想刚才机房天昏地暗摇摇晃晃的那一幕，还是有些后怕。

"开起来了！大家眼睛一眨不眨盯着仪表盘，一分钟，两分钟……半小时过去了。

"机组正常了！总值激动地喊，技术员和现场人员悄悄擦去头上的汗，一颗忐忑不安的心终于落下。大家围着胡工说：'胡工，你真厉害！'

"已经平静下来的胡工动情地说：'不是我厉害，是我不怕事，这种冒险的事情不能让年轻人来干，真要出了问题他们这一辈子都抬不起头，我这把年纪了，该有所担当。'

"机电站长感慨道：'您今年就要退休了，没有必要担这么大的风险，话说回来就是一季不运行，对您也不会有啥影响。'

"胡工说：'我是共产党员，我是技术总工，我得对得起党和国家的重托，我应该有所担当。'"

李晓光听呆了，一座藏在沟底的抽水站居然会有这么多的学问。第一次，他觉得"担当"这个词好沉重。

多年后，许多重大问题的决策关口，他就会想起那位素未谋面的胡工。

2

接到通知，王二虎转正了。

父亲心底掀起了一波巨浪，他心底极为委屈。论技术，论人品，无人不服气，为什么转正名额里没有他呢？

几年时间，已经有两批民工转正了，父亲依然没有进入序列。细心的章骁美发现，自从第一批上调民工转正后，小站的负面新闻很快都能传到总站和管理局。基层的活让谁干了，上边肯定不会知道，但谁不干活上边一定知道。

王二虎转正那天下午，章骁美夹了一条"红塔山"到我家。

"李师，你是我的师傅，我不能看着你这样白白把机会错过，人到哪不能只埋头苦干，还要跟人家拉关系，让人家知道你干了啥。你不是在管理局办公室有个关系不错的伙计，找找他，让他给你说说话，指指路。"

父亲红着脸："这种事怎么能说得出口，为自己的事把人家为难的……"

"师傅，你的脑子一定是木头做的！你不为你想也该为师娘和娃娃想想，转正了将来你退休，政策是允许有一个娃娃接班的！"章骁美说完气冲冲骑着车子走了。

"这娃娃，心眼这么多，咱咋能走歪门邪道呢？再等等，组织一定能看见我的表现！"

"你就在你的正路上吊死吧！当初把眼瞎了，咋就找了你这根木头！"

"你懂得啥！转正哪是那么容易的事！"父亲对着母亲吼道。

他依然忙碌着穿梭在站区与家的两条线上。

父亲干活更卖力了。章骁美苦笑着，对于像根木头一样的父亲，他实在没有办法。父亲这份拼命干活的劲头，一直持续到他那天接到通知，不用再来上班了。

父亲关上门，坐在房子默默地抽了半盒烟。卷起了简陋的铺盖，强装笑颜跟大家告别。章骁美一脸无奈。

王二虎殷勤地把父亲卷好的铺盖卷放到四轮车上，他热情地握了一下父亲的手："老李，以后没事常来玩。"

父亲的腰，一下子佝偻下来。一句话使父亲清楚地意识到，从今天起，他不再是抽黄人，以前他在这里迎来送往别人。今天出了门，以后再来就是别人对他迎来送往。

刚强的父亲回家后大病一场，好了后他和大伙去田里的时间错开。他总觉得别人见了他就会说他没出息，会在身后指指点点。喋喋不休的母亲悄悄闭上嘴，并一再告诫我们兄妹那段时间不要提抽黄。

刚开始史进、章骁美来我家比较勤。他们来了，父亲会熬一壶掉线的酽茶，开始讲过去。渐渐地，父亲发现除了抽黄的那段经历，大家能找到的共同话题越来越少。就是抽黄这个话题，聊着聊着，父亲也会突然沉默。

抽黄上水了，父亲再也坐不住，天不亮他骑着自行车坐在出水口，看着满满一渠水向西流去。风暖暖的，满满春天气息，父亲看着脚下莹莹的绿，自言自语："站上又该锄草了！"

那天下午，许久没来的章骁美还和往常一样，抽烟喝茶，说了一会抽黄的事。紧跟着话题一转说："李师，转正不了早早回来也好，我看现在赶集做点小生意比纯种地要好，你要不然和嫂子进点小百货跟跟集，我邻居两口子跟集收益比上班好得多。"

"再看看，再看看……"

父亲虽然不认可章骁美的想法，但他很快调整情绪，回归土地。那一年，玉米麦子棉花收成都不错。父亲算计了一下手里的钱，计划干一件他的人生大事，再借一点钱盖房！

正是同一时期，东雷抽黄管理局的家属院开始盖单元楼。

父亲对于单元房是陌生的，章骁美带父亲看他分的房子。四层的房子，他分到一楼，前后有煤房，采光不是很好，八户人家共用楼梯。

"李师，单元房可方便了，洗手间厨房都在房间里，不用出房间门啥都解决了。"

父亲看着窄小的厨房，没有灶台咋蒸馍！煤气灶上的钢精锅，这么小的锅做出来的饭能够谁吃！他最不满意的还是正对厨房的洗手间，谁家灶房门口扎厕所！父亲回家给母亲讲单元的构造，两个人感慨一番，还是自家的瓦房好，有院落，地方大，来多少人都不拥挤。

父母忙了一年，家里的房子盖好了。母亲又黑又瘦一下子老了十岁。父亲本就黑，倒也不像母亲那么明显，看起来只是瘦了一圈。

　　只是那么多房子基本用不上了，哥哥已参军，我也拿到了水校的通知书，家里只有他们俩。新修的房子空荡荡的。父母努力用粮食棉花豆类把它填满，他们把地的边边角角都撒上种子，让自己忙忙碌碌，不至于闲下来觉得家里缺了生气。母亲甚至故意找碴训斥父亲，父亲不接话，蹲在院子里默默抽着烟。

　　父亲赶集回来给家里逮了两只猪娃，两只鸡，又从亲戚家要来一条小狗。母亲欢天喜地地逗着这些小家伙，天不亮循着鸡鸣狗叫，她早早起床，喂了她的宝贝们，匆匆忙忙追着父亲去田里。

　　抽黄上水停机是父亲最关心的事，时常沉默的他，只有这个时节特别活跃。机械逐步普及，耕种不再辛苦，闲下来，父亲蹲在渠沿上，盯着满满一渠水，目送它从斗渠流到田间地头，有时他会站到正在接水的田里，静静倾听庄稼拔节的声音，听着听着，他仿佛看到了秋后的丰收，一脸喜悦。

　　若是这时有人过来打招呼，他会给人家发一支烟，然后就会讲起渭北过去的水荒岁月与抽黄建设时期的故事。

第十章　岁月情伤

1

张爱华闪电般嫁给一个军官，从认识到结婚不过一个多月。这样的结局，对于一直苦追苦等的史进和章骁美来说，是第一次鼓起勇气追求爱情未果，也是他们第一次面对失败，他们只能直面爱情的重击重创。

张爱华给父亲送来两瓶酒。

父亲对着醉醺醺的史进说："按说恋爱失恋都是人生的正常经历，到了你们身上真是一波三折。也没做错啥，总是赶不上点。她的选择是对的，反正目前这情况，她跟你们俩谁都不合适。"

"老李你胡说，怎么就不合适了！我和骁美都是拿得起放得下的人，不论她选了谁，我们都不会有过激行为。听说她要结婚了，我宁愿她选的人是章骁美！那样的话，以后他敢对她不好，我还能揍一顿……"史进泪奔。

"史进，你喝多了！"章骁美说。

"我没多，我要去见爱华，我要说几句心里话，有些话今天再不说的话以后永远也不说了。"

"还说你没喝多！没喝多把这篇文章倒着给我念一下！"章骁美说。

史进真的拿起报纸，把那篇报告从后往前结结巴巴念着。"李师，我没醉吧！你看，我能反过来认识这些字！李师，我就给爱华说两句话，我不是捣乱，我有分寸……"

"李师，你别理他，他心里难受我懂，但你放心，我们俩都不是胡来的人，我们知道今后该怎么做。"章骁美说，他极力控制着不喝酒。

父亲说：你们还年轻，一时放不下可以理解，往后就会明白。我盖房时，匠人砌墙，遇到边角处缺一小块砖，他们才不会费力去挑恰好合适的砖块。他们随意拉过来一块砖，用瓦刀砍两下，眼看大小差不多就行，只要能填上窟窿，后边有抹腻子、上灰、粉刷的工序，自然房子盖起来看不出任何不妥，一样坚固美丽。史进，你也不小了，成家立业才是人生大事，才是真正长大成人。"

"李师说的是，我们也在不断成长，人生谁还没过几次失恋！"章骁美说得貌似风轻云淡。

史进说："早都放下了，家里介绍着呢，已经见了几个，正在了解。"

然而，史进还是过不去那道坎。检修时想到张爱华糊里糊涂就嫁了人，想着就来气。史进在值班室心不在焉，远远听见水泵电机发出刺耳的声音。总值跑进机房，发现史进坐在那里傻笑，他喊："史进，赶紧到机房，三号泵可能有点问题。"

史进回过神跟在总值身后说："是闸阀出了问题，应该是密封圈破了关闭不严。三号四号机组共用一个出水口，三号运行，四号停运，渠道的水顺着管道退下来使水泵倒转，进而带动着电机倒转，若不及时处理可能会把泵轴扭断。"

史进汇报完毕，想起以前父亲他们遇到这种情况，会扛来方形枕木撑住靠背轮，木头性软，磨着磨着一点点逼停反转的泵轴。然而，史进那一刻不知道咋想的，并未去库房扛枕木，他下意识举起改锥就去戳靠背轮，电石火花间，改锥冒着火花被飞速转动的靠背轮打飞了。只听见"啊"的一声，史进左手虎口被拉出一条两寸多长的口子，血向外冒着，喷在电机上，瞬间地面一大摊血。

"快，谁的摩托在，赶紧把史进送卫生所包扎！老王，赶紧扛枕木过来！"总值声音发颤，他从两米高的检修台跳到机坑，背起疼昏的史进对控制室喊。

等他跌跌绊绊背着史进跑上管坡，章骁美早已发动好摩托车等着。他们

113

带着史进去了村里的赤脚医生家，幸好并未伤筋动骨，医生麻利地清洗缝针输液，说："痛了说一下，给你打止痛针。"

豆大的汗珠从史进蜡黄的脸上滚下来，他咬着牙，一声不吭。

"难受就喊，喊出来会舒服点。"章骁美说。

"滚！"

章骁美叹了口气，出去转了一圈，提了两包奶粉把输完液的史进接回去。一连几天，章骁美带着史进换药打针，史进一见章骁美马上开始作，一刻也不安生。陪着史进折腾到拆线，章骁美整个人憔悴了许多，而史进脸色苍白，瘦了一圈，看起来一下子老了好几岁。

史进拆线后，回去休养了一段时间，父亲得到消息已是两个月之后。他准备去商店买点东西看望史进，还没出门，史进却来了。父亲打量着瘦了一圈的小伙子，还没开口，史进郑重其事地说："李师，这次你就不用教训我，我已经长大了。你不是一直为我的婚事操心吗？我要结婚了，你放心吧！"

父亲长吁一口气："哪里的女孩子？这么快？"

"快吗？李师，我堂弟的孩子都两岁半了。这女娃娃你熟，先不告诉你。以前提过，家里都看行就我不表态。那时不懂事，老让父母操心，老让师傅操心。"

父亲看着这个吊儿郎当的小伙子，心里突然生出一丝异样。虽然村里他那么大的小伙子孩子早都满地跑了，父亲还是语重心长地说："史进，你可想好，婚姻是一辈子的事，娶了人家娃娃就要好好过日子，别三心二意的。"

"师傅，我不是小孩了，今天就是给你送喜糖，改天带着师娘和妹妹一起来喝喜酒！"

史进走后，父亲开心地说："这娃终于走出来了。"

跟着父亲吃完席回来，一进门，母亲和哥哥迫不及待伸长脖子，问，"新娘子好看不？婚礼热闹不？新娘子有没有爱华的人样好？"

父亲不吭声。

"新娘子没小张阿姨好看。"我说。

"光知道好看，好看能当饭吃，电影里、画上的女人好看，那是为看的，那是过日子的吗？"父亲突然发火。

母亲看了一眼突然暴躁的父亲，悄悄把我和哥哥推到门外，说："史进结婚，单位人肯定都来了，吃席难免碰到了转正的民工。有那份收入人到底还是不一样。你父亲性格内向，啥话都闷在心底，酒桌上的话他心里较真了，你们去玩吧，别招惹他。"

　　母亲这一说，恍惚间我想起父亲见了王二虎。王二虎好像升了总值，史进结婚那天他是执事，招呼客人。我没注意他和父亲说了句啥，父亲敛住笑意，从那之后一直在桌上埋头喝闷酒。

2

　　后来偶尔听人说起，张爱华婚后过得并不好，丈夫在部队，婚前的仓促与婚后的聚多离少，注定了两个人关系一般。张爱华是个文艺女青年，浪漫又倔强；丈夫是个西北汉子，刚性十足，不懂情调。两个人在一起说不过三句话就要吵起来，为了回避矛盾，张爱华拒绝了随军的机会，也很少休假，她长年住在站上。

　　女儿的出生，彻底磨平了爱华的棱角，看着那张软糯粉嫩的小脸，张爱华的心被萌化了。聚少离多的日子，不会体贴照顾的丈夫抱怨归抱怨，抱怨完也认命。这个小生命，是他们俩今生再也无法割舍的纽带。她想，寻常的夫妻大概都是这样，吵吵闹闹，吵闹过后生儿育女，然后携手走完一生。

　　一个美丽而又有过故事的女人，长期独自住在闭塞的河滩注定会成为焦点。传闻多了就会变了味道，没有人在乎那些故事的真假，人云亦云中，张爱华的处境可想而知。

　　听到王二虎调过来当总值的消息，张爱华非常开心。

　　"老王老王，你当了站长，我就可以自由一点了！"孩子气的她想起过往岁月的点点滴滴，那时候王二虎对她其实蛮不错。

　　王二虎抬头，岁月总是善待美人。十年前，张爱华来单位报到，第一眼看到她惊为天人，那时他总是藏在角落悄悄窥视。灶房饭菜寒苦，连那些男人都喊着饭难吃。他惊讶地发现，张爱华居然不嫌弃，她和大家一起围着小方桌，她吃饭慢，那小小的四盘菜根本经不住这帮汉子雨点般的筷子头。菜完了她的馍才咬了两口，笑笑给馒头加点辣椒。看到她跟大伙围一桌吃饭，他才敢跟她说话。

后来知道，不光他一个人是这样的感觉，他们这茬民工大多如此。

那时他做梦也想不到，有一天他会成为她的领导。

"那是，说起来我还是你的师傅，照顾徒弟是必须的！"

他惊讶十年时光落在自己老婆身上，使她从少妇变成了地地道道的中年妇女，臃肿愚蠢，泼辣而混。十年时光落在张爱华身上，却并未让她变老变丑。面前的人还如当初，略带羞涩又清高的美，总是让人忍不住怜惜。

想当年，若不是那一夜的事情闹得收不了场，或许这个女人会嫁给章骁美或史进，或者其他学校毕业的技术干部？十年时光，足够改变人生。当初任性得不管不顾的史进，不也被韩晓红治得服服帖帖；当年的章骁美，跟杨晓莉结婚后不也琴瑟和鸣、相敬如宾么。男女之间哪有书上写得那么复杂，男人都很现实，知道没指望，都会很快开始新生活。

他想到自己目前可是堂堂正正的国家正式工，家里那个婆娘，他能留着她不离婚已经是对她的恩赐了。即便他在外边有点啥，那也是男人的本事，他就不信老婆敢怎么样！接过爱华泡的茶水，王二虎的心突然跳得快了，就像要蹦出来似的。他连抽三支烟，才勉强压住这份躁动。

一到灌季，婆婆把娃接到村里。等灌季结束，张爱华又把娃带到站上。下午停机，轮张爱华值班，她尚未来得及去接孩子。经历了漫长而疲惫的灌季，所有人都欢天喜地回家了，站区静悄悄的，除了张爱华，院子里没看到有人。

傍晚的酒局持续到深夜，王二虎微醺，返回站上。整个院子就张爱华房间那一盏灯亮着，昏黄温暖。他不由自主去敲门。

清凌凌的月光洒在空旷的院落，张爱华瑟缩在床上。那张薄薄的门板显然挡不住外边那颗蠢蠢欲动的心，敲门声越来越重，门板不堪重负，抖了几抖，快要掉了。

"爱华开门，咱俩说说话。"

张爱华蜷成一团，一动不敢动。

"我知道你不容易，小小年纪被放到村里。好不容易有份工作，这工作对女孩子来说，环境太差了。那两个混账东西弄坏了你的名声，结果让你很被动，迫不得已仓促结了婚。其实你结了婚跟没结婚一样，那男人长年不在，还是一个人过。这女人哪，年轻不了几年，美不了几年，该快活就要快活，不要太委屈自己。"

屋角的菜刀，在月色里熠熠发光。张爱华已经从最初的恐惧里冷静下来，她想起章骁美说过，对于流氓，越怕他会越猖狂。

"你也知道，国家对军婚的保护政策，我再不济也是军嫂。我要是明天去法庭把你的行为告诉法官，他们会不会判你破坏军婚呢？我知道你今天是喝多了，我也不会跟别人说今晚的事。回去睡吧，不早了。"

然而，对一个色欲熏心的人，这种模糊而遥远的惩处，并不能震慑半醉后那颗骚动不已的心。多年相处，王二虎知道张爱华好面子。真有点啥，她一定不敢去法庭抛头露面。就像现在他敲门，她都不敢破口大骂喊几声一样。这样一想，敲门声更大了。

"妹子，哥知道人家不稀罕你，哥就是心疼你！你把门开开，咱俩说会体己话，哥绝不勉强你。这么多年，你还不了解哥的为人吗？"

薄薄的门板快要塌下来，张爱华穿好衣服握着菜刀扛着门："你滚不滚，再这样纠缠不休我会让你后悔的。"

大约有了刀，张爱华突然有了底气，在夜色里那声音传了很远。

"小样，给脸不要脸，谁不知道你那点破事，装啥贞洁烈妇，开门！再不开我就要踏门了！"

"你可以试着踏踏！你看我明天能不能把你送到监狱！"张爱华被激怒了，声音大了许多，悲怆而激烈的情绪在夜风里传了很远。

这时排房东头的一间房子灯亮了。

"王站长喝多了，我熬了酽茶，走，谝一会。"

炊事员老黄下午有事耽搁了，没有回去，起初他听见王二虎那些话，犹豫一下，自己是个临时工，要是多事的话大约饭碗都要凉了。但听着听着，他突然想通了：不就是一份临时工嘛，能干干，不能干大不了回家种地！如果这样的事都装着不知道，真要出了事，以后良心何安！这么一想，他拉开灯，豪情万丈跑过去。

一看见有人来，王二虎当时惊出一身冷汗，酒醒了一大半的他，借着老黄给的台阶赶紧溜了。

老黄拉走了王二虎，张爱华瘫软在床上，冷汗湿透了薄薄的褥子，她睁大眼睛看着窗外，无数前尘往事涌过。这一刻，她无比怀念西安的古城墙与回民街的繁华，兴庆公园那种城市气息极浓的修饰美。她突然理解了同一期的青工为了回到西安，情愿选择嫁到西安城郊的农民。虫吟蛙鸣的站区，不过是荒野的寂寞，她第一次思索离了这份工作回到西安，带着娃能不能找到工作，能不能养活娘俩？

张爱华早早起床，收拾好东西决定回一趟西安。从站区到东王要走四五里土路，风一吹，整个天空一片昏黄。坐上东王到合阳的班车，回首黄河滩一片荒寂，她忽然觉得，那份工作好像也没有想象的那么重要。

吃完羊肉泡馍，张爱华坐上公交绕城转了一圈，她一点也不想去单位。三天后，母亲说："你那单位我也没去过，按你说的那么艰苦，倒不如随军去。这份婚事是你当初选的，如今已经有了娃娃，夫妻一体，两个人在一起相互照应，慢慢磨合，总会好的！"

"别！妈，部队条件更差，而且又不稳定，我是有工作的人。随军都是农村妇女干的事，我要好好上班，我可是堂堂正正的工人。"

听到"随军"这个词，张爱华想到那张兵马俑似的脸，想到部队一大群男人里她该怎样地拘谨。随军意味着丢了自己的工作和相关圈子，去融入人家的圈子，她喜欢军人，但她不想成为军人。这样一想，吓得她都不敢把计划里的几个地方转完，赶紧去长途汽车站，乖乖踏上了通往合阳的长途汽车。

下部

XIA BU WEI LAI JIN XING SHI

未来进行时

第十一章　熔炉担当

1

回到站上，院子里站着一个陌生的青年，地处荒野的新民站很少来客人，张爱华好奇地问："你找谁？"

"我是新来的技术员，李晓光。"

张爱华吐了下舌头，站区人员流动不大，没想到回去才几天，站上居然来了新同志。

因为单位新来的技术员家在渭南，回家不易。即使灌溉间隙他也很少回去，王二虎收敛了许多。虽然他四处作践着张爱华的名声，但还真没敢再骚扰。

李晓光安静地看着书。

时光飞快，有了女儿后的张爱华居然学会了织毛衣。一针一线戳下去的，各种图案栩栩如生落在小小的毛衣上。

"张姐，你的手蛮巧的。"

"这事站上的女人都会，这不过是打发时间。"

夏灌抢时间，持续的干旱让用水达到白热化，为了早点用水，人们私下里各类小动作层出不穷。轮不上接水的人天天守到渠道上等水，眼看着别人家浇过的田里，禾苗绿莹莹站得笔直，自家的苗耷拉着枯黄的叶子，再不浇，就要旱死了。人心难免波动，趁着夜里会做点小动作，借着接水的人家忙顾不上，偷偷戳开取水口截留一点。一会儿主家发现水量少了，找过来就是一顿大骂。

李晓光夜里处理了五六起这样的纠纷，疲惫不堪。好不容易天亮了，李晓光长出一口气，白天的人们相对比较安分。回到站区草草扒了两口饭，他想必须眯一会再去渠道，否则会晕的。

"小李，快！上出水口，出事了。"李晓光刚躺下，电话响了。

李晓光飞快从床上跃起，踏上摩托车，一脚油门踩到底飞到出水口。摩托车一上坡就看见出水闸门处黑压压的一群人，把摩托车扔到护坡下，三步并作两步跳上去。只见一群怒气冲冲的人，有的提着棍，有的拿着铁锨，一个精壮的小伙子坐在斗门上，他激动地说："今天谁敢调我们的水试试！天这么旱不给我们增量就算了，还想减量！庄稼等水等得都在挺命，管水的不紧不慢，还要他们干啥呢？"

"就是，管水的坐在凉房下，冻不着晒不着的，拿着工资旱涝保收，全不知道农民的艰难，天旱得要死，人家队都排了几天，好不容易轮到跟前接水，他们一句话想调水就调，这不是欺负人！"

李晓光"哗"地头大了，左右环顾了一下，没有一个本单位的人，现场群情愤激，稍有不慎就会激化矛盾。

一个熟人拉着他，悄悄说："你咋来了，傻孩子！这个场面人家躲都来不及，你还跑来干啥，跟这帮人能讲清啥道理，赶紧走吧！他们就是想找事，其他人都躲了你还赶着来！去年他们把巡渠的小洛扔到渠里的事你忘了，这些年多少水管员都挨过打，法不责众，避避风头！"

李晓光知道事情不是躲一躲这么简单，夏灌的惯例是三天调一次方案。方案是提前根据各段报给指挥所的用水计划提供的，按理说配水方案出了问题，责任不在抽黄，可是急了眼的群众才不管这么多，他们道听途说，管水干部私下里放了人情水。

"再不答复，就到站上去评理！咱们排队浇地，钱早早交了，凭啥水到跟前又被截走，这不是欺负人！"

"就是！他们再不来人给咱们一个满意的答复，咱就把站区的门堵了！"

"对！找不到人说事，咱就去找单位！跑了和尚跑不了庙，不信把门堵了没人管！真是欺负人，每次水紧了都是克扣咱们！"

听着人群愤怒的声音，李晓光再也忍不住，他站出来说："大家好！我是站上的管理员，你们说的调水这件事是不是中间有误会？我今天来就是跟大家了解一下问题的症结，能解决现场解决，解决不了我马上反映给领导，怎么样？"

"叫你们领导来，你扑上来是能拿住事吗？"

"就是，看你一个碎娃就不打你了。"

"叫你们领导来！"

"大家好，今天领导去局里开会了，天这么热，我想大伙扔下家里的活聚在这里，目的是解决问题。你们看这样行不行，你们把问题的症结说出来，咱们能解决解决。解决不了，牵涉到哪个方面我记下来，让领导出面协商，争取最快的速度解决问题。"

"我们说了你才找领导，我们一大早打你们预留的用水纠纷电话，不光没联系上领导，到现在为止没见一个能拿住事的来现场解决问题，怎么解决！就凭你这个毛娃娃？每次下了雨，水配不出去都是我们干斗抗下大头，硬着头皮把水接下来，又要给大伙回话，我们体谅你们工作不易，可谁体谅我们农民！下过雨的地可浇可不浇，不是情面所困，谁家愿意多花那份冤枉钱，更不要说半夜接水的辛苦！大伙愿意吃亏，为的是支持你们的工作，等水紧的时候你们能公平对待我们！可是你看看你们的方案，甭说公平，简直是欺负人！你自己看看，干斗成千亩地配的水还没有分引斗几百亩量大！"

李晓光拿出笔记本认真记着，耐心听那位说完，他说："那你们的想法，这水该怎么配呢？"

话音未落，只见另一群人怒气冲冲跑上干渠，"你们干斗的人住在街面上就厉害了！你们的地是地，我们的地就不是吗？配水方案下来了，你们算干啥的，凭什么不让给我们支渠放水！你以为就你们会耍横！兄弟们，上，把这闸门提起来，凭什么他们耍横我们就得受着，凭什么他们的庄稼喝饱水绿莹莹往上蹿，我们的苗就要被旱死！"他一边说，一边带着人往斗门走去。

"你们试着动一下斗门！"

"切，我们敢来还怕了你不成，试试就试试！我们也不是吓大的！"人们一边嚷嚷，一边继续往前。

对方自然也是拔剑张弩，不会退让一丝一毫。

眼看着双方都挤到斗门处，场面一片混乱。

李晓光半天才理清思路：前一拨人知道今天调水，被蛊惑着来闹事；后一拨人按时间在地头接水，左等右等等不到，打听后方才知道前一拨人在渠道上闹事，他们当然不会吃这个亏，马上返回村里，集结一班人马迅速赶到斗口。

李晓光看着两群推推搡搡的人，"若是真打起来可怎么办？"这个念头冒出来后，他的身子已经向前冲出去。身后有人说："别冲动，你只是下苦的，也拿不住啥事，解决不了问题就别逞能。"

他回头一看，是跟着机房上过几天班的一个老人。

"叔，我要是不在场也就这样了，可是我在，就不能装着不知道！而且这阵势，总得有人调解，不调解都不退让怎么办呢。"

2

"我是一支的管理员李晓光，大家能不能听我说两句……"

"说个屁，还不是你们这些管理员私心太重，开机时水不紧张，给我们干斗配了八十的量，前两天旱情严重时把量减到六十，现在田里旱死苗了，居然还要减量！"

"你们还有理了！这些年哪一年不是你们领先用水，等你们浇完了，抽黄就快停机了，我们下游每年都要遗下很多地浇不到！看看你们斗上都浇了多少地了，我们呢？我们从前天才接水！兄弟们，提闸，这帮混账就讲不通道理……"

几个小伙子走过去，和紧紧护住斗门的那帮人对峙着，双方情绪波动极大，空气里散发着浓郁的火药味，大家都在等一个爆发的契机。

李晓光急了，他不能眼睁睁看着双方打起来。

"是这样的，你们干斗的地都浇过半了，如果你们浇完，下游拿不起一台的量，只能申请停机，遗下的面积太大。减你们和一支的量是为了能配开水，尽量让灌区所有的庄稼都能浇上水！当然你们说的每一个问题我都会以最快的速度反映上去，尽快让配水方案更合理……"

"你能拿住事不能？不能还在这里磨蹭啥呢！还不是你们这帮人捣乱，把水调来调去，眼睁睁就调得不见了，还有脸跑到这里说事，滚！再瞎逼逼打你狗日的。"小伙子说完，就有几个人往李晓光这边扑过来。

李晓光说："你们觉得这个问题是打一架能解决的吗？如果打架能解决问题，咱们以后就不用制定配水方案了！大家天天打，水就自动把地浇了。我想大家站到这里是为了解决问题，而不是赌气。这样吧！你们双方要是信得过我，就选一个人来把大家的诉求告诉我，我能解决就地解决，解决不了我会按程序走，给大家一个满意的答复，当然你们不放心也可以选两个代表跟着我一起去。"李晓光一边说，一边拿出笔记本。

"小李，你，我们了解，不是胡来的人，但也不是拿事的人。事情到现在也没有一个拿事的出面，大家都很窝火。我们不会为难你，前提是你不要多事。这个事你解决不了，这几年来，每年夏灌都有矛盾，一直解决不了，这样拖下去终归是个大问题，今天这阵势你也看了，这一架是迟早的事，你走吧，我们不为难你！"

李晓光眼睁睁看着双方摩拳擦掌，甚至已经有了肢体接触，他着急不已，想过去拦住，身边的两个好心人死死拉着他："好娃呢，你昨天半夜还给我们处理纠纷，今天估计都没睡，我们的心也是肉长的，阻止不了他们，总不能眼睁睁看你挨打！"

豆大的汗珠从头上冒出来，第一次他为自己悲哀。作为一名基层行水员，他已经能够独自处理各类鸡毛蒜皮的用水纠纷，然而面对这样大规模的冲突，他实在不知道自己该怎样做。这么多人的行动，肯定提前有安排，可是他居然一点消息都没有，一点准备也没有，就连迷离迷糊接的电话，也不知道是谁打的。

双方开始推推搡搡，但到底乡里乡亲，他们的确下手不重。

阳光亮晶晶的，落在地面上，草都开始打蔫，汗珠滚落到脚下，被阳光一晒，瞬间就不见了。渠道里的水流声遮不住喧嚣鼎沸的人声，这声音如此刺耳，以至于他有点晕。

迷迷糊糊间，耳边传来警笛声，这个平常听起来非常刺耳的声音此时无比美妙。他松了口气，只觉得眼前一暗，人软软地倒了下去。

醒来已在警车上，看了一下地形，他们准备把他送到医院。

接过所长递来的矿泉水，一口气把一瓶水喝干了，说："停一下车，我没事，就是刚才紧张，最近水紧张，渠道不太平，那些人都散了吧！你们来得及时，肯定没打起来！我人没事，就不打扰你们了。"

"别逞能！唯有基层人知道基层的苦。每年夏灌各类用水纠纷不断，我们都安生不了，更何况你们。到医院挂点水，看样子你是虚脱了。好娃呢，工作干不完，但前提是要保证有个健康的身体，你都不爱惜自己，还靠谁能把你当事。"

"最近事太多，挂针，那得多少时间啊！我这么年轻，以前可是踢足球的，哪有那么娇气！停车，我的摩托车还在渠道下边，配水方案还没执行，一大堆事……"

几个警察看着倔强的李晓光，不得已，又调回头把他送到放摩托的地方，"今天的事你没经验，以后遇到这种情况千万别往前冲，打电话，有我们。他们人多，真把你推到渠里你还不知道是谁，他们知道，我们跟你们不一样。"

"谢谢你！"

所长一脸嫌弃："别谢我，我还不是怕你被他们打了，给我们添麻烦，真傻！"

渠道上一片宁静，人群早已散了，闸工已按照原方案执行配水工作。李晓光看着满满一渠水向西而去，所过之处，那些苗立刻站直了身体，打蔫耷拉的叶子油润润的，迎风招展。

渠畔上一株向日葵开花了，阳光落在它身上，悄悄把它涂成金色。大约嫌裸露的黄土太丑，玉米织出青纱帐，给大地穿上绿衣裳。

李晓光骑着摩托车回到单位时已傍晚，简单擦洗，饭端上来吃了两口，一种前所未有的倦意袭来，桌上的方便面热气袅袅，床上的李晓光已轻轻打起了鼾声。

一觉醒来的李晓光神清气爽，又神采奕奕奔向了渠道，经派出所民警白天震慑，这个夜晚非常平静。

匆匆吃完早饭，李晓光要去支口测水，刚上渠，一群毛孩子看见他，马上从水里跳出来逃走了。

3

暑假来了，村里的熊孩子最是稀罕这一渠水，黄河水泥沙大，到下游地势平缓，泥沙全部淤积到了渠底。熊孩子们在渠道里踩来踩去，使得渠底的泥沙深一脚浅一脚。李晓光去测水，经常取几个点，测的值都不一样，自己测的数据都对不上，跟段斗长对量简直就是一场讨价还价的拉锯战。李晓光看了一下，孩子们贪图阴凉，戏水的地方都在测流标尺附近。

今天这个水量又会有争议。他脑海里冒出的第一个念头。

李晓光在渠道中间段选了几个点，又到斗门下方测了几处，没有能对上的数字。他知道一会儿段斗长来，又得扯皮。

记下数字，垂头丧气返回站区算水量。张爱华坐在雪松下看书，看见李晓光一脸懊恼的样子，问了声："怎么了？"

"一放暑假这帮熊孩子就出来害人，他们在大渠戏水时总要下到测流桥那一块踩会泥，结果我去测流，测八个点八个点的数据都不一样，你说这样的数值让我咋跟段斗对量！段斗长本身就难缠，我自己对测的数据都不相信，还怎么让人家给我提供的数字签字。"

"这个简单啊，昨晚他们喝的啤酒瓶还在那里，你拿到渠道上摔几个，把玻璃碴撒到测流桥下的水里，那帮熊孩子吃了亏就不来了。"

"那不行，把娃娃划烂了怎么办？他们再皮，也是孩子。"

"给下玻璃碴的上方悬挂标示牌，写清楚，水里有杂物，请勿下水！不过孩子们大抵是不相信的，他们要自己试一下，吃了亏也不敢吭声，以后就不去了。以前在机房也是这样，正运行呢，一帮孩子在前池游泳，咱们机房有多危险你知道啊，后来史进就在流道下了玻璃碴，娃娃划烂后也不敢声张，然后整个暑假都太平了。"

"可是，这样咱们理亏，明知道有娃娃下水还故意这样……"

"你是书读得太多，基层就是基层，事情出来了，必须用有效便捷的方法从根本解决问题，管他方式是否粗暴。否则群体效应下很容易失控。你跟毛孩子讲道理，你能追上他们吗？追上又能如何？敢打还是敢骂？叫家长来，家长不一定来，来了也是训两句不解决问题，你想想，其实基层的许多问题都是拖出来的。"

"你这么说好像也是，别说抓不住，抓住又能怎样？我咋就想不到这一点！张姐，你这么聪明，单位闲时间多，应该读个函授或者考个会计证什么的，以后路宽。"

张爱华听后忍不住大笑："你说让我念函授大专？你知道不，我初中只上了一年就下乡了。后来单位派出去在泾阳混了两年，专业是机电，其实没学到啥真本事，幸好回来也没下机房，跟大家一样混日子。我们这帮人都不读书，我也不读，大家混日子我也混日子。反正如他们所说，端上铁饭碗，这一生肯定饿不死。"

"张姐，你这样说就不对了，人生还很长，你应该选自己有兴趣的东西学一下，说不定后边有机会了，也能干上喜欢的事。"

"能干什么呢？泵站运行不是机电就是水工，像我这样子没啥文化，碰上好时代捧上铁饭碗的人应该很知足了，哪里还敢想着转岗。我们不像你，你是学校毕业的干部，你得努力，单位培养你们，将来肯定要提拔。"

"当初绝大多数民工也是这么想的，大家都是混日子，虽然舍不得丢掉抽黄的事，但大多数人随波逐流，并不曾努力过。然后这大多数人早早都回去了。剩下极少数不屈服命运的，他们吃了许多苦，练出了一身技能，成为工人中的佼佼者，然后他们靠着出色就转干了。上学时我的老师说，无论什么年代，人们都会尊重真正有文化的人，老师说，文化是一种学习新事物的本领，与学历无关。"

"你说得好像也有道理！我想起来了，小时候我也是有过梦想的，只是后来初中没毕业就去了乡下，忙着跟一群不识字的人锄草种地。我们几个笨手笨脚，啥都干不好，村民们也嫌弃。慢慢地，仅有的那点梦想变成很现实的，怎样能吃饱饭。再后来，我们来到抽黄，有了这份工作，终于可以养活自己了，可是我们的梦想再也没有回来。"

"试一下也没啥坏处啊！反正有时间，不读书，即便一直发呆时间也一样溜过，读点喜欢的书，学点感兴趣的东西，说不定就多了一项谋生的技能。"

张爱华想起小学时她扎着羊角辫，在学校跳《北京的金山上》，跳《东方红》，那时他们都说她跳得好看。那时她也想过长大后能做一名演员。人们都说，女儿像她，以后有机会应该培养娃去跳舞。

毛衣又织错了几针，张爱华很沮丧。怎么什么都做不好！

李晓光又去看书了，这个年轻人啥书都能读进去。那些电气线路图、水工建筑物设计图纸，张爱华一看就头大了。李晓光一看，马上就去机房里比画半天。

"张姐，我同学最近报名考会计证，你这么闲也可以试着考一个，若是有机会调整岗位，争取去总站或管理局。你和人家不一样，姐夫不在本地，以后娃娃上学都是问题。"李晓光说。

"我还真没想那么远！你这么说也是，总不能让娃娃跟她奶奶在村里上学，你说的那个咋报名呢？"

"好像是先领一张报名表，填好后到管理局盖个章，然后拿到财政局去报名，你等一下我这就打电话问问。"

李晓光打电话问清楚具体操作说："张姐，今天还早，我送你去东王坐车。刚给同学说了，你去财政局找她，她帮你领一张表，填好后到管理局人事科盖个章，再给她送过去，她领着你把名报上。"

张爱华心底一点自信都没有："晓光，你说我能干财务吗？从小到大，我对算账数钱这个行业的人都很敬畏，总觉得神秘而遥远。他们说，出纳一般都是领导的小姨子之类裙带关系才能干上……"

"哈哈哈，张姐，你说这话和我对你的认知严重不符。我们几个说起你一脸仰慕，城市长大的漂亮姐姐，有眼界，有气质，当然应该是很有自信的。其实财务还真不是你想得那么神秘，我的同学有的考上了财经学校，毕业后分配到各个单位的财务部门。他们干上这个行业后发现，其实不读财务专业的，只要努力学习，能考上证都可以在本单位申请岗位。你这个性格，干个出纳或者会计都不错！你呀，在村里待久了，胆子越来越小，最重要的是没了自信，这不好，这是和社会脱节的表现。"

张爱华坐在李晓光的摩托车后，黄土路面被摩托车刳掉一层皮，身后黄尘漫天："张姐，要想跳出这荒滩，别指望别人，人唯有靠自己努力，才会有机会一步步改变！姐夫不在身边，你又不想跟着去，总不能让娃在村里上学吧！"

等车的时候，张爱华犹豫了半天说："小李，人家不认识我咋办？"

李晓光忽然有点恨铁不成钢的感觉，"你去了财政局，只说找谁就行了！找到后把事情说一下，又不麻烦！"

送走了磨磨蹭蹭的张爱华，摩托车呼啸着飞上渠道，果然熊孩子又在那里闹腾。看见他，"刷"地一下跑了。看着浑浊的渠水，被弄得四处都是水的渠帮。李晓光不再犹豫，按张爱华所说，找了几个玻璃瓶摔碎，下到水里，从闸房拿出以前的标示牌挂在测流桥上。

张爱华的办法果然便捷有效，第二天渠道上隐隐约约有血迹。因为心虚，李晓光提心吊胆坐在院子里，然而直到下午，也没有人到单位提起孩子脚被扎的事。从那天起，整个暑假测流桥下再也没有孩子踩泥，随后算水量李晓光不再为测不准数据发愁。

"张姐，你说得对！有些办法粗暴，但真的有效，是我书生气太浓。"

"你跟我们不一样，我们当年在村里时也是熊孩子，自然知道熊孩子的心理，你越讲道理，他们越逆反，直到把你斗毛，又无计可施，他们就觉得胜利了，才会找新的乐趣。可你真敢下手，他们吃了亏也知道理亏，就不再祸害人了。"

第十二章　大潮涌动

1

八十年代中叶。

改革开放的春风慢慢唤醒了合阳这座古老的农耕城市。随着麻纺厂、柠檬酸厂、包装材料厂等等一系列企业建成投入生产，小而冷清的街道突然喧嚣起来。工厂选址大多在城外，循着青年的脚步，嗅到商机的年轻人开始在工厂门口扎根，工厂附近的小饭店和针对女孩子的饰品店一夜之间如同雨后春笋般应运而生。

刚招来的新工基本是十八九岁刚毕业的学生，挣了工资，大家开始挑剔，大灶的饭实在太难吃了！他们一边吐槽，一边到小店里要碗"一窝丝"或者半斤饺子。小店的老板虽然辛苦，但月底一算账，还真是出乎意料。

与私人饭馆的日益火爆对比，国营饮食业开始迅速衰退。合阳县的蓝光旅社实在经营不下去了，不得不挂出了对外承包的牌子。这可是县城仅次于合阳政府招待所的第二大国营旅社！

人们站在蓝光招待所的三层楼下，巨大的"空房招租"令小城的人惊讶不已，这座楼曾经也是小城的身份象征，如今就这样被抛弃了！原来国营也有这样一天，那职工该去哪呢？马上有精明人现场算了一笔账，人员工资水电费等等，杂七杂八下来这样一个店一天纯利润要两百块钱才能包得住，二百块！那时企业的高工资一个月才挣一百多。

"要真挣钱人家还能轮上对外承包，光自己人都不撒手。"

然而章骁美还是心动了。作为合阳县政府招待所大厨的儿子，他深谙餐饮住宿业的利润，也懂得后边的一些小窍门。

"爸，蓝光转让，我想试试。"

"是想还是决定了？"

"我决定没用，这个最终要取决于您的态度，您知道这些年我在黄河滩待得一点人脉都散了。正在和社会脱节，这样的店要真盘下来我一个人根本不行。不光人力财力，就是这个人脉与酒店的管理都得靠您了。"他殷勤地给老爷子泡好茶，规规矩矩坐在凳子上。

"决定了就好好干，别说这泄气话。不能全靠我，店是你开，我是帮忙的，提前说清楚，厨师你自己请，我干了一辈子，早干够了。钱的事你还是申请贷款吧，我没那么多。当然真差一点我也不介意帮你找，比银行利息略高。你和晓莉说好了吗？两个人要过一辈子的，这些大事最好还是和对方沟通商量好。"章老爷子大腿跷到二腿上，品了一口茶，慢悠悠说。

"等真正商量好，黄花菜都凉了。我想好了，总不能一辈子就这样工人不像工人，农民不像农民。她执意不担这份风险的话，我想把老宅给她和孩子，您儿子真要赔得一塌糊涂，那娘仨还得靠你帮扶，反正这一次我是折腾定了。厨师肯定要雇，只是刚开业这段时间，您要在后厨把关，新人不清底细，万一搞砸了不光您儿子后半生完了，您的一世英名也没了，还要管那娘仨！"

"长本事了，威胁你老子！你老子我十二岁从河南逃荒一路到陕西，走过的桥比你走过的路都多！想干就好好干，别给我下套，主要责任是你，我肯定管，伙计叫帮忙都去呢，更何况你是我儿子！"

"我就知道您会支持的，就等您这颗定心丸呢。好了，我现在就去跑手续。"章骁美心底乐开了花。

章骁美贷款需要单位开证明，东雷抽黄此前还没有人干过这样的事。管理局领导班子针对这个事情迅速召开了专题会议，这次的决定将是以后同类情况的样板。

会场上领导班子分为两派，以汪书记为首的坚决反对。他说："工人的本分是上好班看好机器，不是社会无业人员想咋就咋！既想开店还想上班，肯定两样都做不好。那个蓝光旅社想必大家都清楚，那是一帮干了多年餐饮的专业人士都经营不下去的烂摊子，一个搞水利的毛头小伙还想试，自己试就试呗，还想拉上单位！这个证明不能开！开了将来他还不上款，银行会不会找单位替他还？"

郜指挥耐心听汪书记说完，说："老汪啊，我的想法和你不太相同，从心底我是支持年轻人的这股闯劲！咱们要紧跟时代步伐，多学习国家政策方针，改革开放是大潮，国家支持经济多元化，管理局响应号召成立综合经营办公室的时候，不就是考虑让职工学会多条腿走路！你看麻纺厂那个开镭射影厅的小伙不就做得很好嘛！既没影响工作，生意做得有声有色，得到各方认可。你好好看看新闻，改革开放是大趋势，只是县城脚步慢一点，当然咱们这种涉农单位比县城还要慢。章骁美同志还很年轻，让年轻人试一下，失败了也不必为耻，改革本就是探索。你说的单位证明这一点很重要，我一会就去银行了解一下。在此我表明态度，支持归支持，他的经营好坏和单位无关，我们决不会给他兜底，也绝不会替任何人还一分钱的糊涂账！"

"章骁美，我想起来了，就是前几年为了一个女娃娃打架的那个刺头。当时那件事影响极坏，要不是王二虎同志及时反映上来，咱们还不知道要被灌区人民骂成啥呢。长头发喇叭裤，骑个自行车四处串联，搁前几年早被当小流氓抓了！老郜啊，不是我说你，你看看你把单位管成啥了！年轻人就应该安守本分学技术，不安守本分，还想开酒店，还想一边干私活一边领着国家的工资，资本家都不敢这么想！"汪书记声色俱厉。

"我想咱们今天讨论的事情和长头发喇叭裤没有关系。现在走出去整条街的年轻人都是这样子，只要政策允许，咱们也不能过多干预。咱们今天主要要说的是他走多种经营这条路到底该怎么对待。我的意思，他只要不和上班冲突，不影响生产，工资奖金照发！他开店是赚是赔和我们无关，也与工作无关，他只要正常上班的时候在，我们不能扣人家的钱！"

"那不行，上班时候我们不能盯着他啊！要开店上班肯定三心二意，如果不扣钱，大家都会像他一样心生杂念，单位成啥了！岂不乱套了。"刘指挥说。

"总要给敢于尝试的人一点支持，他生意好了不用说都会请假，生意不好了，他自然知道工作的珍贵。我的意思先给他半年时间，半年后再看情况定夺。"杨指挥说。

"你这立场有问题！这帮小年轻做事不靠谱你还跟着胡来，这要在前些年……"

"汪指挥，别扯远了，注意你的身份！我们要跟党的政策走，不要随随便便上纲上线！"杨指挥厉声说。

双方激烈讨论了整整一下午，最终还是郜指挥拍板："明天一上班我先去银行，如果对单位没有影响，就按我的计划先试一段，如果有影响，这证明咱不出。"

"我服从组织纪律，少数服从多数，你们同意这个议案就算通过了，但我保留意见，王晓军，你在会议纪要里写清楚，这个议案我不同意，将来出了问题，你们要承担责任！"说完汪指挥摔门而去。

办好了贷款，章骁美急乎乎去找蓝光方面的人签合同。章骁美心急，来了才发现发包方比他还急。他办完手续着急过来没带包准备返回去拿，他们害怕他反悔，赶紧从领导办公室找出一只黑皮包，装好钢笔信纸笔记本，他们看他半天不签，赶紧表态："后厨所有的东西我们都不动了，你开业现成就能用上，刚开业不容易，我们也不给你算钱了，这些东西要置办齐，可是一笔不小的开支啊！年轻人，好好干！"

直到他签完字，蓝光那边的领导人才长出一口气，他们背过身捂着嘴偷笑，真没想到这个愣头青一下子就签了十年，十年哪！这破生意，有小子哭的时候。

2

接到手后父子俩商量，先不急开业，先去西安学习一下。章老先生带着章骁美坐上去西安的夜班车，老爷子的师弟在西安大酒店做厨师长。

"你侄子在河滩的抽水站混不下去，弄了个店。你也知道，他这几年在乡村，人情世故和经济形势他啥都不懂。我怕他赔了孙子没人管，腆着老脸找你。我想让他跟着你学习一下酒店管理，你也知道，他啥都不懂！"

"哥，你说的啥话，咱们十几岁出门学艺，一路艰辛早就是亲人了。你当年为了嫂子选择留在合阳，你要在西安，绝对比弟弟有出息。开店是好事，现在百废待兴，他赶上了一个好时代。娃娃干正事，必须支持！骁美这小子从小就讨人喜欢，虽然在乡下，但他看问题比大多数城里人都长远。有哥的手艺人脉，他会比大多数人少走不少弯路。你俩想得对，以后每年都要抽时间到大城市看看。酒店管理是一门科学，要跟大政策走，要跟当地经济情况结合，没有充分准备，光凭运气肯定是不能长久的。侄子留下，我给你找几个比较成功的店，你去那里学习，回去赶紧装修店面。"

　　嘴上不管的章老先生，心里比骁美着急多了。他气喘吁吁跑完师弟推荐的几家店，又结合自己在政府招待所时客人提出的意见综合后画了张草图。师弟看后说："妙！哥，你这想法是对的，小县城不能太过奢华，但又不能千篇一律，要让人感到在你这里待客有面子，你这个设计好！小县城的土财主一定会喜欢。"

　　"我也是摸着石头过河，先试吧！尽量考虑稳妥，咱赔不起。你侄子这个拎不清，啥都不懂就敢揽这么大的活。"

　　"哥，千万别这样说骁美，我要有这么上进的儿子，累死都是高兴的。这娃胆大心细，瞅准的事一定能做好。你放心，等开业时我一定去给你们帮忙！你先回去联系装修，骁美这里，我还想让他再跟着我看看其他酒店的后厨与前台管理，估计还得三五天。"

　　章老先生自是归心如箭，店关一天门，有一天的费用。他风风火火回到合阳，四处打听，终于找到县城南街新来的江苏匠人。江苏人手巧又勤快，出了门又好说话，很快谈妥了。章老先生带着匠人先把大厅的门砸了，又砸了两道梁，这样看起来整个大厅豁朗了许多。他把后厨的地面换成防滑防油的瓷砖，大厅的地面铺上一层淡雅的壁纸，壁纸的好处，脏了旧了可以揭起来换新的，成本不高，但好看。他量好大厅的尺寸，专门让骁美在西安定制最时兴的玻璃门，招来的几个服务员，统一给定制了工作服，这几天不营业，就让小姑娘们练习端盘子和招呼人。

　　周围的人们兴趣盎然看着这父子俩折腾。

　　"这一天二百的还敢关着门折腾，看他手里那俩钱能撑几天！等明赔得哭都没有眼泪了！没见过烧包成这样的！"

"就是，又不开业早早招来服务员，上了班就少不了工资，还给统一做衣服，算下来开销可不小，真以为他是国营的，有国家掏钱！"

章骁美和章老爷子才不管这些，他们按照计划，忙得脚不沾地。半个月后，蓝光旅社大食堂正式更名为大河酒店，鞭炮声里，装修一新的酒店正式开业。章骁美提前印好请柬和传单，他和服务员们骑着自行车分头去麻纺厂、包装材料厂、电容器厂、柠檬酸厂门口发传单，传单写得清楚：大河酒店试营业期间，四大名厨亲自主厨，大家凭传单进店用餐可享受八折优惠，面点小吃同样享受优惠。

鞭炮声里，门口挤满了看热闹的人。除了几个关系好的硬着头皮进去点两个菜，大多数人对于酒店饭菜的价位还不能接受。不逢年不过节，寻常百姓才不会花几十块钱下一次馆子。

人们围在门口等着开业冷场，结果工厂下班时间一到，哗啦啦来了一群年轻人。他们大大方方进去用完餐，出门后几个人说："大酒店的饭还真不贵，和厂门口小店的价格差不多，但是质量环境口感却是那些小店不能相比的，刚才吃了一碗大厨做的饺子，真不一样。"

"我们点的素拼和一窝丝店里的一个价，但人家配的颜色调的味道没有可比性。大酒店也不像我们想的那么贵，以后发工资打牙祭，咱们就来这里。"

"今天的菜是我长这么大吃过的最好吃的菜，以前谁家过事，都是请熟人做厨，乡间厨师和酒店厨师的差距太大了。"一个女孩对他对象说。

"你喜欢以后咱们多来几次，比门口的小店贵不了多少。"男孩子笑眯眯地说。

看客们没有听到想听的，有些鄙视，"切，从哪找的这一群托！以为自家是地主，他们的钱是天上掉下来的，酒店的饭不贵，忽悠谁呢！"然而说得多了，里边也会有一两个熟人。门口这些人好奇地问熟人，"你说实话，这里的饭肯定不便宜吧！我看那些年轻人的话，不太靠谱，你可别骗我。"

"还真不贵，我没点菜，要了一碗饺子，大厨调出来的和那年在西安德发长饺子馆的味一样。还有甄面，和街道小摊一个价，你可以进去尝一下，就知道骗没骗你。"

终于有几个人忍不住去推玻璃门，这玻璃门也擦得太干净，看起来就像没装门。其实他们更想看看电锯呼啦呼啦半个月，到底都干了些啥，一样的屋子还能整出花不成。

事实证明，章骁美还真把这破房子整出花了。水泥柱子被包起来，巧妙做了造型，显得大厅格外豁朗，新粉刷的墙雪白雪白，配着高档吊灯，还有脚下踩得像油布一样的玩意，简直就像电视里的酒店。他们一边等饭，一边忐忑不安地左摸摸右蹭蹭，不得不承认，这样的地方招呼人的确有面子，就是花点钱也是值得。

当郜指挥带着老婆孩子来店里时，章骁美正手忙脚乱招呼着客人。郜指挥看着近乎满座的大厅，悄悄松了一口气。他还真怕生意不好，小伙子一屁股贷款，那老汪脾气犯了没完没了。跟骁美打了个招呼，随便找个座位点了两个菜，一斤饺子，看着有些拘谨的骁美，他笑着说："你快别在这看着，你一看那边的队又长了，大家跟着你看得我都不会吃饭了。"

吃完饭去结账，章骁美是真心不收。推来推去，郜指挥生气了："你这个不收那个不收，明天拿啥还银行贷款，拿啥给他们发工资？那材料是从天而降不用花钱！今天说好的我请那娘俩，不在你这，也在别人那里。等你挣钱了，这样的标准可打发不了我，我等着吃大餐呢！"说完他往吧台扔下五十元就走，骁美拿出应找的零钱，他早已带着老婆孩子走远了。

门口有人认出了郜指挥。郜指挥打声招呼后赶紧介绍说："里面装修一新，大厅干净卫生，有筵面有饺子，大家可以尝一下小吃。后边有啥重要事，还有雅间呢，坐在雅间说事，环境好又安静。我刚吃的饺子，大厨做的味道真不一样。这两天打折，我算了一下，打折后的价格和小店的基本一样，你们进去尝个鲜，再看看人家这个装修。要知道今天西安饭店的厨师长在呢，大厨可不是你有钱就能请到的。"他这一说，又有几个人撑不住，进去尝鲜了。

章老爷子一点也不敢马虎，亲自在后厨主厨。酒店的生意超出了父子俩的意料，脚不沾地跑了一天，晚上累得腰酸背痛，章骁美提着一兜零零整整的钞票，除去成本，这个数字跟自己在泵站上班两个月工资差不多，看着这么多钱他一点都不累了，又怕算错，赶紧再清点一遍，确定无疑这才搂着一兜钞票去睡觉了。

酒店的生意持续火爆，虽然小吃累人，但父子俩很知足，毕竟这是实实在在给自己干。坚持一段时间，有单位前来联系，想把对外招待放在这里，平常签单，月底结算。

3

"爹，这要是一个月才结一次账的话，咱们得垫多少钱哪！"

"以前在招待所也是这样，有人搭话你怕啥。"

"章老爷子在吗？今天这个单子你亲自做吧！这次可是领导点名要吃你做的红烧狮子头。"

"嗨，摊上这不省心的儿子，老了老了都享不了几天清福，没问题，我这就去。"章老爷子一边说，一边欢天喜地指挥配菜。

"老爷子，你就盼着累吧！这会要是清闲，你们父子俩又该哭了。"年轻人笑着说。章骁美赶紧去雅间给客人看了一圈酒，发了一圈烟，把剩的半盒放到桌子上，又去招呼下一桌。

旅馆装修较慢，章骁美父子要求又高，他们按照在西安看到的酒店装修模式，要求匠人一定要按图纸装修旅馆。

"你和爹两个人经营饭店都够累了，生意这么好，咱别折腾了，再排场忙不过来容易出错。"晚上躺在床上，晓莉对章骁美说。

"这些事不用你管，这次去西安才知道小地方和大城市的差距，我准备按西安饭店的模式去做。"

"合阳是纯农业小县城，没有啥流动人口。你看北大街的合阳饭店，天天开着门连只雀儿都没有。育青楼基本都是靠卖血的那帮人住，那些人过一天算一天的。你站到文庙下瞅瞅，合阳县城一年能来几个外来客。旅社装修连同置办家具寝室用具，这些下来可不是小数目，不是我打击你，咱算个账，旅馆开起来，银行贷款服务员工资水电费等等你想不到的开支，你觉得能挣钱吗？"晓莉说。

"晓莉，虽然你的担心是为我好，但我不需要这样的好。以后再不要跟我说这个，省得伤夫妻情分。上次开店都说了，我挣了钱，肯定是要花给你和咱娃；我赔了，与你无关，家里老院子的租金和你的工资，肯定饿不着你娘仨。但是，我不想过那种夹缝中的生活，趁着年轻，还有精力折腾，我想让老婆和孩子过得更好，有错吗？"

章骁美燃起一支烟，看着小杨，他想起上次办贷款，她怕赔，提议假离婚。其实他正准备说这话，只是由她嘴里说出来，他还是有点失望。离婚证扯了后，所有贷款都在他的名下，房子给了她。虽然餐厅挣钱以后，她又和他复婚了，但是他们的相处再也回不到从前。

不久，章骁美轻轻拉起了鼾声，晓莉捂着脸，无声地哭了。

见郜指挥前，章骁美自己心里也没底。接到电话，章骁美风风火火赶到管理局。

"骁美啊，你这一步算是走对了，我总算松了一口气。要知道，你若是赔了，那几个老家伙肯定跟我没完。今天就是问问，旅馆装修咋样了，你一定要参照餐厅经验，做就做最好的。去西安跑了几趟，我看你思路开阔了许多。说说你怎么给旅馆定位。"

"郜指挥，你没注意？东王正申请改名洽川旅游风景区了，合阳是纯农业城市，工业基础薄弱，交通不是很便捷，大企业不会选到这里。但是国家这两年注重旅游业发展，游客来了，不得吃饭住宿？我把咱这店收拾成合阳一流的酒店，就不信他游客不在我这里住！"

"你说得对！我今天就是想告诉你，现在你的生意步入正轨，就不必再落人话柄，单位决定把你工资停发，手续调到综合经营办公室，不发工资，还要给单位的综合经营方面做指导，行不行。"

"肯定没问题，请假这个事本应我自觉完善手续，人事关系放到管理局最好，我可不想把自己弄得成了无业游民，我对抽黄有着深厚的感情，你知道的。"

"我当然知道，你从抽黄赚了老婆孩子！别的话不多说，咱抽黄人走到哪都是行得端走得正，你可不要有俩钱整一堆花花绿绿的事，真要有那破事，我一定从重处罚，决不姑息，我和抽黄都丢不起那人。"

"你看我像坏人吗？不过领导敲打也是对的，谨记教诲，你放心，我绝不犯浑！"

从办公室出来恰好碰见来局里办事的张爱华，四处都在讨论章骁美的餐厅生意如何火爆，张爱华听着，由衷地为章骁美高兴。

"要不是管理局支持，他能有今天？看把他张狂得。"

"生意那么好，雇了那么多人还让杨晓莉在站上上班，你说这章骁美操的啥心！他是缺那俩钱吗？"

"嗨，这男人有钱，心就野了，听说当年章骁美就为争漂亮女孩打过架的，现在店里有一帮年轻漂亮的小女孩，他是老板，老板是啥？嘿嘿，不多说你们也知道！自己在店里跟皇上似的，晓莉去了多不方便！"说完，后知后觉张爱华就在跟前，有点尴尬，干笑两声走了。

张爱华笑着对章骁美说，"你是遇上了好时代，这次我回西安，西安变化太大了！我家在大雁塔附近，以前这一带算是比较冷清，现在呢，每天都有一群群外地人外国人来看大雁塔。我妈和附近居民试着做点小生意，挣得居然比上班还多。

"你不知道，游客的钱真好赚！我那天陪母亲卖瓜子饮料，几个外地人问兵马俑怎么走？我给他们说怎样乘车，怎样换乘，怕他们记不住，我赶紧从二婶那里拿了张地图给他们标注清楚，结果人家给了我五元，五元哪！我给了二婶两角钱的地图钱，攥着剩下的钱半天不敢相信这就属于我了。回去我忍不住给我妈说，结果人家一脸鄙视，说，他们经常遇到这样的，能出来看风景的人就不在乎花钱。"

"那你说东王会不会发展起来？"章骁美问。

"我想能。合阳太穷了，发展其他产业没有经济支撑，可这处女泉是现成的，有文王太姒的传说，有《诗经》发源地的优势，不需要太多投资。而且芦苇荡里的温泉实实在在诱人，人想看风景，就会有吃饭住宿这一系列花钱的地方。旅游业发展起来简直就是挖到聚宝盆了，你看兵马俑、华山、翠华山、华清池、碑林、老城墙，他们真的拉动了当地的经济，那么多人慕名前来看风景，吃喝拉撒睡，一下子整活了多少行业！景区大都在山水间，地方偏僻，民众贫穷，现在一旦定为景区，先修路再招商，住在景区的人可真是富得流油！手勤的做个小生意，手懒的把家收拾干净招客，哪个日子都不差。"

听完张爱华的话，章骁美还是不放心，自己坐班车去西安师叔那里考察，师叔连声说"你小子有眼光"！

"这两年国家大力发展旅游业，合阳有心宣传处女泉，可是周围配套设施跟不上，游客来了吃住都成问题。你这是挖矿一铲子下去就碰上狗头金。"

4

城南的江苏工匠叫来了他的伙伴，酒店终于按章骁美心中所想，金碧辉煌地站在城中央。为了给酒店取名字，章骁美还真是费了一番脑筋。父亲说红波旅社，他认为太俗，但让他想个雅致的，他又想不出来。眼看着要完工了，名字还是定不下来。

装修基本结束，那天感谢匠人，章骁美叫来史进他们一帮弟兄，酒过三巡，史进突然爆发出鬼才，说："上海不是有个和平饭店，那是上海滩那帮杀手对和平的向往，咱们不如就叫黄河饭店，咱们都是黄河人，把黄河的事情弄好就是渭北旱塬的希望，章骁美，以后你的酒店就是咱抽黄人的名片，一定要弄好！把酒店和旅馆的门头做成一起，一是有气势，二是我们都是黄河人，对黄河有着深厚的感情，带点私心，让抽黄和酒店相互做个宣传。"

"史进这个创意好！我们一家当时从河南沿黄河逃荒落到这里，黄河救了我们这一代人，骁美长大后成了真正的黄河人，黄河饭店这个名字大气，对，就叫这个名字。"章老爷子说。

然而后来因种种原因，黄河饭店这个名字变成了大河饭店。夜里，"大河饭店"的金字招牌在逼仄阴暗的小城里熠熠发光，八十年代带灯箱的字还不多，大河饭店的灯火成了小城的一道风景。

九十年代初。

东王因它的美丽吸引来八方游客，那时人们宣传不舍得投资，靠着口口相传，熟人推介，有个剧组找上门来，他们计划在东王拍戏。

剧组先到东王试了几个镜头，发现此地的蒹葭野鸟与长河土崖非常入镜，导演很是满意，夜晚回到县城转了几圈，居然没找到能承接剧组吃住的酒店。

"明天去韩城看看吧！风景估计差不了多少！"导演说。他心里认为东王是理想的取景地，但剧组半年的吃喝拉撒也不是一件小事，想来韩城的司马迁祠本就是成熟的影视基地，作为煤都，韩城经济好，酒店自然也多。

宣传部长听到这个消息心急如焚，要知道如果在合阳取景，那可是用人家的平台宣传了东王。剧组百十号人半年的衣食住行，虽然他一再给剧组承诺，保证能解决好这件事，可是一转身他就犯愁。

作为一座地地道道的纯农业城市，多年来几乎没有流动人口，自然也撑不起像样的宾馆。但这一次不一样啊，穷了许多年的他们明白，要是剧组能在东王拍一部叫座的影视剧，合阳就有可能成为一个旅游城市！

宣传部长恨不得连夜翻新政府招待所，他很生气，西安临潼华阴，早仗着地理资源做好了迎接游客的各项准备，合阳这些商人操啥心呢，经商不学习政策怎么能做好！

连续两夜没睡的宣传部长被噼里啪啦的鞭炮声惊醒，一问情况当时乐了，这不瞌睡送枕头，大河饭店装修好了！

他赶紧去大河饭店给章骁美随了份礼，借机把旅馆上上下下看了几遍，越看越满意，心底由衷地对这个年轻人生出敬佩之心。这样的标准，放到西安市也是拿得出手的！

章骁美完全不知道情况，他只是惊讶和宣传部长的交情并不值得人家来随礼。下午，宣传部长匆忙带着剧组导演来到酒店，导演上上下下看完后总算吐口了："这还像个人住的地方。"

随后他说因为剧组至少要住半年，导演列出清单，需要添置一些其他东西。送走导演，反应过来的章骁美开始给宣传部长哭穷："您看这次装修，我已经山穷水尽，真的多一分钱也拿不出来，他们要的这些物资，除了剧组，其他旅客用不上啊，争取把剧组留下也是给县上分忧，领导，您看能不能想办法帮一下我这个体户。"

心急火燎的宣传部长说："没见过你这样的，得了便宜还卖乖！才开业来了大户，一下子住半年，让你添点东西都舍不得，罢了罢了我好人当到底，去给你争取一点无息贷款，但是有条件，你得给我立军令状，保证留住剧组！"

"那是，那是，我的心情和您一样，开店的遇上长租户，这不赶紧添置一堆东西满足人家的需求，你放心，我一定小心伺候！"目的达到了，章骁美悄悄给组织部长塞了一条烟。

几天来兜兜转转，导演一再降低期望值，也没有合适的落脚地。章骁美的店是参照最新酒店装修模式，由江南的匠人做的。江南出能工巧匠，做出的活精细。导演说，"真没想到小县城还有这样的酒店，我去看了，和咱在西安住的标准不相上下，虽然只有三层，但环境好。"

"餐厅与住宿一体，想在小城找这样标准的，还真不容易！咱算是运气好。"

双方都有极大诚意去完成这件事，合同签起来非常顺利。宣传部长跟前跟后，直到确定剧组包了一层楼，签了半年合同，那颗悬着的心才放下心来。

"你看，这些红地毯都是新铺的，所有的设施都是崭新的，你们是第一批客人，我算的价格已经很优惠了，只是为了你们能拍出好片子，给我们这小地方做个宣传。"章骁美说。

"我们也是看了一圈，小城就你这规模的酒店再没有了，没得选，只好选你家，总体来说还行。"导演说。

"不管怎么说，刚开业就碰上你们一次租一层楼，给我弄了个开门红，还是要感谢你们给了我底气！投资这么大，其实心里也没底，犹犹豫豫总怕赔。"章骁美笑眯眯地说，顺手给导演塞了一条烟："等哪天不拍片咱们喝两杯。"

"好！等剧本杀青，咱们不醉不归！"

对于价格，双方从心底都很满意。章骁美哼着小曲，心知这一单自己肯定赚了，县城的酒店有剧组来住，如果自己不做这一行也要去那家酒店看看，想到这一点，他心底满满骄傲。

章骁美很关注剧组的动向，八十年代的青年，谁的心底没有过明星梦。剧组人员吃饭时，只要不忙，他都要跑过去跟他们谝一阵。

"这破地方，连几个群众演员都找不到！今天在东王折腾了半天，找的几个人不是太土气，就是放不开！"

听到这话章骁美赶紧找导演说："这事你不用操心，我干这行人熟，你先说清楚标准，保证按要求给你找好。"

导演喜出望外，赶紧把剧本拿给章骁美看，提出群演要求：说，"一定要快！这么多人耽搁一天，光吃喝拉撒的费用，你懂。"

"那是那是，我这就去联系。"

章骁美马不停蹄找到宣传部长，说清情况后，宣传部长采纳了他的建议，在电视台游飞字幕打广告，他拟好广告，添加了联系地址：大河饭店，章先生。

回来的路上，章骁美一路哼着小曲，日子如此幸福，让人总怀疑是不是假的，要知道，以前做梦也不敢想，有一天自己会站在那里挑演员！

"大河饭店有门路，那里住着剧组，想当演员找章老板就行，这几天他给剧组选演员呢！"

那段时间，半个城的年轻人都蠢蠢欲动，他们来到大河饭店，有生第一次踩着红地毯，看着坐在桌子后边不苟言笑的章老板，他们紧张得不知道该把手放哪。

不出章骁美意料，宾馆的入住率明显提高了，有梦想的年轻人做梦都想有机会上电视，住在这里，不指望碰见导演，但跟章老板拉拉关系，他美言几句，说不定就有机会。

章骁美的确尽职尽责，导演笑着说"小章，你选角比我都认真"！剧组对群众演员的要求并不高，章骁美的标准明显高，所以他选中的人基本都通过了，不用费神选角，剧组的工作效率快了许多。

导演发现章骁美好使，索性后边跟地方打交道的事都交给他去做，章骁美还真没让他失望过。为了感谢章老板的支持，导演决定在大河饭店加一段戏。

5

杀青后，看着自家的酒店出现在屏幕上，章骁美激动得哭起来。

广告效应立马出来了，大河饭店的正厅贴满了剧组的拍片花絮，那部电视剧获奖后，酒店的入住率越来越高。随着人们对旅游的认识进一步提高，东王处女泉的名头越来越响，流动人口增多，餐饮旅馆如同雨后春笋，遍地开花。

县城一夜间冒出来数十家酒店，新建的自然有优势，房间大，绿化到位，硬件设施更加完善，很能吸引住游客。然而，合阳当地招呼亲朋好友，首先想到的还是大河饭店，潜意识里，他们已经把那里当成了合阳的标志。

大河酒店一直招聘，杨晓莉在站上经过一个漫长的灌季，黑了瘦了的她终于等到休整的时间。在店里吃饭，金碧辉煌的装修与服务员殷勤的问候令她有种不真实的感觉，店门口的招聘令她眼圈红了。他宁愿花钱雇人，也不让自己来。这里的一切，本就属于他和她的，凭什么他天天在店里酒足饭饱指手画脚，而她却要在乡村野地抢完扳手抢锄头呢？

晚上晓莉恹恹地躺在床上。

"章，娃一天天大了，你又忙，我怕这样下去把娃荒废了，又害怕把你累坏了。我不想去上班了，回家每天送完娃也没事，我可以跟着你跑跑采购，给你减轻一下负担。"

"你说得对，不想上班就不去了，在家把娃管好。店里的事不用你操心，多一个人少一个人，并不能减轻我的工作量，而且我的老婆不必吃那么多苦！"

"我看你招聘的岗位，那些活我能干，你就省一份工资吧。"

"千万别，老婆在单位轻轻松松，挣得比这些人要多得多，我怎么忍心老婆干这些活！你说得对，娃大了，你这样来回跑也不是事，咱不上班就精心管好娃娃，老汉我能养起店里那么多人，还养不起自家老婆！"

"你不怕把我养废了？"

"怎么可能！你那么聪明，为了两个娃娃你才舍不得变废。"这一声聪明令小杨有些心慌。

"章，我突然觉得咱们之间有了距离。"

"别胡思乱想，你永远都是我孩子的妈。如果你愿意，我们肯定能够白头偕老，放心吧！睡觉。"说完章骁美就打起鼾声。

夜深了，杨晓莉翻来覆去睡不着，她知道，如果没有意外，他们牵手走完一生是没有问题的，他会尽好做丈夫父亲的义务，但也仅仅只是这样，她再也左右不了他的任何决定。

一种强烈的不安令她困惑，他们之间肯定出了问题，只是他不说，她也不敢多说，显然这个问题无解。他对她的好，人人可见，众所周知，唯有她知道，这种相敬如宾的好其实带着骨子里的疏远。她曾经以为自己不在意，可是，随着家庭财富暴增，她感到这样的日子不是自己能把控得住的，她叹息一声，彻夜无眠。

翻来覆去，她忽然想，如果当年他娶了张爱华会是什么样子？这个念头令她沮丧。她把脸埋在章骁美的背上，双手轻轻搂住他，她感觉某种东西正从身体里快速剥离，她眼睁睁看着，却无能为力。

第十三章　抽黄情结

1

田里的庄稼见了黄河水蹭蹭地往上冒，人们有了钱，舍得投资，收成一年比一年好。收完麦子，父亲和母亲天天泡在地里，他们要抢水浇地，为种玉米做准备。杂粮的价格出乎意料一路高涨，算下来一亩玉米的收益比一亩麦子还好！一年两季，麦子收回全部投资，玉米就是利润。

历来收麦时节，龙口夺食。母亲是割麦子的好手，她喜欢在夜里割麦，夜里有潮气，麦子割倒后籽粒经得起揉，不像午后焦灼的太阳炙烤着金黄的麦穗，镰刀一碰，就会掉落许多颗粒。

母亲总是夜里两三点开始割麦。等到七点潮气退了，父亲拉来架子车，把地里堆好的麦捆抱到架子车上，用绳一层层放平捆好。父亲是装车高手，他装出来的麦子瓷实整齐，绳子捆得结实，土道坎坎坷坷，颠来颠去，父亲装的车从来没有翻过。随着车上的麦子越堆越高，父亲不再下来，母亲在下边用木杈挑起麦子，很快，一车麦子装好了，要是运气好，父亲可以借到九爷家的牛，但更多时候是他驾辕，母亲和我跟在后面推着。

麦子堆在场里，整个麦场是六月最热闹的地方，男人们挤在麦场，排着队等牲口碾麦，女人则回到家手脚麻利做好晚饭，提到场里，跟着男人一起等着碾完麦子起场。起场时男人用木杈把麦秸秆挑到一边，麦粒连同薄薄的麦衣沉底，女人拿来大扫帚把麦粒卷到一堆，然后大家坐在那里吃着饭，等风来。

空气突然不再安分，它们悄悄划过正在喝酽茶的汉子的脸，调皮地在女人发梢跳个舞。

"风来了！"有人激动地大喊。

很快，刚才还七倒八歪躺在麦场的人们迅速爬起来，手持木锨找准风向，迅速把混着麦衣的麦子丢向风中，麦衣很轻，风一吹马上飘到一边去了，随着一锨一锨划过，地上堆起一层赤红色的麦粒。如此反复几次，麦粒堆里基本没了麦衣，女人用大簸箕再扇几下，倒进孩子们早已张开的口袋里。

男人兴奋地清点着地上的口袋数，看今年的收成比起去年如何，等场里的麦子变成一个个圆圆的麦秸堆时，这一年的夏收才算结束，人们这时才会放下心来，盼一场雨。

父亲在家里闷了一段时间后，坦然接受他不再是抽黄人这个现实，麦子熟了，他不能再这样躺下去。被节令催促着的父亲暂时忘了不好意思，酷热的六月，父亲弓着腰半跪在麦田卖力地割着麦子，被麦芒扎出血的手来不及擦，凝固成黑点的血渍与无孔不入的黄土被汗水搅拌后，那双手就像饱经沧桑的老树皮。割完一片，父亲在树荫下用那方失去本色的手帕擦了把脸，说："你俩一定要好好学习，你看上学出来的娃娃分到抽黄机房，风不吹雨不淋的，月月到时间净领工资，那可真是一月一季麦子黄啊！不好好念书就和我跟你妈一样，东山日头背西山，弄不好，忙忙碌碌一年下来的收入连吃饭穿衣都解决不了。"

那时候，父亲所能想到的最好职业就是做一名抽黄人，在家门口上班，既能照顾家里，还能挣工资。

"抽黄抽黄，你光记得抽黄！几个人住到村外的泵站，不像工人又不是农民，工资低不说，娃娃上学都没地方，就你还把它当回事。现在的年轻人谁还像你们这样下死苦！我这一班朋友基本都早早停学了，鹏鹏和海海学的油漆装潢，军军大我三岁，当时学不动老留级，留到我们班最终也没混到初中毕业就跟着他大给人盖房子去了，人家现在是提瓦刀的大工，一天的工资能买一百斤麦子。爸，时代变了，职业没有贵贱之分，读书与不读书都能过好，你就放心吧！"哥哥说。

我跟着说，"就是，班里念不动书的娃娃辍学出去打工，不少挣钱，还见了世面。抽黄有啥好！"

"燕，你别瞎掺和。女孩和男孩不一样，女孩不读书很快就要相亲嫁人，结婚时自己还是个娃娃。读书后自然不一样，开了眼界见得多，知道自己想什么样的生活。哥不是读书的料，也不糟蹋爸和妈的钱了，你书念得好就给我好好念，你念到哪我供到哪，别胡思乱想。"

"哪个年代把书念下都吃不了亏。抽黄是个认能力的地方，几任领导班子都是从抽黄基层干起来的，只要有本事，就给机会。黑池的瞿站长技校毕业后函授上了大学，不断学习，后来转干当了站长。宋所长和我一样是上调民工，人家转正后去水校进修，业务过硬，去了修试所当所长。你看抽黄路井站的李站长，学校毕业分到黄河滩，一直还在学习。年纪轻轻在省上获了好几次奖，他当行水员时，那几个难缠的段斗长都服他，前几任对不上量，到人家手里就不是事，就这还不断学习，好娃哩，多念两年书总不是坏事。"

"行了吧！骁美叔总没念多少书，人家也做了大老板！别再死脑筋！现在这年代，能挣到钱都是本事！你看军军他们家早把地包出去，人家比较后知道种地不挣钱，还累。爸，你说这么多，咋没给你转正！抽黄那单位，就你们这群参与工程建设把青春贡献给它的人看得重，其实对比一下，收入和生存环境真不成正比……"

"燕军，你咋和你爸说话呢！"刚割完一畦麦子汗流浃背的母亲听到哥哥的话，厉声说。

"好了好了不说了，再说爸这半生那点成就感都没了。"

2

父亲呆呆坐在树下，半晌不吭气，突然他像发疯了似的提起镰刀，杀气腾腾地对着那一片麦子大开杀戒。

"狗日的麦子，我和我大当年汗珠子摔八瓣，沟里半崖上，旮旯角角都撒上种子，收获时沟坡上的麦子架子车下不去，只能靠人背，下了好牲口都不下的苦，就为讨口饭吃。结果呢，我们把能想到的地方都种上庄稼，白白辛苦一场，还浪费了种子，年年粮食都不够吃。现在人平展展的大块地都是敷衍种着，也没听见谁家吃不到嘴里。那时候为了早日黄河水上塬，那么多的好小伙子，从沟西拉着架子车往东王坡地下送石头，没有一分钱工资，只是混饱肚子。大家下着牛马都没下的苦，为了啥？不就是为了黄河水上塬，后辈不再受自家受过的苦。如今后辈的确不用吃苦，可是他们也不稀罕黄河水，不稀罕土地，这不稀罕土地的农民，还叫农民吗？"

"燕儿爸，向前看吧！这日子越来越好了。想当年咱吃苦，不就是为了娃娃享福嘛。如今娃娃的福气正是咱们当初盼望的。不读书不下苦，你不要怪娃娃，他们生到一个好时代，国家过了当初最艰难的时期，越来越富裕，他们不需要像咱们年轻时没黑没明下死苦。燕军不是读书的料，不要强求，早早学门手艺以后能养活他们一家就行。儿孙自有儿孙福，咱管不了就不管了。"

"四哥，今年不用人工割麦子了，我叫了联合收割机，一亩地十五块钱，脱粒装袋，再也不用下那死苦。"地畔上，六婶对着正在看麦子成熟程度的父亲说。

"我这一片要五亩呢，挣钱不容易。"

"我看四嫂今年没有往年欢实，还是要把人当回事，现在的医院可不是咱这些穷人能去得起的。你看吧！反正我是干不动了。"

"老李，咱也叫联合收割机吧！我最近腰疼。"

五亩地联合收割机半个小时就收完了，父亲闷闷不乐看着装成垛的粮食口袋，"燕儿妈，你说，这还叫收麦吗？"

"我看你是下苦下傻了，人家大荔那边收麦子早就是这样。今年不用出力，走，我回家给你炸油饼吃。"

夏夜彻底凉下来要到十一点以后，父亲坐在渠道上，天空明月皎皎，地上的庄稼和渠道的水在月光里变成黑白山水画，高矮不一的禾苗远远望去像错落有致的丘陵，渠道的水如同一条白练，缠绕着黑色的丘陵，风吹过，果树的枝丫画出了一幅幅抽象画。

画面落到父亲和爷爷在山坡上挖梯田的日子，那时他们为了吃一顿饱饭什么样的苦都吃得下，可惜最终还是没有满足愿望。二十年时光被风哗啦啦翻过，父亲看着墙上的爷爷，如今再也没有人为吃饭发愁，可惜爷爷再也吃不下一口："大，你走得早，没享上福，你看现在啥都不缺，要是你在，我每个集都给你割块肥肉，让你吃个够……"父亲说完，已是泪流满面，恍惚间，薄成一张纸片的爷爷笑了。

父亲一直认为，乡间最美的是六月的夜。忙了一天的人们早回家了，他独自坐在渠道上，凉风习习，夜色渐深，不远处虫吟蛙鸣，水汩汩流过，空气里散发着浓郁的青草气息，父亲闻着这份清香，听着庄稼拔节的声音，陶醉在六月的夜里，母亲也不叫，更深露重，他自会回来。

往年过完十月一日，父亲和母亲早早把玉米秆摆放在院墙外边晾干，一个漫长冬天的热炕全靠它们。如今日子一年比一年好，炭不再金贵，家家都烧得起，也就不再费劲地把玉米秆拉回来。六叔的儿子买回来一台旋耕机，有了这个家伙，五亩地的秸秆半个多小时被粉碎旋到田里，旋过的土地暄软得如同发酵好的馒头，撒上麦种，这一年的田间耕作暂告一段落。

过完年站上收假，已成为小站总值的史进来找父亲。

"李师，最近忙啥呢？"史进看起来成熟了许多。

"也没忙啥，娃娃们都不在跟前，就那几亩地，扒拉来扒拉去的。"

"站上运行班人手不够，需要雇几个人，我想让你去。工资按天算，下了班就能回家，你看能不能脱开身。"

"能！"

史进走后，父亲激动得一晚上不睡。一会问母亲他那双新鞋哪去了，一会又忙着找衬衫，忙了一天的母亲刚睡意蒙眬，被父亲这一搅和半天又睡不着。

她生气地说："不就是上几天临时工，挣的都没有人家小工多，至于吗？"

"你懂个啥！在抽黄上班，对大多数老实巴交的农民来说，是想都不敢想的正事！啥时候开机，啥时候停水，心里有底了就能提前安排，跟着史进上班，他人好，我也踏实。"

父亲兴奋地翻出来他的新衣裳，比比画画，母亲不忍心打扰父亲这份快乐，又实在想不通父亲到底有啥值得这么兴奋，于是抱着被子睡到隔壁去了。

第十四章　田地纠结

1

九十年代末。

姜大鹏第一次有了危机感。

"这次全国普调工资，我们没有争取到这部分财政补贴。财政局说东雷抽黄的差补是定额，不随人员增减调整。灌区运行二十年来，物价翻了几番，水费始终没涨。前几年单位人员少工资低，现在人员是刚建抽黄时的几倍，工资翻了几番。随着村里人外出打工，灌区面积出现萎缩，各种问题慢慢暴露出来。尤其是合阳澄城灌区，比如伏六系统，一年的运行时间超不过一个月。长此以往，灌区效益社会效益会成为空谈，工资都会出现问题，更不要谈福利。"会场上，主管财务的副局长从市财政局回来没有争取到补贴，管着钱袋子的他深深意识到抽黄将面临的困境。

"为什么大荔一个灌季都能持续两个月，合阳澄城会是这种局面？人们出门打工，是田里带不来利益。像大荔的西瓜桃梨等经济作物，收益比咱上班高出几倍，谁还出去！"

"问题是合阳澄城的人不相信种地有这么好的收益，咱总不能替人家把地种了！"

"我建议执行保底工资，平常按百分之七十发工资，等灌季结束按各站完成任务情况返还其余工资，超任务的该奖就奖。工资领不齐的站，不灌溉总能到超任务的灌区学习一下，看看差距在哪，带领行水人员和村干部换换思路，要调整产业结构！在家能挣到钱，谁愿意出去。"王副局长说。

"对，不能搞大锅饭，让灌溉半年和灌溉一个月的人没有差距。"

"同意王局长的建议。"

已经成为东雷抽黄管理局局长的姜大鹏说："好，就按王局长的提议执行。"

产业调整是一个漫长的过程，灌区的萎缩进一步持续。

随着改革开放的步伐，渭北的农村有了翻天覆地的变化。

二伯在堂屋笑眯眯地数着堂兄寄回来的钱："种地没效益，娃娃在外边一个月挣的比地里一年的收入还要高！咱庄户人家以前做梦都不敢想，还有一月一季麦子黄这好事。明年我把地包出去一半，种点粮食够吃就行了。"

父亲诧异地看着二伯，这个村里干农活的老把式，同样的地他的亩产总比别人家要高，一直是村里的种粮大户，还被县上表彰过呢。

父亲说，"庄稼户不种地，还是庄稼户吗？当年干抽黄大家都是为了将来不再为粮食发愁而没日没夜磕着劲地干，如今白面馍馍早已不是稀罕物了，吃饱饭的人再也意识不到土地与粮食的金贵。"

"娃娃娶媳妇要钱，上学要钱，盖房子要钱，行门入户要钱，凭这几毛钱一斤的粮食，多少年才能攒座房子攒个媳妇？棉花要种一点，娃娃大了，娶媳妇时要用的。老五去年那几亩红富士卖了一万多呢，我寻摸着，今年把坡里那二亩半地也栽上果树，听站上技术员说，过几天杨凌农高会开始呢，我去看看新品种，这树苗栽下去你二嫂就能经管，人家大荔人早都是这样子。树苗小的时候行里随便套种点瓜菜，够自家吃。我能干瓦工，这几年盖房子大工的价钱你也知道。"

"你要是去给我捎上十来棵苗子，我也试试。"父亲始终对粮食以外的作物持审慎态度，他是被饿怕了。

从那年起，村子里栽果树种西瓜种棉花的人越来越多，随着西瓜苹果的大面积种植，瓜果成熟时节，抽黄积极联系大荔的瓜果代办，让他们介绍外地客商来合阳。乡镇的街上外地人多了，懂行的客商说合阳纬度高，长出来的瓜果脆甜，同样标准的瓜果，合阳的收购价会略高一点。

有了客商，抽黄的失灌面积逐步恢复，乡镇的街道慢慢繁荣起来。客商们让代办招来一些妇女装瓜果，母亲也去了几天，那天母亲回来比较晚，她很生气。

　　"翠娥咋能那样！她装箱居然给箱子里塞了两块砖头，这些客商远行百里，费钱费力把苹果拉回去，结果箱子里是砖头，你说人家明年还来不来！在场的人都不说，我就小声说了两句，她就扑上来……"

　　"那六六也不说两句，把客撵走了他这个代办咋干？"父亲问。

　　"合阳水果品质好，今年客多，货不愁卖，客商们人生地不熟也不敢惹代办，可这亏良心伤人的买卖，人家又不傻，我估计不光翠娥一个人那样干呢，翠娥干那事是六六默许的，他俩之间拎不清。只是客商吃过亏明年还会来吗？"

　　"好了，燕儿妈，咱也不挣那钱，也不操那心。这两年收成好，饿不死人。你想吃瓜种几苗够吃就行，咱也不想那挣大钱的事了。"

　　村里的瓜果的确兴盛了好几年，父亲却再也没有种过西瓜。

　　西瓜成熟的季节，母亲在街道摆个小吃摊，有时收益居然顶得上父亲半个月的收入，父亲诧异地看着母亲手里的钱，想起当年章骁美的话，心底突然有点后悔。

　　"哦，今年客商还多吗？"父亲对于这类男女之间的风流韵事不感兴趣，他更关心的是被坑后还有没有客商来。

　　"还挺多的，合阳瓜果的口感的确好。就是熟客越来越少，代办吃到利，胆子越来越大，他们欺生。燕儿爸，你说人咋这样呢？人家给果子价钱出得这么高，他们还要糊弄。"

　　"人心哪有知足的时候！原来见的都是穷人也无所谓，如今突然来了一堆腰缠万贯的富人，不算计他们总不能算计你！"父亲装了一锅子水烟，美美抽了一口，说。

　　"他们会后悔的！人家能挣大钱的，可不是傻子！"

　　"是啊，他们没想那么远，他们只顾眼前。只有客真的不来了，他们才会后悔。"母亲累了一天，父亲的话音刚落，母亲已经轻轻打起了鼾声。

　　父亲担心的事还是发生了。这一年瓜开园了，整个镇上没来一个客商，倒是靠大荔的路井一带，他们的无籽西瓜供不应求。瓜农们围在六六的代办站，六六不断给这几年合作的客商打电话，然而人家要么不接，要么就说去年装的，一车货有半车砖头，赔得一塌糊涂也不找他算账，只是今后这里就是有金娃娃他们也不想要了，他们要不起。其他几个代办也是面临这样的情况。

西瓜要装车就不敢等完全成熟，眼看着毒辣辣的太阳，眼睁睁看着西瓜都快九分熟了，丝毫想不出办法的人都快被晒死心了。

"翠娥被六六的老婆打了。"

"哦！"父亲并不惊讶。

"翠娥去六六的代办站还没说上两句后，六六老婆带着她姐姐和妹子赶来，她们把翠娥的脸都挖烂了也没人管。卖不出去瓜的人围在那儿还嫌事不大，也在指责翠娥，说要不是她的小聪明，客咋能不来了。还说翠娥本身就不本分，该打。可怜的翠娥，头发被扯了一地，脸都没了，那六六看到老婆过来赶紧溜了，再也没露面。"

"脸早就没了，脸是自己给的，自己都不要了，还指望谁给她捡起来。"父亲说。

"红义准备雇车把瓜拉到路井去卖，他亲戚在那边做代办，一边装瓜，一边也在骂，怪这死翠娥。"

"光怪翠娥吗？这几年她这样干不光没人说，大家学着她一起坑客商。开始两箱苹果塞半块砖，到去年大家都开始比赛，一箱果子半箱烂砖瓦，看谁坑得美。要是今年客商还来，止不住这帮人还会整出啥幺蛾子！"

2

母亲想起这两年在她小摊吃饭的那些装箱人，平常也都是一些实诚的下苦人，对待街坊邻里也很实在，只是坑客商这件事，他们一个比一个做得绝。他们在母亲的摊位上无所顾忌大声交流经验，"果子上层的一定要好，至于下层，只要弄平就行了，客商又不看。"他们说，"要是不会作假，很快就会被代办辞退。"

"在六六这里干活，一定要巴结好翠娥，不然工钱都不好要。"

母亲看着手舞足蹈的他们，想起一个词："自作孽，不可活。"

父亲蹲在村口的老崖上，浇过水的果林麦田郁郁苍苍，夹杂在中间的几小块被撂荒土地，荒草比人还高。父亲深情地看着脚下的土地，像一尊雕塑。

因为没有客商，村头的苹果树开始被主人伐掉，它们横七竖八躺在田间，静静等着被拉回去晾干烧柴。

随着改革开放步伐加大，南方私营企业如同雨后春笋，散发出勃勃的生机。村里的年轻人早已不屑于用几年的时光去学一门谋生的手艺。大多数娃娃不等初中毕业，家里早早联系好出路。南方密集的加工厂为这群年轻人提供了大量的就业机会，流水线作业对操作人员技术要求并不高，工厂的收益要比种田好多了。

"四哥，我想出门了，你在家帮我招呼着门户。"邻居六叔吃完早饭过来说。

"村里脑袋活泛的，前两年都开始进城，城里的钱好挣，随便做点小生意或者打工，挣得比村里多许多，而且娃娃从小长到城里见识也不一样，我无所谓，女子考上合中了，你弟媳要管娃，我一个大男人在家，吃不到嘴里。"

"你去，我和你四嫂总在家，门户你放心，有啥事我给你打电话。现在班车通到村里，要回来方便着呢。"父亲说。

春耕时节，父亲看着刚平整过的土地上，敷衍地长着一小块一小块的麦子，更多的土地上没有庄稼，荒草便成了土地的主人，它们高矮不一，在春风里恣意生长，很快就染绿了那一片土地。

父亲坐在干渠上，风哗啦啦吹过，渠道里只有半渠水。灌区的人不再把庄稼当回事，抽黄开机时间越来越短。

几个老人在田里吃力地浇着麦子，有人说："当一天小工能买半袋子面粉。有种地这力气，还不如三天打鱼两天晒网供匠人去。"

"是啊，明年再不种地了，累死累活一年下来没有效益。城里四处都在基建，今年小工难找，年轻人看不上，咱随便都能干。据说最近工资都是日结。"

父亲燃起一支烟，看着塬下南流的河，脑海里又闪过当年吃不上饭喝不上水的困苦，一群衣衫褴褛的汉子，满脸菜色在抽黄工地奋战十三年的艰辛，为了黄河水上塬大家能吃饱饭，几十个工友永远留在黄河滩，父亲的眼角亮晶晶的："时代要发展，挣钱固然重要，可粮食就不重要吗？"父亲喃喃低语着。

"俺是农民，饿怕了也知道要把粮仓囤满。粮价这些年几乎没啥增长，娶媳妇的彩礼从二百四到现在的六七千，盖房以前是大家相互帮忙，现在都是拿钱说话，家里有事靠亲粮是根本不够的。粮食不光占地，每年晒陈粮防虫费工费力，主要是卖不上价。一亩地连种玉米带种小麦，一年纯收入不过五六百元，农副产品价格好周期短，这账谁都会算。现在政策好，国家公开提出要抓经济，邓主席说得多好，不管黑猫白猫，抓住老鼠就是好猫！"老支书说。

"都不种粮，真遇上荒年这么多人该吃啥呢？"

"嗨！老李，你还是思想落后，也不看新闻！连续几年大丰收，国库的粮食都装不下了。为啥粮食不涨价呢，听他们说，就是三年颗粒不收粮库的存粮也够吃。娃在深圳打工，据说那边的牛仔裤布娃娃啥的运到国外，换的是外币。像加拿大美国这些地方，土地宽人少，种的粮食根本吃不完，运到国内比我们种的成本还低。你这些年吃了苦，也跟着形势挣点轻松钱。"老支书给父亲发了一根烟。

父亲惊讶地发现，村子里到处都在基建，新划的两条巷，划院子的都是家里有两个以上男孩的，结婚要盖新房。人们在自家宅基地里堆上建筑物资，有两家主体已经起来了，几个匠人站在脚手架上，现在盖房有专业建筑队，这些包活的人设备工具齐全，进度非常快。

父亲突然有些失落："燕儿妈，你说人咋变成这样，一点人情都没有了。以前无论村里哪一家盖房子，都是村里的大事，你们女人去主家厨房帮忙做饭，我们这些男人，无论关系远近，都要抽几天时间去帮忙。那时帮忙是义务，乡里乡亲，谁也不会提钱，心细的人会在本子上记下，谁给自己帮了几天，等人家有事还回去。土墙土坯房，光垒墙和打屋基都得成月工夫，等房子盖好，一般主人家都要累得脱层皮。可是现在，只说钱。"

"这样多好啊！以前大家穷，就在乎那一口吃食，一家有事，一村人说是帮忙，其实很多人就是混饭。大家都是帮忙，啥都没有定数，男人在用料上不节约，灶台上更是一人帮忙全家吃饭。我们锅台上帮忙的女人，那几个心眼多的偷偷把肉夹馍裹在围裙或抹布里，让娃娃一趟趟往回送，你们男人里的奸晃晃，早上从主人那里领了烟就跑了，吃饭就来了，说到帮忙，只有自家兄弟和那帮发小。现在多好！主家只要出钱，啥都不用管，人家包活的工头就知道啥人能用啥人不能用，人们都不缺粮，只要勤快，好好下一晌苦就能挣到几天的饭钱，也不会有人专门去混饭。算一下账，比原来不付钱的帮忙还省钱。"

"我们这帮人干活时，还是本分人多。打屋基这样的体力活几个轮换着，无论村里哪一家，我们都是都一样对待，从不耍奸偷懒。"

"是啊，所以咱们这一带最早的工队就是你那几个老伙计带的。他们叫了你几次，你顾不上，他们就不再叫你了。现在都是砖墙，不需要下苦打屋基，小工就是和泥铲沙，一天下来收入二三十块钱呢。你算算种粮食辛苦一年才能收入多少？所以精明人的重心慢慢变了，只要挣到钱，啥都能买到。你吃完把锅刷了，我今天跟着红霞她们去坡下给西瓜压蔓，中午主家管饭。"

茫然走在熟悉的村庄，父亲惊讶地发现，巷道里的老房子不知道啥时候，都已被主家被翻新了。他第一次为自己思想守旧难过，看来的确要转变观念好好挣钱了。

时光悠然而过，时光正式进入二十一世纪，这种跨世纪的庄严对于墨守陈规、胆小谨慎的父亲毫无影响。在人们为了正要来临的千禧年欢欣雀跃时，父亲依旧骑着他那辆二八自行车穿行在站区、家、田野间。

第十五章　时代风云

1

二〇〇〇年，如父亲所愿，我成了抽黄人。二十岁的我和几个同龄人一起报到。我们这一期很幸运，因为塬上站好多年没有进新工，随着老一代人到岗退休，人员严重青黄不接，我们没有下塬。

知道我被分到人员缺口很大的黑池站，父亲喜得合不拢嘴："抽黄这些年招的大学生都是从塬下干起，你们这一批人都留在塬上还是第一次，你的运气太好了！"

然而小伙伴们并不满足。我和我的小伙伴们一起去总站报到，他们中的几个人还是第一次接触抽水站，后知后觉，灌溉农田和供水的抽水站大多坐落在远离村镇的黄土崖下。早些年还没有水泥路，从总站报到出来一路向东，一条黄尘古道在干旱的春天风起土涌。

一天夜班，中午懒懒起床简单洗漱，准备吃饭，毫无意识机房传来"砰"的一声巨响，回头，看见机房的窗口烟熏火燎。

"弧光短路，事故跳闸，快，所有人员进机房！"

王师静静躺在绝缘垫板上，半张脸乌黑。

"他的脸被弧光烧伤，赶紧联系救护车送西安！"

我和我的小伙伴战战兢兢躲在角落，机房一片混乱，机组倒转刺耳的声音，沉沙池飞涨的水位，手忙脚乱的师傅们，高压室的烟火超出了我们这帮孩子心理承受能力，我身边那个小女孩轻轻啜泣着。

"母线排上落了一只鸟，三十五千伏高压母线排发生短路，王师发现想断开开关，被弧光灼伤。联合闸退水及时，未造成次生事故，本次事故因未及时更换破损玻璃引起。"

会上，听着机电科通报事故经过，我们几个对这些专业名词根本不懂，只是恐惧。

后来，王师被烧伤的半张脸再也未能恢复如初。

一个灌季下来，总站要求我们集中培训，我发现一期的十个人，如今剩下七个。

培训结束，年轻使我们很快忘掉不快，我们几个骑着摩托车从渡口去了山西，疯了几天回来，父亲知道后，说："你们赶上了好时代。"

二〇〇一年，正为拿到初级会计师资格证开心的张爱华却又犯愁了，所有人不得不面对灌区日益萎缩、工资一涨再涨、人员日益增多、抽黄已不堪重负的现实。这一年渭北依旧大旱，这一年，抽黄斗口引水再创新低，这一年，财政增补在剧烈的通货膨胀下没有任何增长。

管理局的局务会开了两天，领导要求大家探讨一下单位的出路，被指名的站长硬着头皮说："针对灌区不断萎缩、群众用水积极性不高的情况，我们应该认清形势，把塬下的水泵电机改小，这样出水少了，就能调配下去，不再为水配不出去发愁。"

"我赞同张站长的意见，咱们的机组太大，群众的灌溉面积越来越小，我们要变思维，跟群众走。"

随后几个站长都附和这个建议，坐在后排的李晓光轻轻摇了摇头。

主持会议的副局长看了一眼坐在后排的副站长们，"相同的意见再不说了，谁还有不同的？"

李晓光鬼使神差站了起来："我认为这样改泵减流是不科学的，灌溉面积不断萎缩，我们应该查找一下深层次的原因。首先国家耗资那么大修建抽黄工程的初衷，是让水利为农业做好保障，为灌区人民服务，为渭北经济发展做好基础工资，而不是让我们谋利。据我所知，乌牛系统大荔灌区的灌溉面积一直稳中有升，为什么呢？因为大荔灌区的产业结构能够给群众带来巨大收益。早些年大荔人种植西瓜、黄花菜、红枣，尝到了规模化引进优良品种的甜头，所以对品种改良很敏感，他们每年都去杨凌农高会，发现新品种经济作物，马上买回来大面积种植，为此不惜把盛果期的苹果枣树砍掉。这样下来，大荔人的瓜果品种永远不会被市场淘汰，永远都能抢先上市卖到好价钱，他们唯恐果子形样不达标，卖不上价，抽黄上几次水，他们浇几次，甚至夏灌出现过一片地浇三次水的情景。再看看不断萎缩的灌区，它们有一个通病，那就是产业结构落后，种田收益太低，人们并不是不想种地，而是种地挣不到钱。这时候我们应该有选择地送灌区群众一些新产品苗木，先让一部分人挣到钱，其余群众看到收益好了，谁还愿意东奔西走四处打工。还有就是在大荔瓜果成熟的季节，咱们管理局组织一批有想法暂时没有找到项目的积极分子去大荔看一下，比如高明乡有个高石村，那里的人就靠种高石脆瓜。这个品种只有在这个村的土地上才能长出那种味道，高石脆瓜刚上市时，是论箱卖，一箱两个，五斤左右，价格刚开园时要卖到一百五十元到二百元，这样的收益，土地需要的话，十水八水瓜农都会舍得。"

李晓光刚开始说的时候，还有几个人交头接耳，很快会场一片寂静，直到他说完好一会，局长开始鼓掌："晓光同志说得好，一般河道出现淤积，我们需要做的是疏通，而不是把河道堵窄，这样吧，晓光同志先在你的灌区选几户人家，给他们送一些农高会的新品种苗木，等来年看看效果。"

"我前几天给紫光村的老书记送了二十棵黑宝石苗木，还给卓里村那个年轻人送了一批红地球葡萄枝，他种的巨峰不耐储存，不好运输，连续两年都是丰产不丰收。今天回去，我还准备继续走访一下种地积极性高的那几户人家，根据他们的实际情况，再建议他们做出相应的调整。"

"好！尽快落实。"

从落实到见效需要一个周期，目前的趋势，成千人的工资抽黄已是无力负担，数次普调没有执行，四处怨声一片。局会议室，大家讨论怎样才能走出困境，说了好久后，大家深知，改革势在必行。

面对整理上来的意见，管理局领导班子一条一条上会，让会场人员举手表决。

末位淘汰这一项以大多数人的支持通过成为改革先行试点。

2

总站会议室，王站长正在传达管理局的会议精神，他说："咱帮农民算一笔账，种粮食实在不挣钱，经济作物投资大，风险大，远不如打工把稳。人们在家辛苦一年，往往年底一算账，入不敷出。连续两年，大量土地开始被弃耕，纯抗旱的抽黄效益越来越差。当年抽黄工程投入使用后被定为财政差补的事业单位，二十年过去了，抽黄灌溉的水价始终没有调整，人员越来越多，工资不断上涨，财政补贴的额度却没有变，严重的收支不平衡使单位举步维艰。而且二十年正好到了机器毛病的高发期，检修维护费用一再增长。根据当前形势，管理局出台政策，鼓励抽水站的职工开展第二产业。大家可以尝试两条腿走路，利用技术优势，咱们的水工电工可以借用灌溉空闲时间走出去，各单位领导要利用场地优势，积极引进微小加工企业，让职工参与进去，增加职工收入。"

大家坐在那里议论纷纷时，马站长站起来，面色凝重，他说："下面宣读第二个文件，根据渭党发×号文件，为了表扬先进，激励后进，提高员工工作积极性，经局务会研究决定，即日起开始执行末位淘汰制，每月末各小站人员根据考核执行条例相互打分，打分结果报送总站，季末总站根据各小站每月的评判表选出机电水工排名末位的同志上报人事科，经人事科统一安排调整其岗位。今天的会议精神就传达到这里，散会！"

全场哗然，会前大家还在讨论财政供养人员工资已经涨了好几次，但是抽黄一直没有执行，今天开会是不是给大家涨工资，物价飞涨，目前的工资很难养家糊口。然而现在看来，单位不光不执行新工资标准，随后能不能在这个岗位都很难说。

"史进，你说这政策咋这么苛刻！即使所有人都很出色，也会有一个人被淘汰出局，咱们这种单位性质，没有具体的量化考核，这个尺度肯定有点过了。"杨晓莉说。

"是啊，这两年灌溉形势太差，财政补贴杯水车薪，改革势在必行，只是怎样改，管理局也是开始探索。"

"那你说分流的人员能去哪呢？"

"能去哪？只能去实体了。你也知道抽水站与实体企业是双轨制，抽水站的工资属于财政供养百分之七十，其余百分之三十和灌溉效益挂钩，而实体性质纯属企业，自负盈亏，听起来好像工资并无保证，其实前几年政策好，双方的实际收入差距并不大，只是实体比抽水站辛苦。当然你不用怕，你有章骁美，肯定出不了局，再说吧，出了局你还是老板娘，大河饭店雇那么多人，还养不起一个老板娘。"

"这样的政策一直执行下去的话，是不是所有人都要出局？我在想，末位淘汰制意味着，无论大家干得再好，都会有人出局。虽然两边收入差距并不大，但明显是这边不要了，分流到实体，实体的领导能受着气吗？凭什么抽水站不要的人就要放到实体，要是我是实体领导，我就会想你把我这个单位当啥呢！"

"人们都把地撂荒的话，很难说，说不定随后抽水站也会和实体执行一样的政策。"

"骁美那性子你也知道，我俩看问题思路不一样，都说服不了对方，难免争吵，影响经营，久了或许会影响感情。现在这样挺好，知道自己没有他看问题远，又管不住嘴，索性离远点，就不添乱了。再说，夫妻开店的女人，一个个都活成老妈子了，我可不想。"

"晓莉，你真聪明！我们这一期的只有你才是人生赢家，不光收服了章骁美，也把日子过成了，这人跟人真不能比。"史进想起往事，由衷地说。

"别，我只想做个不操心的小女人，你这样的语气吓着我了。"杨晓莉的心在滴血。她又何尝不想去店里做老板娘，只是权衡一下，不去，或许更好。他们聚餐回来说起店里的饭菜管理，那些美丽的女孩子的传闻，说得她心痒，想细问，又不敢，她怕万一听到什么不想听的，自己又该怎么办。

马站长头疼。最近他计划打报告向局里要几个人，今年站上有四个人退休，新人并未填补进来，全靠返聘一些临时人员应付灌季，单位给的工资低，年轻人看不上，年龄大的在机房，又是水又是电，操不完的心！"抽水站这种弹性工作还考核个屁！明明人手不够，淘汰之后怎么办？进新人吗？"马站长点起一支烟，说。

"你都快退了，该担的事担一点，不是不执行，放慢步伐，这种敏感的事不要抢风头，拖一段看其他站怎么干！"章骁美斜躺在他的宿舍床上。几年时间里，不知不觉，马站长遇上问题最先想到的就是找章骁美。

"会上第一个文件我很感兴趣，抽水站效益不好，社会经济大好，应该鼓励年轻人闯一下。与其半死不活混日子，不如趁着政策给的底气试试，实在混不下去，还可以回来。"

"你说得对，咱好像和社会脱节了。我赞成年轻人两条腿走路，骁美，你是从咱东雷抽黄站走出去的第一个自主创业人，我虽能力有限，也一直全力支持你的，你见说抽黄这现状，出路在哪？"

"以前想人这一辈子不能没有一份固定工作，来到抽黄有了工作，长期住在乡下，和原来的朋友说不到一块，慢慢断了来往。当时很困惑，舍不下工作，又不甘心一生这样，就想趁着年轻试试，机缘巧合，还真成功了。这次支持你，咱不想做这事，可以从其他方面弄几个亮点啊！比如让大家整理一下站区环境，组织学习新政策，每个月写个心得体会。对了，有个山东的客商想在这边弄个果酱加工厂，站上有大片空地，宿舍空的不少，水电设施齐全，能把他引来，局里就顾不上说你。这次你顶不住的话，晓莉不能出局。留在站上的都是靠这份工资，实体未必比这边挣得少，但人去得名不正言不顺。后边竞争会激烈。"

"没问题！你都帮我揽下大头了，我能不让步？你那么聪明，不用我出面，还能保不住自家老婆？"马站长笑道。

"保是能，聪明，我真算不上。"章骁美说这话时，目光深邃，眼眶微润。

"为啥不让你老婆管账呢？你的生意那么好！"

"为啥要让她管？女人持家，管好娃娃就行。表兄一再说，千万别把大酒楼开成夫妻店，这店里，只能一个人说了算。"

送走了章骁美，马站长雷厉风行召开了站务会，会上要求业务站长和总值按照会议要求，制订出可行性方案。

他说："管理局目前的现状大家也清楚，我知道这项工作肯定有难度，但是有难度也得干啊，单位才推行新政，咱们必须全力以赴做好这项工作。下边大家先讨论一下，看这个末位淘汰得分标准，怎样才算公平合理，如果出现并列该怎么处理，这件事关系到每个职工的切身利益，咱们尽可能把规则制订详细，避免后边出现漏洞，给大家解释不下去。"

3

史进站起来，说："我先说几句吧！针对昨天管理局的会议，回到站上我和大家一起讨论了，现把大家的几点意见反映一下。第一，咱们灌溉抽水站的工作性质决定了大家的弹性工作时间，说起打分，这里又不像工厂，可以计件或者按照岗位工作强度来制定相关的福利待遇。只要田里需要水，机房运行人员保证把水抽上来，就应该算合格的。第二，至于末位淘汰，对于我们泵站并不适合。因为每个泵站需要的运行人员和行水人员编制都是管理局人事科定的，目前机电运行人员不够，都是从村里雇佣早期从抽黄辞退回去的民工来填岗。如果再执行末位淘汰制，本来就不够的运行人员缺口更大，缺的这一部分，按惯例肯定继续雇临时工。这样问题就来了，如果说我们工人还比不上民工，那当年为什么要裁掉这些人呢？如果我们的工人比不上民工，随后又要招一批新工人，一个新工要成为熟手，至少需要三年，培养出来会不会直接被淘汰？这样想来，这种操作本身并未给单位省下来开支，那折腾这一番又是何苦？第三，这样的政策只会令小站的人际关系更加难相处，众所周知，一到灌季，所有人的吃住都在小站院子里，一家人生活中都难免磕磕绊绊，更何况这一群人。如果因为相互打分出现了问题，会不会引发极端事故？以上三点是我整理了大家的意见，请领导考虑一下，我要说的说完了。"

"史进说的也是我们站上职工的意思，希望领导的改革能够考虑到基层的工作性质，制订出切实可行的管理办法。"紧跟着，四级站总值站起来表态。

"我们行水人员本身就不够，管理员一到上水，二十四小时随叫随到，真要把排在末位那位淘汰了，他的活谁来干？这个岗位总不能像机房运行，找两个临时工。"

"我们机房也不行啊，雇佣人员只能跟着正式人员上班，小站本来配备就是一个正式工带一个雇佣人员，要是执行政策，总不能让雇佣人员独自上班！机房的高压高危，水电无情，真有了事算谁的！马站长，你的意思怎么执行？"

"我这不叫大家商讨嘛！"大家说着，马站长一边听，一边在本子上记，直到有人问，他才说了一句。

会上大家吵吵闹闹，都不愿意从自己站上开头。马站长也没有平息大家情绪的意思，但是每天准时准点要求管理人员到总站开会。连续开了三天会，大家吵了三天，到底还是没有拿出实质性的打分标准。

史进回到小站，最近大家都特别乖，站区的同志关系空前友好，大家知道相互打分这个规则，马上都能和睦相处。没有人敢说政策不贴切实际，大家怕一转身，话传到总站。

一时间，抽水站人人自危。

管理局的改革如期进行。有几个被分流出去实体报到，实体领导话很难听，泵站淘汰下来的就要放到我这里，实体成啥了！

作为抽黄的咽喉站，塬下这个大站自是扛不住了。

为了保证文件执行过程不出现意外，总站领导班子连续开了几天会，终于通过了执行方案。季度末政工把大家三个月的打分表汇总，张贴在公示栏，根据职工实际打分评定，站上的复转军人老董被定为当季考核末位。按照管理局的政策，这位老实巴交的汉子面临被分流到实体的命运。

"站长，能不能给我一次机会，我家的情况你是知道的……"

"不是我不给你机会，上了墙公开的东西，我能怎么办！你的情况我知道，先报到，后边政策松动了，我再想办法把你调回来。熬熬，娃娃大了会好的。我给你一周假处理家里的事，一周后我送你报到。"

宿舍里，老董着急得团团转。工友们仔细看过公示牌，暂时放宽了心，院子里说说笑笑的声音隔着墙传到他耳朵里，他觉得刺耳，却又不敢说什么，只好关紧门。

"您所拨打的用户已停机。"打不通电话，他着急得想哭。

怎么办？从未经过大事的汉子惶恐不已。他不敢出去和院子的人商量。不知道说起啥，他们的笑声更响亮了，他抹了把眼泪，暗想，"他们一定在笑我。"

简陋而寒酸的宿舍，战友来过一次，叫他一起去南方发展，老婆寻死觅活不愿意："你放下正式工作去打工，根本就是想逃避。你一走了之，一大家老的小的，十几亩地给谁扔下呢！"

老婆和父母关系一直不好，他不得不考虑真要去，父母怎么办？

良久，他决定先回家。

刚一进巷道，就听见老婆的狮吼，母亲带着哭腔的絮叨。他知道，只要吵起来就没完没了，双方都是满肚子委屈，都在等他评理。

他能说什么？

从来没有这样绝望过。

从巷头墙上卸下一根绳，慢悠悠走向村外的沟里。

雨下了一夜，单位有些手续要清，怎么也联系不上他。不得已，领导派了傅工寻到家里。老婆一夜未睡，地面一片狼藉，直到傅工进门，她才意识到有些不对劲。

在汽车站的角落找到目光呆滞的董师，一瞬间，傅工感慨万千，作为杨凌水校的高才生，他从未想过河滩的工作对有些人是如此重要，他深深地意识到，如果一直待在站上，他将来会和老董一样。

"雷站长，这期末位淘汰把我写上，老董离不了这份工作，我还年轻，出去闯闯，不行可回来。同学叫我去非洲，先去两年，等护照下来就走。两年后单位需要我，我一定会回来。我喜欢抽黄。"

雷站长怔怔看着眼前人："你比我有担当！我也觉得这个政策不合理，只是不想带头说。今天就去管理局，哪怕这个站长不做了，也不能欺负老实人！人和人不一样，他需要这份工作，也能踏实干好。"

"你这样想就对了，局里的政策正确的执行，不正确的就要提出意见。抽黄这地方待过几年，人就有一种主人翁的责任感，总想它越来越好，不要辜负抽黄。过几年，我一定会回来的。"

几年后，傅工带着一堆资格证成立了黄河水利水电监理公司，这是渭北第一家专业的水利水电监理，他鼓励大家考证，站区的行水员在灌溉间隙可以去监理公司兼职，一时间，黄河监理成了渭北水电监理行业的一面旗帜。

傅工替下了老董，请了长假出去创业，这件事当时反响非常大，实体领导给管理局提出，坚决不再接受末位淘汰的分流人员，泵站领导更是消极抵抗，一再强调自己站上运行人手不够，局务会上，李晓光再次站出来，他说："虽然节流也是一种举措，但相比较更应该重视的是开源。东雷抽黄是从砸锅卖铁干起的穷工程，参与过工程建设的人都知道这座工程不容易，大家习惯省吃俭用，保住工资这种思维已经落后了，时代已经到了二十一世纪，我们是不是更应该鼓励开拓创新？"

"晓光，说说你的具体想法。"

"既然水泵已经到了报废年限，为什么不申请更新设备呢？抽黄本身属于非营利单位，我们的灌溉并不赚钱，哪个朝代的发展都离不开农业，我们应该积极走出去，把东雷面临的困境和兄弟单位交流一下，然后一起向上反映问题。泵站运行到现在，实际情况估计只有在座的各位清楚，就连咱们的职工也未必知道抽黄的困境，更何况上级部门。而且，末位淘汰并未节省开支。"

会场开始沉默。

许久，有人鼓掌，"说得好！"

末位淘汰制悄无声息停了下来。

第十六章　人间烟火

1

夏灌的偷水大多集中在后半夜，这是水工管理员最辛苦的时节。站上有两个管理员是女孩子，夜里骑着自行车上渠，李晓光不放心，索性后来不用她们俩夜里巡渠，他和总站的巡护员一起骑着摩托车，丈量着路井灌区渠道的长度。

处理完三起用水纠纷，已是凌晨三点。站在总干渠望向四野，一片漆黑中，唯有抽水站的灯火在暗夜里发出璀璨的光。

燃起一支烟，卸下身上的测流仪手机笔记本计算器等等一堆武装配置，看着前方星星点点的灯火，李晓光说："这一座座泵站，就是闪耀在渭北旱塬的一颗颗明珠。"

一阵风吹过，若不是那几枝草，笔记本就掉到渠道里了。他忽然想起上次去同学公司，那里的库房和办公区域装了视频，人在主机房看一下电脑大屏幕，一切一目了然。

"罗师，如果能给渠道分引口装上摄像头，以后我们就不用这么辛苦，渠道的问题我们在主机上可以看得一清二楚，对了，机房也可以啊，装上这样一套系统，机组的情况可以从屏幕上看得一清二楚，这样运行时人就不用这么累了！"

一回头，罗师已经躺在渠道上轻轻打起了鼾声。

季末的水量工作会上，李晓光和几位同事说了一下自己的想法，才开了头，年龄大的站长一脸鄙视："晓光，你那同学的公司在深圳，咱们是渭北农村，没有可比性。国家都公开承认东西部的差距，你还想试试？难道初中没学过橘生淮南则为橘、橘生淮北则为枳，邯郸学步、东施效颦这些典故？抽黄灌区是最原始的浇地方式，你居然想着安装摄像头这些高科技产品，你咋想的！"

"小伙子年轻想进步，急于表现可以理解，但这异想天开的想法，还是要深思熟虑再决定说不说。高科技，那是制造精密仪器和大国重器才用的，就一个工资发不全日子混不下去的破抽水站，也敢想！"

周围爆发出了阵阵笑声，李晓光红着脸，他忽然想起独立行走的唐吉坷德。

几年后，李晓光深度参与的路井信息化改造工程顺利竣工验收，坐在机房的主机前，显示器可以看到站区与出水口的角角落落，这座先进的信息化泵站引来无数兄弟单位参观学习。已经成为路井站站长的李晓光养成一个习惯，若有同志前来汇报交流，无论对方的想法在别人眼里如何荒诞不经，他都会静静听对方把话说完，然后耐心地和对方探讨事情的可行或不可行性。

单位开始集资盖单元楼，史进和老婆韩晓红两人关起门，拿出一堆存单加了好几遍，他们一直节衣缩食，省吃俭用，但目前手头的积蓄连房款的一半都不够。

晓红开始叨叨："孩子一天天大了，总不能一直住到乡下的宿舍，单位集资盖房就是福利，这次不要，后边还不知道要等到猴年马月。你去找家里要点吧！买房是大事，谁家买房大人不出钱呢，说清楚就算是借他们的，咱后边慢慢还。"

"父母这些年都没花过咱一分钱，三十好几的儿子不能给他们分担家事，还要找他们要钱，我做不出来……"史进低着头，抽了一阵子烟，慢悠悠说。

"那让他们把家里的院子给娃分两间房！你弟结婚你们一家人哄得我把新房腾出来，这一腾，我和娃真成了外人。现在娃想进合阳念书，连个落脚的地方都没有，我就想不通，凭啥我娃吃着商品粮就要和那帮农村娃娃挤在乡下喝窖水。"

"女人就是喜欢占！娃在黑池上学咋啦，黑池的教学质量全省都有名，西安渭南的娃娃都托关系进黑池中学，咱们在乡下上班，站上的土地种菜种粮够一年忙了，要城里的房子有啥用？再说，进城的开销你又不是不知道！急啥呢，这一批咱不要可以等下一批，咱俩好好攒钱，等退休总能买得起。"

韩晓红被史进的话逗笑了："你的意思咱这大半生就把家安在乡下？史进我告诉你，我是城镇户口，不是农民！看看你这些年都做了啥！不思进取，没有一点心眼！你看这一期的，家里有房的这一次都想方设法要买房！一样的工资，一样的开销，哪个买房不是凭着家里补贴！大家都这样为啥我们就不能呢？退一步说，这两年单位效益不好，单位支持搞第二产业，你不是聪明嘛，你不是和章骁美关系好，也不知道跟着他谋划挣点钱！日子过到这分上，你的聪明算啥聪明！"

"晓红，咱们退休还早，把钱压到房子上，外账缠身，干啥都没底气。等咱退休时攒足钱，你想在哪买房就在哪买。"史进说这话明显底气不足。

"呸！你等着，等着等着黄花菜都凉了！这日子我过够了，你要不买房子，咱就离婚！"

刚从管坡锄完草，顺势看了一下宿舍后边的那片麦田长势喜人，史进兴冲冲准备给老婆讲，看来今年不用买粮，那片麦子长势很好，结果被韩晓红几句话说得灰头土脸。

他重重摔了一下门，怒冲冲沿土道疾走出门。门外是大片的庄稼，即便人们种得很敷衍，但因为有钱了舍得投资，禾苗们郁郁葱葱染绿了原野。

十几年时间，他已经融入这片土地，土道上枝枝桠桠他都一清二楚，知道哪里的土质适合种啥，他觉得生活在这里很快乐。老婆的话令他不得不思考将来，城乡的教学质量差距逐步扩大，村里经济越来越好，某些程度，他和晓红的生活水平还赶不上村里人。

老婆说得对，的确要变通一下。

"狗日的物价，不停地涨！"这句话是最近挂在嘴边的口头禅。

从站上走到黑池街道，羊肉糊卜的生意真好，并不逢集的日子居然人都坐满了，他想起光顾着吵架，还没吃饭呢。

"管他呢，反正买房的钱差得远，也不在乎这一碗饭！

地面脏兮兮的，洗碗水上糊着一层油，桌子也好不到哪去，头发花白的老太太步履蹒跚，慢悠悠收拾着桌面的碗筷。他掏出纸擦了一下碗，又擦了一下桌子，看着坐得满满的小饭馆，突发奇想，这要是自己的店，他一定把卫生搞好，把水龙头接到外边，地板每天都冲一次，玻璃擦干净！至于碗筷，一定要用水煮。

填饱肚子，在黑池街道漫无目的走着，无意间看见总站门口的门店上贴了一排"招租"，史进怦然心动。

记得刚到黑池上班，这里还是国营大食堂，赶集的人排着队等着吃莛面糊卜。当时有人说："这国营食堂就像印钞机！送钱还要排队！"联想到刚才那家店脏兮兮的，生意居然那么好！晓红勤快，自己卖饭，卫生和服务一定比那家强得多！而且现成有章骁美这个资源，真要干他肯定会帮扶到底。

突然开窍的史进站在那里自言自语："其实老婆说得对，凭工资想要买房养娃，还真不容易。王二虎的哥凭赶集摆摊卖布居然供了四个大学生，这对凭工资吃饭的人来说简直是不可能完成的事。章骁美要不折腾，也不和我一样受穷！"

想明白的史进冲总站办公室，问清楚每年的承包费用和相关手续，马上找到刘会计，说："门口这店你先不要签给别人，我现在回去和晓红找钱，最晚明天给你答复。"

刘会计笑着说："史进，去吧！赶紧和老婆商量一下，这是大事，你是自家人，只要你想干，别人肯定争不过。"

2

史进急匆匆给韩晓红说了一下情况，韩晓红比他还着急！来不及听史进把话说完，急匆匆骑着自行车来到总站，问都不问先找到纳交了一点定金，然后坐上班车去找开餐馆的远房表哥。

一切非常顺利。签完合同，史进笑着对韩晓红说："要是听了你的，七拼八凑去买房子，这会哪有底气再弄这个！"

"也是，房子迟两年就迟两年，店开起来好好挣钱。"

章骁美果然仗义，史进找到他，他二话不说就跟着史进来到总站，他先给马站长扔过去一条烟，然后笑着说，"马站长，管理局的政策，鼓励职工开展第二产业，咱不能光拿嘴支持！这几年单位效益不好，大家手头积蓄有限，咱们这涉农单位和县上脱节着呢，想借钱贷款，都没有资源。史进的情况你也知道，两口子再这样下去，都要离婚了。作为领导，你可要及时化解矛盾。三十几岁正是能扑腾的年龄，没有钱人总是没胆量，你看总站能不能先借给他一部分流动资金，让他有底气把店弄好，他是咱的职工，你不支持谁支持呢。"

　　"你也知道站上没有多少收入，我是心有余而力不足，你要真想帮他，你给他借点钱。我对他的支持，他俩把分内的工作做了，我不扣工资。"

　　"领导这不是逗我呢！他是有组织有单位的人，我的身份凭啥给职工解决问题。知道站上穷，也不为难你，不说免租的话，你总可以让他把交上来的租金借用一下，等年底挣了钱再还。这年头，想干点事真不容易，应该鼓励，更重要的是支持，实实在在地支持。"

　　"骁美，你又把我绕进去了。不过好像也有道理，房子到年底都没租出去的话，我总不能凭空变出来租金，行了，我一会开会跟站领导商量一下，他到年底再交租金，咋样！"

　　"我就知道你是好人，我去看看还能给史进帮上啥，他也不容易。不过这一期谁容易呢！大家读书少，见识少，做事有局限性。"

　　章骁美走后，马站长召开站务会，顺着章骁美的思路去说，大家觉得并不过分，会议很快通过史进年底交房租这件事。

　　二十一世纪初，正是乡村经济高速发展的时候。改革开放的逐步扩大使市场充满活力，行业间的收入差距逐渐缩小，人们致富的速度指日可见。只要舍得力气，挣钱并不难，只要有钱，啥都可以买到。随着手头的零用钱日益宽泛，街道的商店物品越来越丰富，小吃不再只是逢集营业，劳作一天的人又乏又渴，手里有了活钱也不那么苛刻，花不了多钱，还不用洗碗，从地里回来累了，偶尔在外边吃也不为过。

　　史进听从章骁美的意见，他的酒店以小吃为主，隔出两个高标准雅间。章骁美说，"史进晓红，雅间的标准，村里人给娃订婚包几桌酒席，出去后，吃饭的人感到主家有诚意，客人很有面子。黑池目前还没像样的酒店，你俩好好干，最好有乡镇单位的招待，两年下来就够你买大房子了。"

韩晓红心急火燎天天泡在店里，恨不能一天把店装修好。

半月后，噼里啪啦的鞭炮声里，"黄河大食堂"巨大的烫金招牌醒目地挂起来，史进和韩晓红一脸喜气脚不沾地忙着。虽然章骁美一再提醒饮食业是个辛苦活，但是真正动手干起来，才知道此辛苦和想象的彼辛苦不一样。

沉浸在做了老板的韩晓红没想到，自从开了店，她再也没有机会睡到六点以后。厨师先一天晚上开好菜单料单，她必须分清楚哪些东西可以在乡镇买，哪些东西需要联系城里的干菜店，让客车捎下来。乡镇的料好办，单子拿过去盯着质量，配好后他们会送到店里，城里的得等。柴米油盐到位，韩晓红开始和服务员一起打扫卫生，她爱干净，什么事都要自己过一遍才放心。

窗明几净，地板泛光，那是大半早的时光换来的。后厨端来早饭，大家吃完饭就要准备中午的菜品。

乡下油腻肮脏的小吃店看多了，窗明几净的"黄河大食堂"无疑是一道醒目的风景。辛劳一天的人们忍不住想看看，干净整洁的酒店到底有啥特色，到底贵不贵。

章骁美推荐过来的厨师果然给力，"大食堂的凉拌鱼，那股鲜香，吃完后齿颊间萦绕数日，菜价也不高。"镇上几个单位管招待的说。

"是，今天上边检查完在黄河大食堂吃饭，领导先是对他家的卫生赞不绝口，吃了几口鱼，就对我说以后来客接待尽量放到大食堂，老板娘干净。"

"这两口子能吃苦，他们的店放到县城也不差。"

乡镇就那么大，很快史进的"黄河大食堂"就得到了人们的认可。有了招牌菜，厨师精心搭配几个其他菜，就形成了固定套餐。章骁美来了两次，看着满座的餐厅，忙得脚不沾地的韩晓红，说："史进，你小子行！比我当初容易多了。"

"乡镇的生意，小打小闹，你是大河，我是毛渠，这一生也不奢望和你比了。"

"别得了便宜还卖乖！我当初贷款冒多大的风险，再说吧，你们有事还能找我商量，我那时的处境，就像抽黄工程刚开始，边施工边设计。"

"你咋不让晓莉去店里呢？她去了你肯定省心省力。"韩晓红说。

"她是聪明啊，聪明就要放到正道，店里的活谁都能干，管娃不一样，她把娃娃管好才是正道。女人聪明总有自己的想法，想不到一块，大概妥协的都是我，可有的聪明并不长远，这世间，有些事只能是我这种不太聪明的人才能干成。"

"你就是油腔滑调！我觉得吧！两口子干啥都应该齐心协力，要不然，钱再多，日子也不像日子。你聘请的那个经理其实不用花那钱，晓莉肯定比她更用心。"晓红说。

"瞧瞧，这刚进门就不认师傅了！我舍不得我媳妇下苦还不行吗？她上班是散心，不能和社会脱节，她不上班，我养得起，不用她干活。行了，你的生意步入正轨，我也放心了，店里一大堆事以后我就不来了。至于经营，每个人都有自己的思想，千万别生搬硬套。这个话到此为止，省得说出去影响我们夫妻感情。"

章骁美起身就走，史进赶忙去拉，到底没拉住，门外，黑色的桑塔纳静静等在那里，司机一看章骁美出来，殷勤地拉开车门。

"女人就是话多！人家好心帮了咱这么多，你不感谢也罢，说那些没用的有啥意思！人家的家事，晓莉都没意见，你叨叨啥呢。"

"我就随口说说嘛，外边的传闻你肯定都听说了，那次吃席我专门看了，章骁美找的那个大堂经理的确漂亮。晓莉也不知道咋想，放着老板娘不当……"

"管好咱家的事就行，店里这么忙还有心思管人家的事！都是当老板娘的人了有点素质，别把自己弄得跟农村妇女似的，咱是开店，闲言碎语从这里出去就是是非。咱生意好，别人巴不得店里出点笑话。晓莉聪明着呢，她想得远，管好孩子才是正事。"史进说完，又忙着去招呼人，而韩晓红则是嘴不停，手也没停。

3

月底算账，清完工资水电费等一系列开销，再减去房租，韩晓红不相信自己的眼睛，"史进史进，你过来再算算，是不是我算错了！"

史进加了一遍，和晓红算的数字相等："再算一遍，你念数字，我拿计算器加。"

　　再算两遍，数字依然不变。

　　"史进史进，我们发财了！"韩晓红看着那笔数字兴奋地跳着。

　　"是啊，老婆，我们发财了……"史进抱起韩晓红在房间里转了两圈，"老婆，明天你歇一天，去合阳城里烫个头发，买两身衣服！"

　　"看把你张得，这才开始，哪里敢马虎。生意在人经营，我就是这劳苦命，啥事都要自己过手才放心，就凭你，哎，不说也罢。"韩晓红说。

　　黄河大食堂开业后客源很稳定，日子一天天好了，韩晓红的心却越来越小。

　　夏灌突发意外，机组需要抢修，机房连续加班，按照以往，韩晓红守店，史进跟人换了长期上夜班。几天连轴转有人撑不住了，说："开始看他们不容易，检修时史进打个照面，韩晓红干脆不来，也就认了。后来生意好了，也不说雇个人干活！忙了店里，他的活变成我们的。杨晓莉不参加检修，但人家怎样做事呢？检修时送烟送茶，闹得大家都不好意思。"

　　高师傅说，"开个店容易吗？投资那么大，他们的生意不像骁美的酒店，挣俩个辛苦钱。一个院子多年，他俩人好。应付班子活，多一个少一个差不了啥，多干一点也累不着！"

　　风言风语传到史进耳朵里，那晚他上班时带了酒菜。几杯酒下肚，有人说："史进，你是跟对人了！章骁美给你操的心跟自己开个店差不多。也是你俩有主意，瞅准了时机，一下子挖了个聚宝盆。"

　　"就是，史进，你和晓红好好忙店里的生意，咱这帮哥们帮不上大忙，机房顶个班没问题。你要有心，过段时间让大家喝点酒。"

　　"嗨！小事一桩！等检修完了大家喝酒，说好了，不醉不归！"

　　返回店里，史进说："晓红，等检修完让大家喝顿酒。"

　　"只请小站？那总站咋办？马站长不光给的优惠政策，还把客饭放到这里，请还是不请？其他几个小站平常关系不错，请不请？真不知你咋想的！挣两下苦钱，这个那个不收钱，原材料工资房费是风刮来的！我从指缝里省，你顺着手腕剁！"韩晓红当时就拉下脸。

"以前咱没开店，检修完大伙一起喝个酒也正常啊，现在咱有店，让大家喝个小酒又有啥！你脑子七绕八绕的，咋就这么复杂！整个检修你没去，运行时咱俩去一个人都算数，谁扣咱的钱了？谁把活干了？有时上班店里包席，我打个招呼师傅们顶着，一年年了，不应该有所表示吗？"

"没有啥是应该的，这些年咱在站上，放假后他们都不用来值班，检修时今天这个不来明天那个不来，你和我说啥了？其他站远处的，值班来不了收假还知道带条烟给替班的，咱俩要过谁的啥？平常你给他们带肉带菜，我说啥没有？"

"咱图的是能安生地混着，晓莉还在单位挣工资呢，只要和大家把关系处好，不扣钱吃两顿饭有啥，老婆，只要他们不盯，一年的工资就能混到手，咱认真了，人家凭啥多干活。"

"人家都觉得咱有钱，吃得理直气壮，谁知道咱有多辛苦！从开店以来，我就没睡饱过，再看看你，天天陪人喝酒，胃都有了问题……"

"行了行了，这样说就是人有问题，人家听了会觉得你是得了便宜还卖乖！挣公家的钱干私活，还给谁提辛酸，你要是觉得累，咱就不开店了，穷点穷点，饿不死，你要想挣钱，就得学会看脸色！"

"你咋这样，我辛苦是为啥！"

吵了半天，两个人都觉得委屈，史进背过身，很快响起鼾声。韩晓红被鼾声吵得一夜未眠。俯下身子，身边的人从风华正茂的小伙子变成中年油腻男，岁月是把杀猪刀！初识时，他算半个刺头，全单位的人都知道他爱张爱华，她当然也知道。

然而当史进问她愿不愿意嫁他，她毫不犹豫，同意了。

她知道他和章骁美张爱华之间的事，以至于看见章骁美就来气。史进聪明，但情商不高，不懂风花雪月，极有责任心。婚后他每月把工资全交给她，家里大大小小的东西都是由她置办，可以说，她把他当孩子一样宠着养着。家里的钱，她说有多少他都信，从不过问她把钱用到哪了。

她始终相信，男人没钱，胆子自然就小了。

多年来家里的事都是她说了算，日子踏实得就像个模板，如果不做生意，余生也会安稳地走完。

白花花的月光肆无忌惮跳过窗棂的玻璃，跑到床前。她坐起来，借着惊人的白月光看着身边熟睡的男人，他明显老了，褪尽生涩，脸上的线条慢慢柔和了。想起在乡下时，那时的他灵活叛逆，和眼下的唯唯诺诺判若两人。

　　如水的日子从眼前划过，人的卑微大约源于穷，因贫穷而丧失的眼界。以前她从不担心有一天自己会驾驭不了他，站区的零活干完，他偶尔会去和村里人打个小麻将，赢了回家吆三喝四，输了就赶紧去厨房打下手。

　　史进有赌运，打牌一直赢多输少，这也是她不反对的原因。

　　想着想着，她的手忍不住在他脸上摩挲两下。

　　"别动，张……"

　　突然一声醉话梦话，令韩晓红的心坠入冰窟。

　　第二天，韩晓红顶着黑眼圈买菜打扫卫生，她无比清醒认识到，钱一定要自己掌管。史进看着镜中那张如同猫抓过的脸，哭笑不得。

　　谁能把握住梦话？为了一句梦话，他差点被毁容了。

　　史进生气了，"难怪章骁美不要晓莉去店里，女人真麻烦。"

　　既然她能干就让她干吧！简单收拾了一下换洗衣服，戴上帽子口罩骑摩托车来到站上，打开宿舍门，一股霉味扑鼻而来，许久没住人，屋角下雨时渗的水在墙面上开出一朵朵暗黄的花，那是霉渍。架子床还在，他从柜子里翻出来旧铺盖，太阳正好，晾一下。

　　师傅们看到史进脸上的伤，写满八卦的眼睛相互对视一下，很默契没人问。水泵吊芯是大修，机坑里横七竖八堆满了工具，肖师傅腰不太好出不了大力，检修专开航车。史进挥舞着大扳子一口气拧下中开面二十个大螺丝，中途几个人要换，都被他赶走了。

　　老班长递过来烟，他看了一眼脏兮兮的手，说，"不抽。"

　　"真不抽？"老班长问。

　　史进觉得自己矫情。以前两手机油都要来支烟，还美其名曰："男人抽烟就如同机器加油，没烟就没劲。"今天硬是下不了口。水泵吊出芯，要换叶轮，卸下轴套轴瓦口环，用柴油擦洗，轮着八磅锤把旧叶轮敲下来，取过来在油里浸透的新叶轮安好，干了多年，闭着眼睛程序都出不了错。

　　吃饭了！

炊事员叫。

史进已经换了第三盆水，还是觉得手里的馍有机油味。青菜萝卜绿辣椒，切得很粗糙，少盐少油，饭好难吃。勉强吃了一个馍，他忽然想起韩晓红做的饭，一样的家常饭，菜切得有模有样，色彩搭配养眼，味道恰好，刺激到味蕾……

4

坡洼站小，坐落在村子的东北角，站上平常六七个人，离黑池街道三里半土路。检修完，邻村的两个师傅骑着自行车回去了，偌大的院子只剩四个人。乡村夜长，不可能这么早睡觉，不睡觉总要干点什么吧。史进让徒弟去买来两箱啤酒，四个人坐在管坡口吹着风喝着酒，不一会，微醺的几个男人的话多了起来，从四季庄稼到未果爱情，最后落到中年琐碎而困窘的日子。

老张平日腼腆，喝了酒也活跃起来。

大家逗老张，让他讲当兵时在驻地谈的姑娘，老张借着酒劲拉开话匣子，这一拉开，就再也停不下了。"哎呀，你们不知道，那小姑娘的手绵软软软……"

后来故事讲完了，老张意犹未尽，又让史进讲张爱华，史进被抓的脸还疼，哪里肯！一番推搡，史进说："换频道，我给大家唱了一段'贺老六'。"

肖师傅从宿舍拿出板胡，咿咿呀呀拉起来，史进开腔唱道：

> 贺老六花轿临门喜盈盈，
> 谁知平地波涛生。
> 她寻死觅活人昏迷，
> 倒叫我左思右想心不定。
> 贺老六真是天晓得！
> 我老六今年活了三十多，
> 这种事情从未碰到过。
> 我虽是生长山野一粗汉，
> 强凶霸道我不会做。
> 我老六从小父母双亡故，

179

全靠兄嫂抚养我。

都只为少田无产难耕种，

我只得深山冷坳当猎户。

常言道男子三十成家业，

因此上拜托老癞媒来做。

只指望高高兴兴配夫妇，

又谁知吵吵闹闹起风波。

贺老六老癞做事太可恶，

事到今日我才清楚。

他骗我姑娘不肯嫁山里佬，

有一位寡妇倒不错，

他说你手勤脚俭人忠厚。

十人看见有九赞慕。

家贫无计难守寡，

自己愿意嫁丈夫。

贺老六他还说一为祥林还债务，

二为小叔讨媳妇。

我花了彩礼八十千，

谢媒钱还不算数。

贺老六是八十千，你还不知道？

我不做强盗不做贼，

你道我八十千钱是从哪里来？

每日里翻山越岭起五更，

风餐露宿落半夜。

日晒雨打山间守，

冰天雪地把猎围。

猎户是四季靠一冬，

一冬能积多少财？

八十千半是积蓄半是借，

拼拼凑凑凑拢来。

别人是洞房花烛成双对，

我老六是一场欢喜反成悲。

十年心血化成灰，

今生莫想再把妻房配。

我是娶妻不成反欠债，

还落得一个强盗胚。

贺老六一阵阵腹中如绞痛难当，

两眼发花心发慌，

阿毛娘……阿毛娘……

痛得我天昏昏地茫茫，

只觉得口干舌麻手足僵。

看来是伤寒又复发，

只怕我命不会长。

大哥……，

小弟有言拜托啊！

兄嫂犹如我爹娘，

从小多承你好抚养，

你为我成家立业费心机，

想不到如今还要累兄长。

穷人欠债如欠命，

我情愿起早落夜受风霜。

谁又知身染伤寒三月多，

债主的本利我难还偿。

要想无债一身轻，

却落得伤寒复发命危亡

……

　　烟嗓唱出几分苍凉，很快引起一群中年男人中共鸣，几个人跟着荒腔走
板唱了起来。

　　喝着唱着，哭着笑着。

这天黄河大食堂有包席，韩晓红忙了一天。晚饭下饺子，小王问，"韩姐，给哥送份饺子吧！站上伙食不好。"

韩晓红硬着嘴说不管他。

厨房薄皮大馅的饺子端上桌，她眼前晃过职工灶上的寒苦饭菜，也不知道史进吃了没有！也不知道那家伙这会干吗？还不回来！夫妻间斗嘴的话谁会当真，真是的，不知道夫妻没有隔夜仇吗？

面案的张姐看着心事重重的老板娘，同为女人，她知道她的心病："再下半斤饺子，小王跑一趟送到站上去！"

小韩低声说："站上人多，这会肯定在一起谝闲，送一份饺子惹人嫌，还是不要管了。"

"放心韩姐，今天饺子包得多，多下点，再带个凉菜，让站上那帮师傅尝一下咱的手艺，保证他们吃了还想吃。"

韩晓红嘴上说："不管他！"

然而声音小得自己都听不见。史进一生气只会闷头干活，平常家里她管事，那人就不操心。也不知道宿舍脏成啥样了，被褥要晾，史进从未做过这事，发霉的铺盖咋住呢！

她有点生气，一个大男人家的还较上劲了，就是自己不对，哄老婆两句，有这么难！

小王骑着摩托车带着饺子到站上时，人们已经喝多了，远远就能听见胡琴不成调的咿咿呀呀，秦腔歇斯底里的吼唱。小王犹豫一下，还是把饺子送了过去，月亮下，啤酒瓶东倒西歪躺了一地，花生米的空袋子被风卷起，晃到脚下，几个醉汉喝着唱着。

"饺子下出来嫂子要过来，我们不让她跑。今天店里包席，她忙了一天，脚都起泡了，晚上吃饭惦记史哥嘴刁，包的饺子先给你们送过来。"

"兄弟，喝酒，不谈女人，哥知道你是实在人……"

一帮人马上开始劝小王喝酒："哥，我去个厕所！"小王一看这阵势，骑上摩托车赶紧溜了。

乡村夜静，摩托车骑出很远都能听见身后的板胡声声。

这一夜，韩晓红辗转反侧，彻夜难眠。这一夜，史进喝得烂醉，钻到脏兮兮的被窝一觉睡到大天亮。

第十七章　破茧成蝶

1

张爱华的会计师证取到已一年多了，她也不知道证该放哪。基层财务人员奇缺，看着一个个转岗成功的人，张爱华总认为人家有关系。后来有人说李晓光站上的会计就要退休了，让她问一下程序怎么走。

张爱华犹豫半天，还是没打。

这一年底，李晓光站上的出纳接替会计，空出岗来。李晓光想起张爱华有证，一个电话打过去。

"张师，我站上有个出纳岗，我记得你那年拿到了会计从业资格证，证在人事科吧！在的话我去人事科申请一下。"

"证我有，李站长，中级会计师证去年领回来了，这几个证都在我这里。"

"中级都过了，这么厉害！当初就说你行。张师，你把证悄悄拿到自己手里，谁知道你有，这些东西取回来要上交到人事科，人事科根据各单位申请，委派有资格的人去上岗。这样吧！你下午去趟管理局，见一下财务科长，把证给科长。"

"哦，是这样子！"

"张师，你目前工资是按中级工套吧，会计师是中级技术职称，去人事科问一下聘用流程，赶紧按程序走，这个工资差距很大。"

挂了电话，李晓光哭笑不得，对办公室几个人说："这个张师，聪明吧，她做的事真傻；傻吧，她一点基础没有，居然可以考过中级会计师，多少专业人士考了多年都考不过。"

"她是单纯，学啥时心无杂念。"

张爱华脸皮薄，磨磨蹭蹭半天，进了财务科长办公室尚未开口先红了脸，索性啥也不说，把证递过去。

"你拿到证咋不说呢？财务岗这么缺人，赶紧把证送到人事科，好几个单位申请要会计，你们领导知道你有证，也不说一声！"

张爱华说："我没说，不怪领导。"

事情非常简单，第二天中午，站长笑着说，"张爱华你可以，要不是管理局的调令，我都不知道你考过了中级会计，恭喜，赶紧把手头工作交接一下，三天后去路井站报到。"

张爱华看着手中的调令，半天不敢相信，她偷偷掐了自己一把，真切的痛使她意识到这是真的。

"我从没想过考证有用，这些年，我总想着从优待军属这方面找领导照顾一下，娃娃上学不方便，也没弄成，眼看该上学没有办法，我妈心疼她娃，接到西安上学去了。这证是在站上没事乱翻书试着考，居然这么管用。谢谢领导。"

"不用谢我，是你让人刮目相看，一个非财务专业的人，凭自学过了中级，你真厉害！要知道，财务人员十几年过不了中级多的是！"

父亲送一个故人，两个人一起滚过窝棚，一起做了多年上调民工。刚五十出头，乙肝病变为硬化腹水。

章骁美、史进早早来了，看见父亲，他俩招呼一起坐。看着遗照上那张年轻的脸，他们感慨万千。

"锁柱和我一起上抽黄，工程结束跟我在站上一起守了多年，没等到转正。正式工有医保，住院报销人舍得看病，也不至于走得这么快。农村人穷命贱，小病小灾靠忍。实在忍不住了，去医院一查一个晚期，人财两空的事没人愿意，又拉回来等着过事。"

唢呐吹出一片凄凉，孝子哭得撕心裂肺。

桌上招呼的村人说："这一带乙肝病人太多，黄河水没上塬时，冬春旱没水，大家去涝池挑水吃，涝池水脏菌大，也不知道杀菌处理。后来那一茬人大面积爆发肝病。早些年光知道，人得了哈怂病，皮肤蜡黄，浑身没劲，浑身上下瘦成皮包骨，肚子滚圆如怀胎六个月，走路时能听见肚子里的水声。人们称之为"大肚子臌症"。到这程度是没救了，家里也不折腾，弄点止痛药躺在炕上等着过事。后来经过科普，村里人知道那是乙肝后期，肝腹水，也知道了乙肝是传染率极高的一种病，目前没有药物能够根治。"

"近几年国家重视这个病，免费查肝功能。普查后该治疗治疗，该打疫苗打疫苗，新生娃娃都给免费打了疫苗，往后就不会再有臌症了。"史进说。

父亲接过话："是啊，日子越来越好。小范围说，黄河水上塬后渭北经济的确好多了；大范围说，改革开放以来，人们的生活和过去相比那是天壤之别。穷得吃不上饭时，谁还有钱看病！大多数人一生都没去过医院，能干动干，干不动躺在炕上等死。现在农村经济好了，看病城乡差距太大了。你们有医保有工资，去一趟医院医保负担大部分，不影响家庭。农村就不一样了，别说娃娃有没有孝心，就是有，得了烂病花那么多钱，谁忍心折腾娃娃。"

史进说："老李别难过，听说后边给农民也建合作医疗呢，看病也报销，具体政策我没吃透。老李，一定要好好活！你们这一代人吃了太多的苦，唯有活得久过几年好日子才不亏！往后，国家富裕了，惠民政策就多了。比如说，自古以来种地纳粮，天经地义。现在不光让农民白种地不说，还免费平整土地。渭北缺水，一个工程就解决了问题，无论物价怎么涨，水费多年来一分没涨……"

"是啊，必须把身体养好，多过几天好日子！哎，说点正经的，你们打乙肝疫苗了吗？没打一起去。"章骁美问。

"走。"史进说。

"我不用打，我有抗体。"张爱华说。

"我是病毒携带者，打不成，娃娃在学校免费打了。"父亲说。

"老李，现在医学越来越发达，没事的，多锻炼，吃好点！"

"你们总算都熬出来了。你俩成了老板，爱华那么有出息，王二虎快快转成国家正式工，只有我……"父亲说完，神色黯然。

"李师，燕军和燕燕两个多省心！燕燕可出息了，那天去局里，听说这一批就咱燕燕出色。嫂子贤惠，娃娃懂事，家里没外账，村里没几个人能比得上，再说吧，你真有事我们又不是不管。"史进说。

"史进自从做生意，越来越会说话了，以前倔得像头牛。"

"对了，你以前在渠道施工有基础，朋友工地需要一个施工员，在咱南西干，你去不？李师你放心，刚去我会找人帮你，你底子好，几天就熟了。抽黄这地方可邪门了，待了几年，见了就像亲人，难怪说以前上抽黄的省委领导听说一起上过总干渠会战的民工来找他，立刻把会议推迟，李师，你要是过得不好，我心里都过不了这个坎！我就想不通凭啥呢，我又不欠你们一个一个……"

"当然去，我得好好活着，省得你记不起我。"父亲眼角亮晶晶。

2

张爱华说："骁美，有人找我代记账，一个月出五百块钱，我犹豫着，不知道有没有风险？"

"能有啥风险？这么好的机会赶紧锻炼，等四十五岁离岗时能力和职称相匹配，找几家兼职记账，才是正道。也不知道你这脑瓜子笨成这样是怎么考到会计师的，我严重怀疑阅卷老师眼花，把别人成绩记给你。"章骁美一脸嫌弃，看着张爱华。

"你说的是，我也觉得上天怕我笨死，给点惊喜。想想我的笨又没影响谁没害谁，笨咋啦，笨又没吃你家米，又没吃你家面，好与坏都是自食其力，嫌我笨离我远点！你们聪明，不说了，要是和你们一样聪明，我哪用受这么多罪。"

"说你笨还不愿意了，又傻又倔，你不吃苦谁吃苦！我倒希望你会害人走捷径，少吃点苦别那么倔。"

"骁美，你咋说话呢？你聪明去考个证试试，不倔强的人心思多，早早走了捷径，哪会专注学习。"父亲说。

"这么多年周围的人，除了你俩，大家都变了。看来你俩还是经的磋磨少。"史进说。

"切，你不知道，有的笨家伙活得别扭得要死偏不自知。《平凡的世界》里，你说润叶爱少安吧！她也没为两个走到一起努力过，你说她不爱李向前，人家残疾了，她反倒死心塌地生儿育女。有的人活在世上就为了把日子过拧巴，一样的1+1=2，她非要整出一大堆平方根的加减乘除混合，走过许多弯路，拿着密密麻麻的运算过程说一句，就是2。当然是2，是真2。"章骁美说完大声笑了。

"少说两句！你那时不相信从东雷到合阳，太里坡距离最短。不也折腾着从东王试，从岔峪口试，从团结村试，摔得皮青脸肿。你说年轻时走点弯路没啥，权当是为了看风景。润叶的故事，要感谢路遥不算残酷，试想如果残疾的是润叶，结局会如何？"史进说。

"是啊，我摔得皮青脸肿就妥协了，知道是骑自行车的主，再也不去尝试坦克装甲车的路。摔了几次跟头，渐渐明白，只有强者才有权力选择怎样生活，不再跟生活较劲，生活对我宽容了许多。有的人，糊里糊涂半生，也不知道自己想要啥，婚姻未选爱情，也未选功利，婚后发现对方和自己一样，相互防范相互伤害的两个人拧巴着，准备糟蹋一生。"章骁美说。

张爱华说："得了得了，看看父辈的生活，现实里哪有那么多圆满！寻常人的婚姻，一个为了日子息事宁人选择退让，另一个为了日子步步算计。人这一生努力的动力，是为了更好的明天，可更好哪有什么穷尽？欲望没有尽头，奋斗终身不息。过了半生才明白，能说出来的是理想，说不出口的欲望。有时候欲望比理想更令人有动力。从我成为国家正式工，起初我想单纯混日子，要求太低，生活认为应该更低，它略带惩罚，以至于差点混不下去。直到碰见李晓飞，荒烟蔓草的破站，他总是乐呵呵的，说这地方不学习都是浪费。他是为学习而生的，闲暇时间总是奔波在求学路上，函授大专乃至本科，工资除了生活必需的开销，都买了书交了学费。开始我鄙视他是个书呆子，几次事情令我刮目相看，几年时间处理了那么多鸡毛蒜皮的琐碎，生活也没有一地鸡毛，人家居然还考了那么多证。被他启蒙，我发现学习不难，考证过程辛苦而快乐，注意力集中到学习上，自动忽略了周围的鸡毛。最重要的，我有了自信。"

"启蒙很重要，但也要有慧根，史进在骁美的启蒙下做了老板，他俩想启蒙我，无奈我是木头疙瘩，啥也做不好。爱华是有慧根的人，不读书跟史进骁美学习生意，也会有另一种人生。"父亲说。

"千万别，一个年代有一个年代的道德要求。李师你又不是不知道当年那些破事，我要真敢和他俩走近，估计还没挣钱，都被唾沫星子淹死了。燕儿给我讲他们，这群年轻人才是会玩，一群人把摩托车骑到轮渡上，过了黄河骑着摩托车去中条山玩了几天，回来给站上的老工人讲河西河东有啥不同，中条山与秦岭的区别，从对面带回来卤肉，排着房子让人尝，非说山西的卤肉比陕西的香。晚上他们步行去镇上跳舞上网，回来一路高歌，我听了，都觉得自己也年轻了。这群年轻人敢爱敢恨，活得有滋有味，他们才不在乎别人怎么说，怎么看，轰轰烈烈谈场恋爱，谈不下去坦然分开，毫不忸怩作态。他们遇上一个好时代，社会包容了，无论他们怎样折腾，人们一句，他们还是孩子，笑笑就过去了。"

"是啊，人们不再拘泥于村庄，见识了外面的世界，不再盯着村角院落里，那群生活在农村的城里人，村里的年轻人走出去和我们分不出来。城乡差距越来越小，年轻媳妇进城租房陪读，很快带着娃娃融入城市，至于年龄大的那帮老太太，经不住一句问，你家媳妇最近回来没？好像过年没回来，一句话立刻破防。章老板，你今咋舍得扔下生意跑出来？"史进说。

"听到锁柱不在这个消息，震惊之余想明白了许多。人生苦短，天天熬到店里低三下四做着三陪，一生就这样了。我活一世，又不是专门为了挣钱，我得干点有意义的，自己喜欢的事，比如和你三斗斗嘴，这才是真正的快乐！生意就那样，我在不在差别不大。这两年合阳新开了好些酒店，我的店陈旧落后，在市场上没有优势。老顾客劝我重新装修，挺矛盾的，前几年生意好，眼红的人多，发包单位那帮兔崽子没少使绊子，真要铺张开来，谁知道他们明年签合同时会整出啥幺蛾子。酒店做到这个程度，拼的是耐心。不干吧于心不忍，干吧，好像没了当初的激情。我们都是有底线的人，没那么穷了，也没太大的欲望，同时就没了奋斗的动力。"

听了章骁美的话，不光父亲他们仨惊呆了，招呼的村民惊得眼珠都快掉了，半晌，他站起来倒了一圈酒，恭恭敬敬说："先敬章老板一杯，你一直是灌区人民心里的传奇。大河酒店，那可是合阳第一家高档酒店，风靡一时。日进斗金的生意你不想干，章老板说笑吧！"

"不开店你准备做啥，有啥新的项目？"史进问。

"是真干够了，暂时没啥打算，准备回单位上班，听听黄河的声音。这几天准备去管理局找领导谈一下，我到经管上班的事。经管科的业务不多，我会帮单位处理一些矛盾，没事钓鱼打牌，做个纨绔。"

第十八章　栉风沐雨

1

一阵狂风掠过，地面飞沙走石，正在运行的机房里，灯光被晃得明明灭灭，甚是瘆人。值班室的老刘赶紧关上窗。

"好大的风！燕儿你把备用电源检查一下，这样的天气，有可能突然失电，咱们做好准备。"

正说着一道银色的光撕裂了天地的边际，紧跟着头顶一个炸雷，大雨如注，风猛烈叩打着紧闭的门窗，我有一种错觉，雷公电母指挥着千军万马来攻打这座藏在坑底的孤庙，机房的玻璃缝隙，风雨无孔不入，那几只悬挂的白炽灯摇摇晃晃，随着各类指示灯明明灭灭，终于撑不住了，忽然全灭了。

机房一片漆黑，正在运行的机组在失电的瞬间来不及关闭闸阀，一管道水沿着出水管倒灌下来。电机失电后被靠背轮带动着飞速反转。越转越快，黑漆漆的机房里，机器倒转时发出的狼哭鬼嚎吓坏了我。我呆呆站在控制室一动不动，直到刘师傅开启了备用电源，照明恢复后，我才敢大着胆子走向机房。

"燕儿，赶紧给值班室打电话汇报失电情况，估计二号轴断了。"老刘吃力地摇动着闸阀。

"报告值班室，南坡四级站突然失电，请求二级站停机！"话音未落，总值带着一帮人冒雨冲进机房，他拿着对讲机喊："站区所有人员请注意，

站区所有人员请注意，听见呼叫速到机房，已经到位的迅速把沙袋运过来，堵住机房门，不能让前池水倒灌进机房。所有水工人员立即上渠，打开沿线所有闸门排水，减轻机房压力！所有水工人员立即上渠，打开沿线所有闸门排水，减轻机房压力！"

"一支段管理员收到，已在路上！"

"二支段管理员收到，已打开联合闸！"

……

"南宁四级站听令，因雷电天气，三三〇高压同路段失电，变电站正在紧急修复。已通知二级站临时停机。现命令你站做好站前退水防洪措施，保证机房安全。"

"收到！"

雨太大了，水以肉眼可见的速度快速增长，从圆湖溢出来，沿着排水沟反涌出来，整个机房门口一片汪洋。人们垒起半人高的沙墙，终于抵御住了洪水的第一轮攻击。刘师傅艰难地摇下最后一个水泵的出水闸门，机房一片安静，倒转的机器被师傅们用枕木逼停，随着沿途闸门全部提起，前池的水一点点降下去。

雷声渐远，雨点渐小，前池的水位终于落到警戒之下，大家一片欢呼："幸好我们动手快，不然刚才水都要涌进机房了！"

"就是，好大的雨，多年都没遇到这么大的雨！"

"燕儿，刚才吓坏了吧！我第一次遇见这样的情况，吓得只想哭，经过一次以后就好了。"

夏天的雨来得快走得快，风停雨住，空气里散发着淡淡的泥土腥香，雷声还在耳边，星星已经悄悄挂在被洗过的天幕上，一眨一眨，几只青蛙在前池里"呱呱"欢叫着，显然，雨后的凉爽令它们很惬意。

"刘师傅先上生活区换衣服吃点东西，晚上你在值班室留守，随时观察前池水位，注意配水站通知，一旦三三〇供电恢复，立刻通知大家。其他人员先在机房四周检查一下，看是否还存在事故隐患，等刘师傅下来，确定机房安全再撤离！"李晓飞站在控制室，浑身上下都湿透了，衣服上的水滴滴答答落了一地，很快地面上积了一大摊水。

雨停了，厨房烧了汤，热汤很快使淋过雨的人们暖和起来："今天这情况真险！那年夏灌，我当时在五级站，后夜班上突然失电，机房有两个值班人员，我忙着关闭闸阀，小琴给值班室打电话，那时没有对讲机，手摇电话被雷击坏了，摇不通。没办法，小琴冒着雨沿管坡跑到生活区喊人，齐齐拍门，人们迷迷糊糊一拉灯不亮，才意识到机房出事了。我一边绞闸阀，一边眼睁睁看着水涌进机坑，等人们从生活区下来，机坑的水已经积了近一尺深。总值一看那场面，当时腿都软了。那年检修，泵轴断了三根，所有水泵通通吊芯，机坑泥泞不堪，电机要换线圈，换完后熬黄杨树脂封闭电缆头、电缆沟进水，地下的电缆全部要抽出来换新的，整整忙了一个多月！损失惨重啊！"

"我知道那件事，五级站事故之后，管理局立刻给机房配了对讲机，这东西的确管用，一有啥异常情况，整个系统的人都知道。"

"抽水站是特种行业，水电无情，必须得不断学习安全运行规则，才能少出意外。那年机电检查前打扫机房卫生，总值的活还分完，刚上班的小伙子毛毛躁躁，不等他把话说完就扛着梯子去高压室，配电柜上的指示灯亮得明晃晃的，一个对另一个说，'也不知道三三〇停电了没有。'另一个说管他呢，干完就能回家。结果一个爬梯子爬了快一半时，值班长跑进来发现没有拉电闸，他一边紧急拉闸，一边用发颤的声音大喊'梯子上的，赶紧跳下来！'等确定那俩人安全后，他气得大骂，你们知不知道，那是六千伏的母线排！六千伏懂吗？要知道，大于三十六伏的电压就能打死人！"

"我们刚分到站上，李站长是技术员，第一个灌季结束，别人回家休整，他要求总站对我们进行技术培训。到现在我都记得，机房墙上挂着开停机流程图，他要求我们熟练背诵开停机顺序并要求每个人独立画出流程图。我们那时候啥都不懂，总以为开停机变电站倒闸操作，高压室合多油开关，机房抽真空，等真空形成开启设备，提闸阀，那是有经验的老师傅们干的事情。我们习惯了机房上班抄抄表，看看温度，在前池看看水位，捞捞草。老工人不放心，我们很满足能混的日子，并想着一直就这样混到退休，多好。大家很抗议他的严厉，直到这几年老工人陆陆续续退了，我们再也不能藏在他们背后，才感慨幸好他盯得紧，否则单位真的会出现技术断层。"

"李站长，是咱们的李站长吗？他不是水工技术员出身吗？"

"那个人，天生就是搞技术的料，他上班不久就摸清了渠系配套设施和支口斗口配水要领，代表管理局去参加全省灌排运行技术比武，得了一等奖。现在想，他培训我们的时候，比我们大不了多少，但人家的脑子，嗨，那容量真不知道有多大！后来他成为水工站长又开始自己摸索计算机，人们说隔行如隔山，更何况计算机这种高难度的专业。可人家呢，学啥会啥，干啥啥行。有一年他参加全省水利系统计算机应用技能大赛得了一等奖，要知道，参赛选手大都是计算机科班毕业。据说颁奖那天省厅领导还问，'你们单位是不是有个水工技术员和你同名，那小伙子技术也很厉害！'总之他和我们不像一个年龄段的，我们玩的时候，他很少参与，有时一群人出去跟庙会，院子就剩他一个，不叫也不合适，叫了几次，他眼都不离书，老气横秋地说，你们去吧，我还有点事……"

"老气横秋？你学得蛮像。"站在那里听了一会的李晓光笑着说。

"李站长……"这下是真的尴尬了。

"你们说我不近人情，那是因为你们不知道当年章骁美是怎样对他的徒弟。当时他在花园北站，站上灌溉值班分三个地方，主机层，附机层，还有院子里的循环池。有次夜班轮他徒弟看守循环池，后半夜小伙子看没事悄悄跑回房子睡觉了，等一觉睡醒，发现满院子都是水，心知坏了，赶紧把泵打开排水，他抄起大扫帚扫了几遍。结果章骁美早上起床一眼发现地面是湿的，就知道晚上值班的徒弟误了事，满院的人，他上去对着徒弟就是两脚，真的野蛮。"

"是啊，我们一期分来的有几个给章骁美当徒弟，当时私下里都骂那人简直是活阎王，只要他在机房，就不允许徒弟们坐。人家的师傅只让徒弟看看水位捞捞草的时候，他就让徒弟动手合隔离开关多油开关，启闭闸阀！刚来的孩子也不知道害怕，毛手毛脚的，差点捅了娄子，他呢，只要错了，就是拳打脚踢。给他当徒弟的，没少挨打。"

"章骁美脾气不好，但的确是人才，他是大聪明。刚来时班里的民工说，章的技术精湛，到机房走一圈，听听声音就知道哪个设备有毛病了，机组出水量衰减，一般情况下要停机处理，他不，轻轻把闸阀一压一合，出水量就上去了。至于后来的大河饭店，更是成就了他在合阳这小城的一段传奇。他的经营理念打败了小城一直以来的家族式管理，他不让老婆参与经营，桃色新闻不断，却也后院安宁。无论经营还是治家，他的确有两把刷子。"

刘师傅知道那段过往，悄悄看了一眼张爱华，她优雅地喝着汤，仿佛听别人的故事。他忍不住说，"别扯远了！章骁美、史进、李晓飞他们一路走过的艰辛，值得你们去仰视，他们才是抽黄人的骄傲。"

张爱华的眼眶微润，她端起碗，悄悄回到宿舍。

天亮了，地面一洼一洼的积水还在，朝霞染红了东方，晨起的鸟叽叽喳喳飞向天边，它们已经忘了，昨夜的故事。

太阳一如既往鲜活地跳跃在中条山上，给大地泼洒了一层金子。庄稼自是非常喜欢这样的时节，有水有光，它们见风就长。张爱华走在渠道上，雨后的玉米叶子茁壮挺立，它们在风里"哗啦啦"晃动着，像一群鼓掌欢呼的孩子。丝瓜的蔓从主人搭的篱笆墙上伸出去，缠住笔直的电线杆，欢跳着奔向高处。雨后新开的一串串黄色小花底部，几个细小的丝瓜，顶着黄花在风中探头探脑，一株牵牛花蔓借着丝瓜藤爬上去，两朵粉红的喇叭花开得正艳。张爱华兴趣盎然地看着，夏天就该这么美！她想。

2

"虎子，虎子！你在哪？"张爱华听见是王悦的声音。

"爱华姐，你看见虎子没有？"果然是王悦，她焦急地问。

"站上有人看见虎子沿着管坡上了渠道，我找了一路也没找到。"王悦的声音里夹杂着哭腔。

"咱们一起找吧！"张爱华听后也着急了。

"虎子，虎子……"她俩一路走，一路叫着。随着路越走越远，两个人的喊声越来越焦急，沿着渠道到五级站，她们走一路喊一路，连个影子也没见，张爱华的心沉了下来。

"咱分头找！效率会高一点。"王悦说。

"我去站上把不上班的人喊来，他们有摩托车，路也熟，咱兵分几路，到下游出水口看看。"

整整一天，人们把能想到的地方反复查看，没有虎子的影子。王悦又急又怕，一整天水米未进，嘴上开始起泡。

"别怕，大家一起找，虎子那么乖，他一定是迷路了，王悦先喝点水，不会有事的。"即便心乱如麻，张爱华还得安慰王悦。

"前天倒班回去看娃，娃要跟我来站上，他奶奶知道站上的情况，叨叨有危险，不愿意让我带，可娃一哭我心乱了，平常管不了他，放暑假让他到站上玩玩又有啥，就把他带过来。"

"早知道就不带他来，呜……呜……"

夜色已深，一轮下弦月清冷地挂在树梢："虎子，你在哪？赶紧出来，妈妈找不到你……"王悦的声音被风撕扯得凌乱凄厉。风呼呼刮过，没有人回应，猫头鹰从树上蹿下"咕咕，喵……"刺耳的叫声格外瘆人。

对于王悦，从来没有一个夏夜如此漫长。辗转反侧，天边露出一抹鱼肚白，王悦赶紧跳起来去找娃。

早饭后大家都开始找孩子："骑着摩托车去下游，把行水员都问一下，看昨天浇地有没有谁捡到一个娃。"老刘说，午饭回来，大家相互打听，还是没有一点消息。

才两天时间，王悦看起来老了十岁。她的嘴唇开始迸裂，裂口处鲜血迸流，眼圈乌黑，脸色憔悴。

"王悦，你别跑了，喝点水休息一下。我刚给派出所打了电话，他们通知段上，让各村行水员在村里喇叭喊，然后到支口斗口找，中午再看进展。要不给虎子爸打个电话？"李晓光说，根据多年的行水经验，他心里知道，虎子已是凶多吉少。

"我的虎子才六岁，他那么听话，咋会突然不见了！都怪我！我咋能把他一个人放到院子里……"王悦哭着，又往渠道上跑去。

站上没有兵，没有马，却是一派兵荒马乱。对王悦来说，这一夜注定又是一个不眠之夜。

"快……快……快，清水池里有个人……"不到六点，我沿管坡跑到生活区，面色惨白腿发软，一边敲总值的门，一边语无伦次地说。

总值推开门，看了眼瑟瑟发抖的我，敲了敲张爱华的门："张出纳，把燕儿和王悦带到你房子待一会，我们去看看。"

傍晚，虎子被捞上来，静静躺在清水池边的水泥板上，肚子滚圆，小小的身躯已经发胀。

几个人拉住披头散发的王悦："王悦，你别这样，你还年轻，往后的路长着呢……"张爱华突然不知道该怎么劝。

"我就不该把虎子带到站上，他在家好好的，我咋就想把他带来呢！明知这破地方有水有电有危险，我咋就鬼迷心窍了。虎子那么小，你说我该怎么活呢，我该怎么办……"王悦哭着哭着昏过去了。

张爱华搂着王悦，此时一切语言都是苍白的。

把虎子和王悦送回去，李晓光让我回去休息一段时间。那段时间整个站区上空笼罩着一层哀伤，虎子在站上这段时间，那稚嫩的声音，呆萌的表情，给这群成人带来了多少快乐！

清水池除了给电机水泵供应冷却密封水，还要给生活区供应生活用水。村庄的自来水早已安装到户，站区属于对公，谈了几次，都因价格原因未能谈妥。出了事，这水自然不能吃了。打捞上虎子尸体的那天下午，李晓光切断清水池通往生活区的管道，他让机电站长立刻联系自来水公司，给站区接上自来水。

巷里管道早已接好，站区取水需单独引管线，自来水公司来人说，站上当初没有预留取水口，现在从主管道开口，施工有难度，价格比平常高一些。机电站长听着他的漫天要价，沉默半晌。

李晓光过来，说："装吧！这东西是民生基础，只要有价。村里人都用了两年自来水，凭什么站上的工人还要喝沉淀后的黄河水！装，现在就装。工人从城里来这上班，已经不易，不要再人为制造不便，钱能解决的问题，就不要膈应人。"

等着讨价还价的人颇感意外，随之又很开心。他们认为野外施工不便，对公价格高点也正常。几个人从主管道上开好口子，接好分支，开始埋管。两天后，自来水通到站区，原本计划狠狠宰站上一刀的工人知道站区刚发生的事，再看看站区环境，一阵唏嘘，终不忍。

王悦老公来站上办了请假手续，并带走了行李，直到张爱华离岗，王悦再也没来。

"张师，看咱工人的日子，挺难过。村里的自来水和有线电视，网络都接通好几年了，站上大家还是喝着用漂白粉简单处理的黄河水，用一口破锅看电视，风吹跑了信号，一个台也看不到底，网络更是一开口就是天价的初装费。我就想不通，我们的水能顶着成本的数倍增长，坚持几十年不涨价，为什么这些行业不能考虑一下实际情况，不求照顾，至少按村民的标准吧！要是有一天，我做了管理局局长，我一定要让站上的生活条件彻底改变！"

"理想是动力，你赶紧努力啊！李站长，虽然我等不到那一天，但我依然希望，我生活了二十多年的地方越来越好。时间真快，仿佛昨天还和骁美史进他们骑着自行车丈量黄河滩的面积，转眼我已经过了四十一岁生日。再有不到四年时间，我就要离岗了。妞妞在西安上学，不出意外会留在西安。四十五岁还不算太老，找一家会计事务所继续上班。你说的将来，我都相信。其实像你这样的人，无论走到哪一步，我都不惊讶。只要你想，都能做好。"

李晓光说，"我会不断关注周围最新的宿办楼，尽自己最大的能力让社会了解这群人的不易，就像当年冯书记那样，哭穷也罢，化缘也罢，只要能解决实际问题，只要能让大家有一个良好的工作环境。咱们这荒郊野外的，出于安全，女孩子的宿舍，独立卫生间是首先要考虑的。夏天旱厕的脏，令人怀疑人生。时间真快，从新民站到现在，这才几天，你居然都四十岁了，都快离岗了！"

"切，你都从技术员升到站长，从小伙子变成小伙子他爸，我咋能不老！"

第十九章　死生契阔

1

韩晓红最近老感觉右腹疼，开始吃点消炎药就能好一点，后来消炎药吃下去不顶用了，疼得厉害。史进说："店里有他们几个，我带你去西安彻底检查一下吧！"

"多大的病要去西安！这个年龄谁没个炎症！你也别纠结了，我明天去诊所挂几天吊瓶。"

"晓红，你身体不好，咱们现在也不缺钱，西安合阳都买了房子，手里的积蓄给娃结婚完全够，单位效益在泵改后慢慢好了，咱俩年龄大了，也不需要下这苦。这两年生意手稠，你看就一个乡镇，酒店都快十家了，我的意思把店转出去，咱们报团四处走走看看吧！"

"人家章骁美那么有钱还继续干着，你那点钱还张啥呢！咱们西安那房子，城中村的回迁房也能算房子，小面积，娃结婚做了婚房，咱俩以后住哪呢？趁现在还能干得动，好好挣点钱再买一套房子，等狗蛋有了孩子咱去管娃，也不用跟儿子媳妇挤到一起。史进，咱穷了那么多年，受了那么多苦，不能让娃娃和咱们一样！"

"你呀，真是受苦的命！不去西安，咱们去县医院检查一下，这又不费多少时间。"

"你老婆我壮实着呢！别没事找事，去医院他们对每个人都能说出一大

197

堆病来。中年的女人哪有那么娇气！再受三年苦，俺就开始后三十年的荣华富贵，买一堆漂亮衣裳，没事和她们一起跳跳舞，做个护理，优哉游哉过完后半生。"

"那好吧！等暑假狗蛋回来让他照管几天，我带你去西安。"

"好！"晓红嘴不停，手也没停，很快雅间又是窗明几净。

睡到半夜，腹部一阵剧烈疼痛，晓红蜷在床上如同一只虾米，蜡黄的脸上，黄豆大的汗珠涸湿了被褥。她想喝水，看了一眼鼾声四起的史进，终没忍心叫他。

大约半个多小时，这阵痛终于熬过去了，浑身像散了架，韩晓红一动不动躺在湿漉漉的被窝，她忽然有一种感觉，自己的灵魂与这具躯壳不再亲密无缝，灵魂太过自由，躯壳已经跟不上灵魂飞翔的速度。她看到自己的灵魂站在半空，俯视着这具疲惫衰弱的躯壳，这具躯壳在灵魂灼灼地注视下，麻木地躺在那里，一点点沉下去。不知过了多久，窗外下起了雨，秋雨落在法桐宽阔的叶面上，滴答滴答，敲走了睡意，敲出了愁绪。黑暗中，韩晓红睁大眼睛，思绪乱飞，疼痛的时间越来越长，间隔越来越短，即便她不相信如此年轻的自己会染上什么恶疾，然而中年的经历毕竟不是一张白纸，她忽然感到恐怖，若是自己真染上恶疾，到底该治还是不治？要是自己不在了，史进一定会难过的，难过一阵之后，被自己伺候得五谷不分、饭来张口衣来伸手，又有钱的男人能为自己单身多久？她苦笑了，半年都算奇迹。她又想，若是史进中途有个啥闪失，自己余生一定会选择一个人过，已经伺候了二十几年男人，老了干嘛还要找罪受！一个人多好！想睡几点睡几点，想偷懒就不洗碗，不想做还能找人混饭。她摸了一下发烫的腹部，那一块疼，她对着人体穴位查了一下，应该是阑尾炎，明天赶紧去街上打吊针，别自己吓自己了，睡觉！

晓红破天荒醒来已是八点，浑身没劲，在史进的鼓动下她又赖了会床，洗漱完毕居然快九点了。史进按照厨师的单子，早早把料都备齐了，服务员擦的玻璃虽不彻底，倒也看得过眼，她第一次没有嘟囔。

"韩姐，开饭喽！"看她梳洗完毕，小王端上饭菜，她喝了一碗稀饭，腹部又开始发热。

"小王你多操点心，吃完饭我带你韩姐去检查一下，把针挂上我就回来了。"

"史哥，你放心去，店里有我们几个呢。"厨师和小王齐声说。

"你去干吗？我这么大的人了还不认识诊所！不就是挂瓶吊针，好像你去了就能少挂半瓶一样！今天有包席呢，后厨忙不过来，你在店里给他们打下手！"

刚好送鱼的来了，史进要过秤算账，韩晓红来到相熟的那家诊所："雷先生，最近老是这一块疼，昨晚疼得都睡不着，你给我打几天吊针吧！"

"是不是这一块？"雷医生摁了一下晓红指的部位。

"啊！疼，就是这一块。"

"估计是阑尾炎，先打几天吊瓶。"雷医生说。

五瓶针挂完，韩晓红觉得浑身轻松。回到店里，包席刚散，一片狼藉，史进手忙脚乱，半天也没进展。来不及躺一会，她赶紧把大厅收拾出来。

"韩姐，你去歇歇，病了就要好好养，这里有我们。"服务员小肖说。

"没事，阑尾炎，今天挂了针身上轻了许多。"

挂了几天消炎针，韩晓红感到身体好多了。弟弟打来电话："姐，你上次不是说让给你留心西安的房子，我办公室这娃家是城中村的，他们村的土地被征用后分了七套回迁房，价格不高，你和我哥商量一下，抽时间过来看看。"

"都有多大面积的？我和你哥两个人也不要太大，六七十平方米就够了，你帮我去看看，要是有，你看价格合适就定下来。"

"价格的确合适，是商品房的一半，你和我哥又不存在娃上学非要产权齐全的学区房，那我看好你俩来一趟。我姐掉到钱眼了，这么多年一直守在乡下，就连买房这大事都舍不得关门。"

"再干两年，给你外甥攒点钱，等他结婚我就不干了。"

房子的事情倒也简单，回迁房没有商品房交易那么麻烦，付清款项，由中介出面双方在制式合同上签字就完事了，如此简单倒让韩晓红有些不太放心。

办完手续，两个人简单吃了顿饭，史进看着脸色发黄的晓红说。

"咱们去交大医院给你看看，出来一趟不容易！"

"好，那就走。"合同比预计快多了，的确有大半天空闲时间。

两个人坐公交来到南郊的交大附属医院，去了才知道交大医院是假日医院，他们来的时间恰逢十一长假，化验之类的门诊检查可以做，但出结果比平常慢，而且他想找的那两位教授假期不值班。导诊台建议，要么等十一长假再来，要么先把化验做了，小长假后预约挂教授号看单子就行。

　　"那咱去北大街吧！"史进说。

　　"北大街也是假日医院，西安公立的大医院都是这样，当然您要着急可以挂急诊号，需要住院的话，走急诊通道是最快的。"

　　"好，谢谢您，那我们等小长假过后再来。"不等史进再说啥，韩晓红拉着他的手欢快地跑了出去。

　　"现在到客运站还能赶上回合阳的班车，西安的医院，简直是最拥堵的地方，你看看那些人早上四五点就来排队，稍晚一点号放完了就是白等。又不是啥大病，就不跟人抢了。"韩晓红看了看时间，说。

　　史进说："这么多年都是你说了算，你永远有理。还记得刚结婚时咱俩闹事，你躺在地上打滚，弄得跟个泥猪一样，当时把我气得想打你，又不敢，不打吧又气不过，现在回想，蛮有意思的。"

　　"那时刚结婚，别人嘴碎，说得我一点信心也没有，结了婚是要过一辈子的，总怕拿不住你，就想从一开始镇住你。现在想想，真傻，人又不是东西，哪能由着别人捏圆捏扁。有了孩子后，心放下来了，穷也有好处，日子过得那么艰难，谁会和我一样眼瞎了看上你，而且还是名不正言不顺的。"

　　"我就知道你心思多，那两次闹事我被你吓怕了，索性家事都交给你。"车又停住了，断断续续堵了快一个小时，晓红一脸焦急，"这个点合阳的末班车应该都走了。"

　　"那今天就不回去了，咱们去兴庆公园划船，再看看公园的风景，结婚这么多年，还没正儿八经带着你出来玩过。"

　　"好，今天不回去了，兴庆宫出来，咱们去回民街吃牛肉灌汤包，晚上去易俗社看戏。"

　　"好！"

　　"一样的柳树，长到西安，枝干柔媚，一波三折，妖妖娆娆就是好看，长到咱们站上，线条生硬就像换了品种。"韩晓红抚摸着兴庆湖边的柳树。

"是啊，公园里的树都好看，更何况这灞桥柳，可是有名的长安八景。"

"嗯，也是，早期的公园都是皇家园林，这些树就像皇家的女人，只要好看，根本不必考虑其他生存技能。主人对它们的要求，只要养眼就行。至于长多高多粗，成檩成椽，根本不是主人在意的。它们一生不会为水肥发愁，不会为长不粗纠结，它们只需慢悠悠长着，长出优雅从容就足够了。你看公园里来来往往的女人，市里长大的，一眼可以看出来，人家的气质穿着打扮就是不一样。像我这样的，无论怎么努力，都是一只土包子。于是我拼命挣钱，只为了我的一双儿女以后能像真正的城里人，优雅从容。"

2

恰逢十一长假，满园的菊花热烈地绽放着，绿树与小道之间，金色的菊花铺天盖，燃烧的花海使公园的秋色并不萧索，园里游人如织，转来转去，最终的脚步不约而同落在兴庆湖畔。北方缺水，这一潭烟波浩渺的水，足够吸引假日清闲下来的人。

史进要了一条脚蹬船，两个人慢悠悠蹬着，向湖心驶去。

"你看公园里的年轻人真多！出手也大方。现在的娃娃们真幸福，照这样子，往后的日子会越来越好。"

回民街的灌汤包，果然名不虚传，晶莹剔透，皮薄馅大，咬一口，汤汁流出来，鲜香四溢。晓红没忍住多吃了两个，吃完有些不舒服，她蹙着眉对史进说："今天逛乏了，我睡会，时间还早，你肯定睡不着，去附近转转吧！咱们难得出来。"

迷离迷糊睡着了的晓红被一阵剧烈的疼痛痛醒。一摸索，身侧是空的，史进还没回来。她强撑着倒了杯水，披衣靠在床头，心却不知道飞到哪了，一个人的静夜容易生出心魔，思想总会朝着人性之恶的一面去想，连续几个走神，她忍不住嘲弄自己，又乱想！

回到黑池，晓红的精力一天不如一天，疼痛间隔的周期越来越短，人以肉眼可见的速度瘦了下去。

"韩老板，你还是去县医院做个检查吧！"雷医生说。

"等这两天忙完，十月结婚多，这几天都是包席。"

给诊所的病人都挂上针，暂时不太忙，媳妇一个人能应酬过来，雷医生想了一下，还是来到了"黄河大食堂"。

"史老板，和你说个事！"进了门，他对着坐在吧台的史进说。

"雷医生好！稀客呐，稀客！小王，弄两个拼盘，我和雷医生喝两杯！"史进说着打开了雅间的门。

"千万别，诊所一堆病人，韩老板还在那里挂着针。我来只说两句话，你这两天抽时间带韩老板去县医院做个检查吧！正常情况她应该都好得差不多了，但是现在这情况，用了那么多药，病并不回头，而且越来越厉害，我怕拖下去把病耽搁了。你抓紧时间！我得回去，一屋的病人。"

"谢谢雷先生，我明天就去。"

县医院B超室。"韩晓红家属进来一下！"

"这个B超单你拿去让开单的医生看一下，根据我们的经验，初步判断是胰腺癌晚期，当然也可能是我看错了。建议如果家庭条件允许，你们还是去西安大医院做进一步检查，那里的设备好，医生也有经验。"

医生的话如同一声炸雷，炸得史进晕头转向。

"你坐在这里，我去后边取个东西。"史进对坐在门口长椅上的韩晓红说。

雷主任和史进是发小，看着单子，他眼酸了："史进，你有个心理准备。晓红这个基本确定是胰腺癌，根据单子来看，已是中晚期。胰腺扩散很快，症状很明显，就是疼。她这个应该已疼了好一段时间。哎！这么年轻！你俩的条件，咋会耽搁到现在！不说了，收拾东西去西安肿瘤医院住一段，但愿我是误诊。对了，病人肯定敏感，回去后注意你的情绪。"

史进泪"唰"地一下子涌出来，"雷主任你想想办法，钱我有，只要她好好的，她还那么年轻，她跟着我没享一天福……"

"我知道！她跟着你真没享一天福。这样吧！我帮你联系一下老师，肿瘤医院副院长，也是咱们合阳人，看有没有啥法子。晓红真的太年轻了。"

打完电话，雷主任把号码给了史进："你们回去收拾一下，提前联系好，把这边的检查单子带上，去了节省时间。稳定好你的情绪再出去。"雷主任说。

良久，史进擦干眼泪，用热毛巾敷了一下发红的眼眶，调整好情绪，才慢悠悠走出去。

"晓红，刚才医生说你这个病需要去西安住一段，已经联系好了那边的主任。而且以后你也不能再下苦了，这段时间我要陪你住院，咱们把店转出去吧，其实前段时间我就想转。"

"等会咱们拿上B超单让雷主任看看，能不住院带点药就行。"

"县医院的设备和医生技术一般，误诊率很高。就是雷主任联系了西安的教授，我打电话给小王安排一下，咱们现在就走。"

晓红还想缓缓，无奈，肚子又开始疼了。

一路奔波，赶到医院，晓红已是脸色煞白，剧烈的痛使人快要崩溃："史进，赶紧给我买点止痛药，太疼了，啊……"

打通电话，教授在住院部，看着缩成一团的晓红，拿出一沓红处方，开了一支"吗啡"。

"你去门诊取药，我先看片子。小邓，你先给病人把咱的药用上，他取过来还给你，先止痛。"

史进取来药，打过针的韩晓红已经在病床上睡着了。

"教授！"

"她的片子我看了，胰腺癌晚期。"

"那能不能现在做手术？"

"小雷说过，都是自己人也没必要折腾你，实话实说吧，已经没有手术的必要。回去办个麻卡，不要让病人受罪，想吃啥就让吃，不必忌口，你请三个月假好好陪她，顶多超不过三个月。"

"教授你想想办法，她还那么年轻……"话未说完，史进软软瘫在凳子上，泪如泉涌。

"我也想哄哄你，说能好，可是我的良心过不去，你心里有数，照顾好病人，她的时间不多了。"

史进和韩晓红在西安住了三天，晚上韩晓红睡了，他坐在楼下的花丛里，思来想去，拨号键停在章骁美那，打通电话，汉子略带哽咽："骁美，能不能找个安静的地方陪我说会话。"

"等五分钟，我给你打过来。"

"怎么了？史进，出啥事了？"

"晓红胰腺癌，晚期……"几个字出口，他再也忍不住，对着电话大声哭起来。

"你说什么？你、你、你再说一遍，谁？"

"晓红，我和她在西安。教授不给做手术，说顶多三个月。明天准备出院，出院后我想带着她安静度过最后的日子。店那边我让转让，联系人让找你，这段时间心乱如麻，啥也不想管，我只想静静陪着她……"

"你你你……是不是弄错了，先别着急，去北大街那个医院看看，我有个亲戚在那里……"

"不用了，你看看她现在的状态，不用看医生都能判断来，你说我前段时间咋那么傻，她说是阑尾炎我就以为是阑尾炎，为啥不把她带到西安早早看呢？她一直身体好，结婚后几乎都没吃过药……"

"史进，你别着急，我明天开车过来，你把片子给我，我让亲戚再看一下，若是真没有必要住院，下午你们办好手续咱一起回。"

章骁美带着杨晓莉来到肿瘤医院，才一段时间没见，晓红已经瘦得走形，一双忧虑的大眼睛毫无神采，脸色蜡黄。

"你俩不是要去北大街，我在这里照看着，你们去吧！"

晓红抬头看小杨，她比自己大三岁，然而看起来比自己要年轻十岁。她烫着最时兴的大花，穿着羊毛套裙，举手投足间，优雅动人。结婚二十多年，除了比过去圆润，她好像比年轻时更美。晓红看着自己那双如同树皮的手，如今瘦下来，松弛的皮肤更显老态，身上的衣服日渐宽松，那宽松的衣裳下边，是耷拉着皮。

"晓莉……"她一说，泪珠先滚下来。

"不要紧，是阑尾炎和胰腺炎，听医生的，慢慢就好了。"

"别骗我了，史进不会把我领到肿瘤医院看阑尾炎和胰腺炎。前段时间夜里疼，也想过是这样的情况。但是又觉得自己还年轻。晓莉，这一刻才觉得骁美是对的，他真是舍不得你下苦，说真的，我羡慕你……"

"晓红，其实我一直挺羡慕你，史进那么叛逆的人，结婚后就像变了个人。患难夫妻，同甘共苦，穷怕什么，你们才是实实在在的烟火生活。直到两个娃娃考上研究生后，我突然觉得，章骁美是对的。"

"晓莉，疼，叫护士给我打一针。"

打过针，晓红安静地睡了，杨晓莉坐在病房外的长椅上，泪潸然而下。

"晓红，今天骁美和晓莉专门接咱回家，你想吃啥？这次别客气，骁美请客，别给他省钱。"

"不想吃，也吃不下，哎！这病真能磨人，我就想和史进在站上住一段。"

院子里的阳光正好，十月是抽水站比较清闲的时候，整座院子只有他俩，史进扶着晓红坐在花园边，野菊花泼辣地铺洒了一地，崖畔上的酸枣像一颗颗玛瑙，"史进，活着真好！"

"那就好好活着！"

等到十一月底，史进带晓红住回家里，此时晓红的身上再也找不到一块肉，蜡黄的皮，耸立的骨头，形销骨立。疼痛间隔时间越来越短，打针的频率越来越高，从曲马多换为吗啡，再到杜冷丁。史进已经学会了肌肉注射。眼睁睁看着她一天天枯萎下去，他终于接受她将离自己而去这个事实。

3

十二月的一天，晓红突然精神状况特好，她靠着被子坐起来，说："史进，我想吃羊肉泡！"

热气腾腾的羊肉汤里，泡了四分之一个饼子，她把馍吃完汤喝干净，说，"史进，这段时间难为你了！原以为我会和你一起白头，现在看来，我得先走了。史进，我走了，你的人生才是重新开始，擦亮眼睛，找个漂亮的女人，前半生穷，没有底气，后半生你一定要精彩。"

"晓红，你胡说什么呢，你看这中药就是管用，才换了，你都能吃下饭了，肯定会好的……"

"我走了，你的故事才重新开始，若是你走了，我一生的故事，将戛然而止。"

"别胡说，不会的，你呀，一直就是心思多！"

"抱抱我，史进，冷，冷……"

她身子下边的被褥如同被雨淋过，他抱着她，她瘦得不到六十斤，躺在他的怀里像个孩子。他抚摸着她的脸，一层耷拉下来的皮让他突然想起"油尽灯枯"这个词语。恍惚间，他想起他们在一起的第一夜，那时他俩确定关系尚未结婚，她是那么圆润，那么充满激情活力，她启蒙着一片空白的他，让他快乐到极致，让他愿意为她去做一切。事后他感叹着，原来两个人在一起如此美好。他们婚后一直住在抽水站，她勤快，边边角角都栽上黄花菜，一路贫苦，生儿育女，权衡复杂的家庭关系，后来经营饭店，处理各方的关系，细想，她对这个家的付出比他要多得多。

怀里的女人渐渐发冷，那团瘦骨嶙峋的躯体在他怀里一点点僵硬："晓红，晓红你别走，你走了我该咋办呢……"男人撕心裂肺地哭号，在寂寂的冬天像一头受伤的狼。然而她紧闭的眼睛再也未睁开，她或许听得见他叫她，却再也不会应答。

窗外飘起了雪，天地间一片昏暗。

"这娃命苦，连送一程都不能爽爽朗朗。"看门的老人叹息。

送走了晓红，史进越发沉默，食堂转让出去，史进安心地住在抽水站，不再挑剔大灶的饭难吃。他喜欢在机房干活，抡起八磅锤，手脚不停，出一身臭汗，他才没有精力去想以后。

"章，你不想干就把酒店转让了吧！你挣的钱咱俩后半生都够花了，奋斗只是生命的一部分，晓红的死我明白了许多，好好活着，把这日出日落大江大河多看几年才是正经。"送走晓红，杨晓莉说。

"嗯，十几年，我也干够了，天天应酬喝酒，胃动不动就疼，晓红的事算是给我敲了警钟。你离岗了没事跟她们跳跳舞，做做护理，不经营酒店以后，我会好好上班，把单位的事干好。"

"年轻时都不好好上班，老了老了，突然还想表现。"杨晓莉笑得人仰马翻。

"你说错了，年轻时候穷，没有底气，只能选择挣钱。现在有一点钱，也见了一点世面，生命不应该只有长度，更应该有宽度。整个渭北乃至整个国家，都应该给予水利这个行业高度的尊重。随着经济发展，计生政策执行多年，富裕后的人更舍不得把独生子女送到抽水站这种荒凉的地方，毕竟在城市讨一口饭吃并不难。目前的现状，所有人都重工轻农，工业来钱快，谁还指靠那几亩土地。然而我国即使执行了多年计划生育，人口底数在那摆着，十四亿多人口的吃饭可不是开玩笑的。目前世界各国合作关系良好，我们可以以物易物，用纺织品陶瓷茶叶换粮食，这样算下来进口的粮食要比农民种出来便宜。可是世界各国关系是随风云变幻的，如果明天有了冲突有了摩擦，人家不出口粮食，这十几亿人吃什么？不管时代怎么变，不管人们如何轻视农业，靠着钞票和房子的钢筋混凝土是填不饱肚子的。杨，你不知道，开始时，我在酒店看着触目惊心的浪费，心都在滴血。我在抽黄遇到李师这样憨厚淳朴的庄稼人，吃得起亏，受得了苦，我在灌溉时期看到过灌区人为了早点接水吵着嚷着甚至打架，他们是真心热爱土地哪！我认为，农民本来应该就是这个样子。我们年轻时，黄河滩的条件那么艰苦，大家嘴上说几句，然后该干嘛干嘛。不因为苦而不干了。抽黄工程筹建阶段，设备落后，资金紧缺，但是人们就是凭着一腔热情创造出了多少不可能！那时候所有参加抽黄筹建的人，都认为自己干的是一件神圣的事情，是解决渭北千百年来吃不上饭喝不上水的大事！有了这份信念支撑，人们干劲十足，赤手空拳干出了一片天地。后来，农村人开始进城，早期进城的，都是初中停学后扎扎实实学了一门谋生手艺的人，他们凭着一技之长，凭着吃苦耐劳在一个好的年代很快掘到第一桶金，再后来，乡村的女孩子少了，人们把媳妇捧上天，那些女孩子结婚生娃后，一个看一个的样子要到城里陪读，农村人举全家之力供养着的这对母子在城里都做了啥，杨，我不说你也知道。你经常去南街刘家巷，那里的情况你知道。这两年我是挣了点钱，有钱后也曾迷失方向，荒唐过，但是今年，我突然觉得人不能像鱼，只盯着眼前的饵料，一生只为一张嘴，人生应该在力所能及的情况下做一些有意义的事情。我不想后半生做一只寄生在某个群体之上的虫子，我想做点实事。当然我成不了大禹，也成不了李仪祉，更成不了水利专家，我读书少，心思多，但做一个本分的水利人，爱岗敬业，做好一个水利人应该做的事还是够的。"

"行，你开心就好！章，我终归只是个小女人，娃娃有出息，丈夫无二心，手里不缺钱，我就很满足。多年来，我已经习惯你做你的事情，我过我的日子。去干吧！四五十岁的男人正是阅历丰富、人脉极广的岁数，我是擦着单位改革的边缘，四十五就退了，四十五岁的女人，只剩做个保姆的份，少说，多做。当然，从晓红之后我也明白，不要啥都想管，人生苦短，精力有限。呵呵，你今天这番话要是别人说，我一定会以为是发言稿，太虚，骗人的。但是你说的，肯定是经过一番深思熟虑，我知道是认真的。"

"是啊！快五十岁才知道认真，我也真算晚熟。"

"不是，一般的成熟，熟到只知道挣钱就算圆满，成熟到你这个程度，章，我觉得这是修行。"

洽川的处女泉一天比一天有名，合阳的游客一天比一天多。其实酒店的营业额高未必是游客多，大家心照不宣推出的钟点房，的确火爆。而大河饭店的经理很快掌握了人的心理，他推出只要住过的，两个人登记一个人的身份证就行的潜规则，的确效果明显。月底，章骁美看着这个月百分之一百零五的入住率，突然觉得恶心。凭着基建衍生出的小行业，挣了点钱的老板和一群进城管娃的年轻媳妇居然撑起了百分之一百零五的入住率，他想起了那些在农村汗珠子摔八瓣的老人，突然一天都不想干了。

大河饭店挂出了转让的牌子，一夜间在小城引起了不小的轰动。大河的老板算是小城的一段传奇，章老板当年慧眼识珠，顶着山大的压力快速掘得第一桶金的故事在小城传唱不息，后来无论开了多少家宾馆，却始终对大河的冲击不大，章老板生意火爆，居然贴出转让，让人百思不得其解。

有好事者一本正经地站在那说："你们不知道吧！老板想要和他的情人结婚，无奈老板娘不肯成全，老板一怒之下准备转让饭店，准备变现远走高飞。"

又有人说："前段时间听说哪个酒店的老板娘不在了，该不会是大河的？这么多年，咱们都没见过老板娘。"

"做了十几年老板，钱挣够了。有钱人家的事谁说得清！听听故事，回家洗洗睡吧！"

杨晓莉在天和园舞场仔细听着那些不着边际的话，笑了笑，从头顶掐下几只青杏，捧在手心毛茸茸的，她在衣服上擦了擦，咬了一口，又酸又涩。

大河饭店悄无声息易了主，信息爆炸年代，很快小城人就忘了那段传奇，明星八卦与诡异的国际关系总有说不完的新话题。

第二十章　泵改升级

1

随着泵改项目的逐步扩大，东雷抽黄这座已被富裕起来的渭北人民边缘化的工程，又重新变成人们的关注点。

章骁美泡了一杯茶，静静坐在办公室，到经管科上班已有一段时间，忙了这么多年的迎来送往，熙熙攘攘惯了，突然间的静寂，令他有点不适应。这样的清闲显然不是他想要的生活，他很沮丧。

"沟西村那帮人又来了，现在堵在管理局办公楼大门口，这些人也太贪得无厌了，都说了，工程完了给他们修路，他们就不听，又是拦车又是堵门。真是见鬼了，抽水站是给他们浇地，他们还推三阻四的，好像我们占了他们的便宜。"办公室晓松气冲冲地说。

"走，去看看。"章骁美说。

"说啥呢说，今天不给钱就把抽黄的大门堵了！站上的人走了村里的路这么多年我们就不说了，现在水泥罐车运设备的大货车也要走，这不是明摆着要把路压坏，我们修条路容易吗！"

"这位大哥，那村里的路是你修的吗？这路本身就是抽黄当年修的。哦，对了，你们今天来，是以村里的名义还是私人行为？"

"你算哪根葱？我们找你们领导，让你们局长出来！你们住在村里这么多年，还真以为村子成你们的了！"

"别说这会局长不在，就是在也不是什么问题都要他出面。你们有啥问题跟我说，我是经管科的，姓章，专门负责处理各类上访与寻衅滋事事件。说说你们的诉求，我会尽可能拿出令双方满意的方案化解矛盾。我想问今天这个事，是几位的个人行为还是村民委员会的行为，这个很重要，如果是集体，我们可以找律师来，如果是个人，我负责解释，解释不清楚，有派出所法院这些专门讲理的地方。所以呢，我再问一遍，村里的路是你修的吗？你们今天来，是以村里的名义还是私人行为？"

"跟他叨叨啥呢，又不解决问题，我们要见那天承诺给我们修路的那个人。"

"他怎么给你承诺的？写东西了吗？写了拿出来。"

"这就不是说事，这是胡搅蛮缠，打这狗日的。"有人说。

"那位兄弟，想打架我奉陪，你来！不过在动手之前我先说两句，你没打我的时候，我是为了公事，出面调解矛盾，你若动手，那咱们就是私仇。我章骁美开了十几年的大河饭店，最讨厌的就是别人威胁！公仇我不记，私仇我一定要报，有种来！"

"原来是大河的老板，这可是个惹不起的主。当年那起酒后滋事，他硬是把人家打破了头……"有人一听章骁美的名字，开始悄悄往圈外溜。

"我就想不通你们为啥要来抽黄闹事，是不是因为这座工程让你们吃饱饭后有劲没处使了？抽黄工程建成以前，村里是啥日子，站在这里的各位应该都有印象。这座工程从筹建到竣工验收，是十三万人民沐风栉雨，风餐露宿，用了整整十三年，凭着一腔热血干出来的惠泽苍生的大工程！你们或许没有参与上抽黄，但灌区的每一家都有直系亲属参与过！他们为了黄河水上塬付出了多少，你们真不知道吗？这座工程运行到现在，早到了报废年限，只因财政不允许，一直靠抽黄人精湛的技术，不辞劳苦，精检细修，才能撑到现在。如今国家好不容易挤出钱让泵站改造，不要你们投劳，不要你们出钱，你们还要动这些歪心眼！你们有良心吗？你们家早期参与过上抽黄的先人知道你们今天的行为，羞愧得都要从地下爬出来！为难抽水站的改造，只有狼心狗肺的家伙才能想出这么龌龊的主意！这几年经济好了，你们一批批没有读几天书的农村人都能在城市养家糊口，抽黄这群城里长大、进过高等学堂的年轻人就找不到工作吗？抽水站的人远行百里从城里到乡村，并不是他们离不开你们村里的那片土地，而是他们被你们父辈砸锅卖铁干抽黄的精神感动，亲历渭北旱塬在黄河水的滋润下发生了翻天覆地的变化过程中有了一种使命感！"

"走，回，不知道丢人！"匆匆赶来的老队长一脸羞愧，"小章，对不住了，听说这帮兔崽子准备闹事，这两天在村里给他们做了工作，他们口头答应了，谁知道背过身弄了这事，这对不起人的事⋯⋯"

"没事，他们没参与过上抽黄，他们没挨过饿，他们忘了缺水的平原，因长期饮用涝池水引发的瘟疫。他们是父母手心里的宝，没受过艰难！所以他们不懂得珍惜，不懂得感恩。我清楚地记着送锁柱时，他儿子说，大伯死于肝病，小叔死于肝病，如今父亲也死于肝病，他的祖辈死于臌症的更多。渭北干旱，春天村里人都靠涝池解决生活用水。明知道水脏，吃了会生病，可是不吃，当时就会要命。参与上抽黄的那群民工知道黄河水上塬对后代的影响，是那群人一代人吃了三五代人的苦，才有了今天！可是他们吃苦为的是啥？是留一座泵站供后世敲诈吗？肯定不是。年轻人根本不知道修建这座工程的初衷与祖辈的生活状况，他们认为抽黄工程是靠把水卖给村里人挣村里人的钱，他们就不想想，电费从一九七九年到现在涨了多少，工价涨了多少？可抽黄的水费涨了吗？"

"小章，消消气，别和他们一般见识，我现在就回去开会，保证全力配合支持站上的泵改工作，今天的事，是我对不住你们，有时间带弟兄们来家里喝酒。"

一场闹剧在章骁美义正言辞的指责下悄然落下帷幕。

"老章，你来一下我办公室！"刚坐下来，电话铃响了，他一看，是李晓光副局长办公室的电话。

"老章，坐！你说得太好了，刚才听你说的一番话，我是热血沸腾！当时我就想，将来我有能力为抽黄干一件事的时候，我一定选择建一座纪念馆！不忘初心，方得始终！这些年单位在宣传方面做得不够，以至于越来越多的年轻人对抽黄不再有一种亲切感。自家的历史，必须自家先记录下来，先让自家的孩子看一下，祖辈为了今天，付出了多少努力！现在的年轻人，上班整体缺乏责任心，我觉得是因为他们不了解这座工程的伟大，对水利这个行业缺乏使命感和敬畏之心！今天这个事件你处理得非常好，我准备在局务会上建议，以后这些扯皮纠纷的复杂事件，就由你处理吧！反正你科室这两年也没多少具体事务。"

"李局长这一说，唯余努力！我就是想实实在在干点正事。"

"从老板到闲人能适应吗？那么好的生意，说不干就不干了，大家都想不通。"

"做了十几年的老板，天天在迎来送往里喝得醉醺醺，突然厌倦了。如今孩子都已走上正道，我也不必再为他们奔波挣钱，我自己挣的钱足够后半生衣食无忧。现在的状态，恰好还有精力人脉干点正事。目睹农村人从贫困潦倒时对土地的依赖，到经济发展后的村里人逃离土地，我很惶恐。传统农业永远不会使人们一夜暴富，但是，遇到荒年，钢筋混凝土与它衍生的任何高科技产品都不能果腹。一个国家要长久发展，必须在粮食自给自足的情况下才有资格谈富强。乡村这两年弃耕的土地越来越多，十几亿人口的吃饭问题令受过饥饿之苦的我不得不深思。当然强制要求农民不挣钱种地是荒谬的，以前的体制下他们永远都穷，如今好不容易城市的门打开了，他们涌进去捞金也无可厚非，但是，地还是要种，只是看谁种。多年前去大荔我就明白一个道理，种三五亩西瓜的农户忙一年也挣不了几个钱，种成百亩西瓜的农户自己并不辛苦，却是实实在在挣钱。同理，种三五亩麦子可能没有压力，漫不经心种一季麦子，收入支出持平或略有一点盈余，他们也不在乎，毕竟不是主业。而种上成百亩麦子，他们就会考虑把这当作正事，选择机械耕作，一年两料水肥充足，用了心，量又大，结果就赚了。农业不是不赚钱，而是人们不把它当一种职业，总想敷衍过去。"

"你说的粮食问题国家也发现并重视起来，前两年免了农业税，今年起又开始给种粮大户开始发粮食直补，随后应该会有相关激励政策。社会的进步需要中产阶级精英们推动，需要精英们去启蒙，而不是靠一群挣扎在温饱线上的人来承担这份重任，他们的经济能力决定了他们只能看到眼前。见识决定思维，老章，真心敬佩你！在小城，像你这样有理想有担当的中产阶级，凤毛麟角，但只要有，他们会启蒙并感染周围的人，随着更多人被启蒙后觉醒，整个行业就有了希望。"

章骁美走了半天，李晓光久久不能平静，他想起章骁美那句"抽水站的人远乡百里从城里到乡村，并不是他们离不开那片土地，而是他们被你们父辈砸锅卖铁干抽黄的精神感动，亲历渭北旱塬在黄河水的滋润下发生了翻天覆地的变化过程中有了一种使命感"！这句话他当时听到差点泪奔，章骁美的话一下子戳到他的心窝里，他说出了他们这群知识分子守得住清贫耐得住寂寞、长期坚守在乡村的理由。

2

"章师，王局叫你去一趟他的办公室，刚打电话没人接。"刚下楼，办公室晓松叫他。

"骁美坐吧！刚才听了你一番慷慨激昂的陈词，心底颇为感慨。我们都是从抽黄工程施工阶段一直干到现在的老抽黄人，也清楚看到从只想解决温饱到用尽办法追求富裕的人心变化。这个过程里，似乎我们东雷抽黄没有及时跟上外界的变化而渐渐落伍。今天你的处理方式，令我感慨颇深，叫你来是想问问，咱们抽黄到底是哪一方面出了问题，你看看这些村民堵门堵路，告状闹事，被灌区人民这样为难，我都不知道该怎么给青工讲抽黄在渭北的重要地位。去年招的学生，七个走了三个，今年新来的，六个走了两个。一方面缺人，另一方面缺钱，抽黄一直就这样，你说说你的看法，怎样才能摆脱目前的困境。"

"这些年在酒店，我发现县上各部门因为业务或者人事关系，他们之间有着千丝万缕的联系，别小看这些关系，它是这个群体的生存空间。抽黄在这座小城是个奇特的存在，我们的人事权在渭南，我们的人员上班长期在村里，但我们并不直接和浇地的村民有来往，因为段斗干部的人事权在各县管理处，这就使抽黄人形成一个独特的群体，他们是客居在村里的渭南市人，但他们中的许多人或许到目前为止没去过渭南。老一辈的人对抽黄有感情，大家的处境还行，新一代对这个行业缺乏认识，我们又不说自己做了什么，这些年我们单位很少参与合阳县的各项活动，以至于越来越孤立，甚至娃娃上学，县上的几所学校都不好好要，咱们单位的会计职称考试，财务人员报名作了多少难！直到雷科长进局以后这个局面才改变了，他的父亲是教育局长，也算是我们单位出的第一个社会活动家，他用自己的关系网解决了很多难题，但显然并未引起领导的重视。我想抽黄必定要在这片土地扎根，我们就得融入这座小城，积极参与县上的活动，和他们加强互动，相互支持，相互依赖，并让彼此都认识到对方的重要性。至于村民闹事，他们恰恰就是欺负我们属于三不管，他们咋不敢去乡政府呢。"

"你说得对，以后这方面的工作就分派给你，你在县上人熟。还有你今天说的"抽黄工程的修建，是十三万渭北人民用了整整十三年，沐风栉雨，风餐露宿，凭着一腔热血干出来的惠泽苍生的大工程"！我听了觉得热血沸腾，上一部《东雷抽黄志》是从抽黄的筹建写到一九九〇年，随后应该着手续写抽黄志这项工作，把我们这些年干了什么记录下来。"

李晓光坐到办公室，小松进来汇报情况，他听得直想发火。干业务出身的他，只知道作为一个水电站的工作人员，只要学好技术，能够把水安全送到塬上就合格了，显然那只是对基层运行人员的标准，作为一名合格的管理人员，不光要懂业务，还要能够应付各类撒泼赖皮的碰瓷。

小松说："城北家属院隔壁那女人又把大门锁了，她说城北院子盖职工单元楼时影响了她家的地基，现在楼房开始倾斜。这女人真难缠，基建时挡了几次，当时为了顺利动工，每次都给了一笔钱。每次给钱时候说好了，事情就此揭过，她也签了字，讹诈点钱消停一段又来了。而且一次比一次恶劣。街上长大的这些人野蛮，真不知道要把抽黄祸害到啥时候。"

"去，找章骁美，这种事以后都找他。"李晓光揉了揉脑袋，强压着满腔怒气，说。

章骁美赶到城北家属院，坐在地上骂骂咧咧的女人他认识，原来是发小的妹子，从小追着他喊哥。

时间会把一个纯真无邪的女孩子变成一个满眼只有钱的泼妇，真不知道她这些年经历了什么，章骁美看着眼前这人，实在无法和记忆里的小女孩联系到一起。

"小梅，咋是你，怎么回事。"

"骁美哥，你看看这边的房子盖得把我家的光都遮完了，高层挖地基把我家墙都震裂了，好好的院子叫人咋住！找他们说事这个躲那个避的根本没人管，事情总要解决啊，逃避这事就能没了，我不得不把门锁上，是为了尽快解决问题。"

"小梅，那当时挖地基你咋不跟他们说呢？咱不能拿人家十几年前的房子说事啊！"

"当时傻，他们忽悠几句就信了。直到现在房子的墙壁越裂越厉害，简直成危房了才厚着脸皮找他们。过去的事不说了，就说现在的赔偿方案，这边遮了我家的光，震裂了我家的墙，紧挨我家那里有两个车库，把那俩车库赔给我，我不敢住危房，搬到车库住安全。骁美哥，这是公对私的事，你总不能为了公家坑妹子吧！"

"小梅，家属院的邻居不止你一个，我开了这个口，大家都来找哥，你说哥该怎么答复？"

"哥，你这么说就不对了，抽黄那么大的家业，别说真伤了邻居，就是没伤，养几户人很正常啊！"

"小梅，我来时啥都清楚，咱别这样闹了，娃娃大了该说亲了，咱安宁过日子不好吗？又不是缺钱，干吗要这样！"章骁美低声说。

"你少来这一套，我不过是看在你和我哥认识的分上给你留脸，你还真当自己脸大！你既然说破了我也不顾忌，俗话说断人财路如同杀人父母，我敢闹这么多年，你以为凭这两句话就可以吓住？"

章骁美看了一眼撒泼打滚的女人，打通发小电话，发小快速赶来，这位哥哥刚说了两句就被自家妹子抠烂了脸。无奈，他对着章骁美说："哥，我实在管不了。"

"没事，我就是让你知道一下小梅做的事，你管不了我管，总不能这样没完没了，娃娃大了要定亲，人家一打听，谁敢和咱结亲。"

"你不用顾及我了，这些年脸都她丢尽了，混得没边没沿。"

出了门，章骁美来到律师事务所。

"这种公对私的事划不来告，小城就这么大，千丝万缕的关系，你告一场或许官司赢了却执行不下去，真采取强硬手段执行下去，谁能挡住她会天天到单位闹，干扰单位正常工作。这种人其实就是碰瓷的，要点钱能安生两年，目前讲究和谐，你考虑一下。"

"这件事不解决不行了，榜样的力量是无穷的，其他几个家属院的邻居都开始跃跃欲试，这次不能再退让，也无路可退了。你接这个官司打赢有几分把握？"

"案子不难，我不能接，我是合阳人，这女人我从小就认识，我若打赢了官司，估计以后在城里无法立足了。这样吧，我推荐临县一个律师，平常在矿上，赢肯定是能赢，只是花销下来要比给这女人零敲碎打多得多！"

"只要能赢，花一笔钱保证以后安宁，也是值得，要不然这就是万年脏！"

小梅显然没有想到这边会起诉，恼羞成怒，他撵到章骁美家，在门外跳着骂道："你真要公对私的事情弄成你我之间的你死我活！章骁美，你狗日的真做得出来！"

章骁美提了把锨，怒气冲冲跳出来，"你喊啥呢！听你的意思我应该跟你一起砸抽黄的锅才算好人？是你做人没有底线，还觉得别人对不住你，你开个口，抽黄给你多少钱这个事情能到头？其实就是把那院落都给了你，你也不知足，来得太轻易总让你觉得自己要少了。你心里就没想过到头，你把这里当宝藏，想起了挖一斧子，再想起来再挖一斧子，就是金山银山，也有撑不住的时候。你们都不要管，也不必围观，这是我和她两个人的事。你说得对，是公对私，我宁愿给法庭给律师花十倍的钱，也不愿让你这样天天恶心人。还撵到我家，什么东西！再不滚我不介意再动一次血手！这次是你撵到我门上，我章骁美长这么大还没受过这气！"

横的怕愣的，愣的怕不要命的，小梅从小到大这招还没被人拆过，这一拆，她首先被章骁美的气势吓住了，借着有人拉，赶紧一边骂一边走了。

判决书下来，折腾得筋疲力尽的小梅突然觉得没意思，城中村的人并不缺钱，儿女对她的行为很是反感，只是这边一直软弱，便宜占惯了，让她觉得自己过段时间不找点事都对不起这样的好邻居。

哥哥陪着她把先前私占的两间车库腾了出来，此后她悄悄搬到小区的单元楼，多年来再也没出过幺蛾子。

3

接到管理局文件，东池站被列入第一批泵整改项目，夏灌结束后开始拆除。

站上征求意见，愿意留下来参与泵改的请报名。东池站人心惶惶，这是抽黄争取的第一个泵改项目。

"那参与泵改的有没有补助？不参与的工资怎么发？"

"参与的话肯定有补助，但不会太多，各班长总值青工是必须参加的。其余人员若不想参加，按正常年份的标准发工资，可以休息半年时间，等春灌再来上班。现在八月底，根据合同，二月底新设备就要安装到位，所以今天定下人名单，明天开始正式拆除。"

"你确定不参与不会扣工资？"有个女工不太相信。

"是真的，好像项目资金里就有工资这一部分，具体我不清楚。"

"那好，我回家管半年娃。"

下午名单定下了，除了两个家在外地的女工，其余的人都报名参与项目改造。

一阵人仰马翻的忙，机坑里一地狼藉，昨天还在运行的设备，在众人一阵"叮叮咣咣"的敲打后变成一堆堆铁块，七零八落散在机房，卡车将要把它们运到沟南的一个大库房。

"这些设备比这群娃娃还大。"史进抚摸着静静待在角落的一台电机说。

"是啊，这一转眼，我们都把设备陪老了，人咋能不老！"总值接过来话说。

两个青工在那里数着拆除下来的物件，不知道那男孩子说了句啥，女孩子不愿意了，摔下纸和笔转身跑了，男孩子大声说："鸽子，慢点，满地都是铁疙瘩，小心摔倒。"

有了年轻人，单位立刻有了活力，整个院子都是这群孩子叽叽喳喳的笑闹声，"有了这帮孩子，抽水站都年轻了。"史进说。

"年轻人多了事多，他们做事常常不按规则。"总值说。

卡车来了，停在厂房外干着急。厂房的门太矮，人们左试右试，还是进不来，"把那面墙拆了吧！迟早都是要拆的。"站上那个小伙子看着忙作一团的人们，说。

人们如同醍醐灌顶。

拆掉墙，卡车与吊车行车齐动，到傍晚，机坑已被清理一空，明天就要拆除生活区那排薄壳窑了。史进把简单的行李挪到院子西边的平房，没有晓红，生活一团糟，以前对于家事他从不操心，总是晓红安排让干啥他就干啥，如今，他对着一堆陈旧的物品不知该如何下手。良久，那帮年轻人过来："史师，我们给你帮忙搬房子。"

那一堆无处下手的破家具很快被年轻人摆放得整整齐齐，他们笑着说："走喽，咱们上网去。"

"史进，得添个人了。"做饭的老头说。

"再过段时间吧！晓红才走。"

第二天一大早，院子里机械轰鸣，很快东池站的宿舍和厂房很快被夷为平地。一片断壁残垣中，史进凝视着那排化为瓦砾的薄壳窑，那排记录过他们青葱岁月的简陋平房，从今天起，这一切将成为历史。时间会冲淡一切，他与她的故事，只要他忘记，只要他愿意忘掉，只要他假装忘记，别人就会真的忘了。

人总要往前走。

泵改项目的实施，使泵站迎来了第二个春天。正在参加这次泵改的史进也将进入人生的第二个春天。

容光焕发的史进把晓雅领到众人面前时，大家感慨万千，毕竟晓红走了才半年。史进倒不在乎大家怎么想，他不断给晓雅夹菜："多吃点，女人瘦了不好，身体没有抵抗力。中年健康第一。"

"晓雅，喝点汤，这汤暖胃。"

"晓雅再吃点……"

杨晓莉看不下去，放下筷子，转身出去了。

"晓雅，你在外边等一下，我跟史进说个事。"章骁美说。

没人想到，晓雅刚走，章骁美一拳挥过去："这一拳是替韩晓红打的，多好的女子！跟你吃了那么多苦，把你伺候得像个大爷，半生过得总是她照管着你，我还以为你就不会心疼女人，如今看来，你啥都会，就是对她没有心！"

史进还没反应过来，章骁美又一拳挥过去："狗日的这副德行，当初让爱华左右为难，不过有一点你俩挺像，都是瞎了狗眼。"打完后，他掏出纸擦了擦被扣子蹭破皮的手，"走了，从今往后，再不要说认识我，我也没认识过你。"

史进擦了一把脸上的血："以前你对我的好，我记着呢，今天的事我就不计较了，也算对以前的一个了结。别把自己摆出一副救世主的样子，过日子的事，只有当事人才有资格说，你一个外人，有什么资格说三道四！我对得起晓红，她在世我又没做啥对不住她的事，她不在了，我开启自己的新生活有什么错！真是有意思，这些年你做啥，心里没底吗？自己啥坏事都干过，还偏要站到道德的制高点！你说得对，出了这个门，咱们从此路归路，桥归桥！"说完，他怒冲冲出了门。

章骁美呆了一下，眼睛大概被沙迷了，他抹了一下："狗日的，一个两个三个，都把眼瞎了。"

六月，史进卖掉旧房，和叫晓雅的女人搬进新居，此后除了上班，他很少在站上停留。

单位刚调整了离岗政策，男的延迟到五十五岁，女的五十岁，张爱华赶上四十五离岗末班车，她生日是十二月，新政从第二年元月起执行。

晓红的葬礼张爱华并没参加，当时她刚办完离岗手续回到西安，给两家公司代理记账。正在看报表时接到杨晓莉的电话，晓莉的哭声令她一怔，"韩晓红走了，走的时候只剩五六十斤，她这一生真的可怜，嫁给史进，啥都是她一手操劳，乡下的店，挣的就是辛苦钱，她又舍不得那份工资，两边跑着。做牛做马一生，给史进把日子过成了，把她没了。"

眼前浮现出那个黑黑瘦瘦的女人，她的强悍泼辣在方圆一带是很有名的，即便心眼不坏，但嘴实在太毒。多年以来，只要韩晓红和史进一吵架，自己就会躺枪。即使远离他们的生活也没用，张爱华已经是横在她心口的一道梗。

后来调远了，有人绘声绘色讲起韩晓红如何骂她，她一笑而过，怎么活是别人的事，怎么怨也不是自己能改变的，不再关注这些事，生活轻松了许多。如今恨了她半生的女子就这样没了，她还是有些感慨，人生无常！

"哦，是挺可怜的。"

一幕幕往日画面从眼前闪过，她终归忍不住，泪流满面。哭了一会，擦干眼泪，她最终选择不去。

离岗后回到西安，兼了好几家单位的会计，闲暇时间都用来看书学习，她要考注册会计师。日子忙而充实，这几年兼职记账不断学习，使她内退时无缝衔接，融入新生活。

那天去管理局开个证明，在楼道里碰见一个故人，绘声绘色给她讲起骁美打史进的那件事，有意渲染了骁美那句话，那人观察着她的脸色，然而很失望，她根本就不上心，还暗笑，中年女人得有多闲才能把心思都用到别人身上。

她礼貌地笑了笑，准备走。

"爱华，到办公室喝杯水。"章骁美大约听见那人叫她，已经出现在楼道。

"不了，盖了章得赶回去，晚了赶不上车。刚接手，事多，忙得要死，改天你带晓莉到西安，我请你们。"张爱华笑着挥挥手，脚下没有犹豫。

"爱华退了倒比原来上班更忙了。"那个故人笑着说。

"是啊，年轻时候总以为一生很长，长得可随意挥霍。结果没来及认真年轻已经老了，只好认真地去老。章，不开酒店肯定清闲了，带着晓莉走走看看，世界很大，只守着井底那么大一片天老去多遗憾！晚上还有课，我先走了。"

"章师，王局找你，打不通电话。"小松下楼看见正站在大厅发呆的章骁美。

一进门，只见一个女人哭哭啼啼站在那："我这也是没法子了，他几个月几个月不回家，根本就不管我们娘几个的死活。我这是不得已才找领导，他是你们单位的人……"

"骁美来了，这是王二虎的老婆，来反映问题，具体情况你了解一下。"看见他进门，王局说。

"原来是你，嫂子，我们那些年还去你家吃过饭呢，走，到我办公室，有啥事坐下慢慢说。"

她跟着他下楼，一进门就开始大哭，他也不安慰，倒了一杯水："不着急，你先哭，要是哭能解决问题咱就不用开口了。"

"骁美，你说我该咋办呢！王二虎这些年外面有人，我一直睁一只眼闭一只眼，他回不回来我也懒得管，娃娃都那么大了，只要他还管娃娃，就这样凑合着过。可是今年他铁了心不回家，也不管娃。我去站上找他，他说我和他没有结婚证，在法律上根本就不算夫妻。女儿大学毕业都参加工作了，儿子今年上初中，这人说翻脸就翻脸，我和他当初可是三媒六证，摆过酒席的，他一句话就不作数了。"

"那他没说管不管娃娃？"

"他说他把女儿供出来，就是为了让女儿负担我们娘俩的生活。"

"这狗日的，咋能做出这事呢！那他现在住哪呢？"

"住那女人家里，女人的大娃娃结婚后在城里，听说小娃娃是王二虎的，女人的男人今年出了意外，人没了，王二虎晓得那娃娃是他的，这回铁了心。"

"你的意思是把他叫回去继续过，还是把事情做个了断，给娃娃要点钱？按你说的，他现在算是净身出户了。"

"我不想娃娃没爸。"

"你的意思就是只要他还回去，你也不在乎他在外边还有家，你今天来的目的就是让我给你把他叫回去？"

"是，我这不是也没办法了，儿子还小，我一个女人家能怎么办……"说着她坐在那又开始哭了。

4

"这样吧！你今天回去再想想，要不再去妇联问问，我对这方面的政策也不太了解，回去我先找个律师咨询一下，你周围有认识的律师最好，他们处理这种事专业。我觉得让单位出面叫他回去，可能不会有效果，有结婚证的，人家要离婚单位也管不了，更何况你们是真的没有结婚证。"

"他是你们单位的人，你们能管不住？要不是他有这份工资，人家谁能看上他！你们把他工作停了看看那女人还要不要他！你们分明就是不想管……"她一边说，一边又哭了起来。

"你的意思是让把他开除了？如果因为你的告状把他工作没了，你们还能过下去吗？嫂子，咱们是解决问题，不是赌气。"

"老李没转正，没有钱，就乖乖跟着他老婆过日子，你们把他转正了，他就觉得我配不上他，要是当初没这份正式工作，他肯定也不会胡乱来。"

"这转正的人多了，出了麻烦事的只有他一个，这些年他有这份工作你也跟着洋火了，现在你说这话就不对，给你们解决问题还要被埋怨，什么道理。当然你今天来，我肯定要和他谈谈，即便现在社会包容了，错的就是错的，能不能顶用，都要试试。到饭时了，嫂子我带你吃碗面去。"章骁美看了下表。

"我不吃，家里活多，我得回去，过两天我再来。"

"没事，见了他我就给你打电话。"

章骁美回到家，杨晓莉正在院子里修剪花枝："饭在锅里，我手脏，自己盛。"

"呵呵，我以为你会说，饭在锅里，你在床上，我自己吃。"章骁美想起年轻时两人经常这样调侃，"给你说个事，狗日的王二虎真不是个东西，他老婆今天找到单位，说那家伙好了一个女人，现在彻底不回家了。"

"那些年就听说王二虎和村里几个婆娘都不清不白的，站上放假他也不回家，就混在村里的婆娘堆里打麻将。据说那时候王二虎的工资每个月都让那些婆娘哄得差不多了。他老婆特别能干，一个人把家里十几亩地种了，伺候着王二虎的双亲，管着一双子女，说起来有男人，其实这些年也是钱不见钱，人不见人。就这，王二虎脾气上来还经常打老婆。"

"她或许真是只想让娃有个父亲，我得见一下这货，这样的男人居然有人抢着要，啥世道！"

"他老婆还真说对了，对于村里的女人，这份工资还是蛮有吸引力。"

王二虎来到章骁美的办公室："骁美，啥事这么急！"

"你老婆早上来了，我本来不想管，可是不管又怕她四处告状，毕竟娃娃大了，影响不好，所以把你叫来，问一下情况。"

"那不是我老婆，那个疯女人，我和她没有结婚证。"

"没有结婚证你凭什么让人家给你生儿育女，伺候你的老人？不是老婆，那你说她算啥，你家的奴隶？半辈子过了，咋还开始胡说呢。有没有结婚证不重要，重要的是人家给你生了两个娃，娃娃怎么办。"

"女儿我都供出来了，供她念书就是为了让她管那娘俩。当初女儿上大学时我已经跟她说清楚了。这女人咋像个疯子，四处乱咬！别说我和她没有结婚证，就是有了，过不下去国家也允许离婚！这四五年我基本就没回去，家里的东西都留给她，我算净身出户，她还想咋！"

"你和她之间的事我不说，但是孩子可以告你。生儿子是给你俩生的，不是给女儿生的。"

"这是我的家事，你管得也太宽了！狗日的疯子，你让她去告，我看法院把我能咋！"王二虎发怒了。

"现在是没人能治你，过十年，小伙子把你打得摆到那里，你还不得受着！东街那个开发商不比你能行，老婆忍辱负重多年，儿子大了，他还胡咧咧，儿子把他打得住院，开车差点把他后婆娘撞死，人气急了，啥事都做得出来。你先回去好好想想，想好后给我回个话，真不想要那娘俩，也要按法律程序走，是个人都不能这样做事，你先想，我还等着给人家回话呢。"

王二虎当天回去就把老婆打了，这次下手狠，打得老婆皮青脸肿，几天下不了床。

然而挨打后的老婆还是锲而不舍穿梭在单位、镇上、妇联之间，说她不起诉，也不离婚，只要人回去就行。事情到了这个程度章骁美很沮丧，他们根本就不能站到一个点上说话。后来单位、镇上、妇联三家集体做工作，终于达成协议，每个月给娃承担一部分生活费，王二虎这段婚姻无效。

杨晓莉听到这个结果并不意外："章，人都欺善，这女人年轻时就被王二虎当作奴隶使用，老了老了，想继续免费做个奴才，人家还不愿意。"

"是啊，一头沉这种情况比较多，男人挣了工资，女人自觉自家男人高人一等，结果这些男人出门也没啥本事，回家的的确确比老婆高了一等，饭做好端上，男人想打就打想骂就骂。有时候觉得这些女人可怜，可是她们不觉得，她们还为嫁了个挣工资的男人骄傲。"

"那是上一代。随着贫富差距的不断缩小，经济活泛挣钱容易后，人心都在变。你看现在那帮小媳妇多现实！早早在城里租个地方管娃，吃穿用度相互攀比，绝不让自己吃亏，管他男人在外累死累活那钱有多艰难，自己没钱就伸手要，男人不给就翻脸。重男轻女的后果，农村娶个媳妇越来越难，这样的婆娘，男人一家还得当神一样敬着。章，我有时都看不明白，这大约就是张爱玲说的，人性骨子里的贱吧！你把他当回事，他就会把你踩到尘埃里，你让他永远追着你，他就会落入尘埃。"

"人只要守住底线，出现问题首先考虑，如果这次的羞辱就这样受了，下次人家肯定会变本加厉，已经这样，索性撕破脸，大不了一拍两散，要真有这底气，对方反倒会有所顾忌，才会意识到自己的确出格了。当年那群上调民工最喜欢比谁家的老婆听话，那种变态的心理，有时听得恶心都想揍两拳。这世上，该承受的受，不该承受的就早早反抗，最终也不会被谁踩到尘埃里。你说的男人变乖了不是说秉性好，而是越来越高的彩礼让他们一家人不敢生出二心，你说得蛮有道理。"章骁美想了想，笑着说。

"有时挺奇怪，光棍一大堆的年代，王二虎这样的也没几个钱，居然屁股后边跟着一堆女人，她们图啥呢？"

"村里那些破事，无非没见过世面的女人贪图小恩小惠，这货又是个没皮没脸的。没过到一起都是好的，现在如愿以偿，让这货试试。好了，说点正事吧！东池站马上就要试运行了，咱们当初住过的那一排薄壳窑被夷平，盖了一座小二层的宿办合一楼。哪天试机咱们去看看，这新的肯定好，但咱要知道它到底好到哪了。"

新设备很快运到，史进抚摸着崭新的设备，水泵电机的壳光滑平整，打开泵壳，叶轮口环经过数代改进，不再像当年那么笨重。蝶阀的最大好处就是一旦发生失电或其他原因跳闸，它会自动关闭，不存在设备倒转。

"这批泵要比七十年代那一批好得多，当时东雷二级站的扬程为世界之最，那两台水泵是上海水泵厂专家为东雷二级站量身制作的，在那之前，我国根本就没生产过如此大的水泵电机，所以技术不熟练，东雷二级站的机组这几年很容易出问题。这次水泵厂技术精进了不少，设备体积变小，性能参数提高了。而且这次最大的亮点就是引进计算机，机房安装完毕之后，信息化的人会来装上系统，以后就不用人守在前池看水位，坐在控制室，想看哪屏幕一点就能看到。这个李晓光真厉害，不愧是学霸，思维绝对超前，今天和几个其他灌区的朋友交流了一下，他们对信息化这东西闻所未闻，总以为那是洋玩意，我们这群整天和土地打交道的人，信息化和抽水浇地就是阳春白雪和下里巴人。"史进对一群年轻人说。

年轻的技术员信心满满，他刚参加完自动化培训："时代在进步，科技在发展，一切都会越来越好，下一拨的泵站，改造出来肯定会比这一拨要好。今天市上的会议还表扬了东雷抽黄，说咱们的设备安装不光进度快，安装质量还非常高。当时王局就高兴地说，我们东雷人再没啥长处，就是爱学习，我们的晓光局长把市里的技术奖拿完了，又在省上把行业内的技术奖项齐齐得了一遍，现在开始在国家获奖了，至于我们的中层，哪次技术比武不是带一堆奖牌凯旋，没办法，这些年轻人爱学习，挡都挡不住。在场的人都笑了，市上领导笑得肚子疼，老王你能不能低调点！他来了句，我倒是想，实力不允许！"

史进说："他的确有底气，在人们普遍都向钱看的年代，他还能带出一支守得住清贫耐得住寂寞的学习队伍，不骄傲才不正常。再仔细检查一遍，明天试机，一定要一次成功，咱不能打领导的脸。我老了可不想临退出个意外，落一辈子骂名。"

"我们年轻，才要注意呢，一下子把牌子弄砸后半生咋活人，你放心！我们这就去细细过一遍。"

第二天一大早，机房里外，人围得严严实实。年轻的技术员有些紧张，在李晓光的鼓励下，他调慢语速，开始唱票：电气班，请执行变电站倒闸操作！机械班，请检查清水系统是否通畅！"

"报告值班室，电气班一切准备就绪，请发布指令！"

"报告值班室，机械班一切准备就绪，请发布指令！"

"开机！"

随着电机怒吼，前池水位唰一下降了下去，紧跟着第二台、第三台……六台水泵无一例外，全部一次启动成功，整个现场一片欢呼。

"大家真棒！这次的设备可是我们东雷人一手安装起来的，我为我们东雷工匠骄傲，为有这样一支爱学习不怕苦的队伍自豪！晓光，这次改造你费心了！"王局看着显示器上各个断面的运行情况一目了然，他点击鼠标切换了几个画面后激动地说。

"我只是做了分内的事，应该感谢大家！"

"今天高兴，多说两句吧！大家也知道，东雷抽黄近几年面临的困境，设备老化运行成本不断加大，人员工资上涨，水价一直没变，财政补贴的额度一直不变，没有钱，大家的工资都没执行到位，当然这个局面不是抽黄一家，是周边灌区都面临的问题。今年我们经过不懈努力，终于争取到了第一批泵改的机会，这几天我一晚上一晚上睡不着，我怕这次试机不成功，后边咱们东雷争取项目就困难了。我没有想到，大家在近几年如此艰辛的条件下，不光没有荒废技术，还在不断学习充电！今后几年，随着国家对农业的重视，我们这些泵站肯定都会列入改造项目，有这样一支能打硬仗的技术队伍，我去争取，都有了底气！大家加油，咱们已经熬过了最艰难的时候，日子会越来越好，谢谢大家！"

第二十一章　国家关怀

1

　　窗外的叶子黄了，清晨与暮色的风不再焦灼，它们随着季节放慢脚步，慢悠悠穿过田野，所到之处，那一片浓郁的绿刹那变为黄绿，再到黄红相间，色彩缤纷。阳光正好，人们匆匆忙忙卸掉苹果上的套袋，刚褪掉纸袋的苹果是黄绿色的，在枝头摇来晃去，像尚未成熟。人们赶忙在苹果树下铺上反光膜，这些膜极易吸收光线，它们把吸收的光反射到树上，一簇簇超强的光束袭过，才一两天，一树树青涩的果实很快被涂上一层粉红。渭北昼夜温差大，十月的露珠晶莹剔透，落在苹果的表层形成一层薄雾纱笼，在阳光下极为诱人，禁不住诱惑，咬一口，脆甜爽口。

　　除了大片的苹果，红提葡萄算是渭北的另一道风景。葡萄园里，沉甸甸的果实是一般的葡萄架不能支撑的，渭北的红提园里，葡萄架是专门定制的水泥杆。水肥光照充足，葡萄藤沿着水泥杆上的铁丝，肆无忌惮伸向远方。秋天来了，逐渐凉下来的风挡住了准备翻墙串门的葡萄藤，圆溜溜的果实从变黄变蔫的叶子底下跳出来，蒙着一层薄雾的紫，圆润剔透，像一颗颗宝石。

　　谷子沉甸甸地弯着腰，昨天还是绿色的穗子，被秋阳染上一层金色，油葵金色的果盘跟着太阳，一天下来，它的果盘又大了一圈。秋天的村庄，随着田野的变化热闹起来，客商的到来给这片土地带来勃勃生机，寻常冷清的街道上，小吃摊一个个冒了出来，代办们新招的工人填满了冷清的小镇街头，母亲忙里偷闲又开始摆摊，顺路给父亲带回来乡村新闻。

"喔事近些年到哪都有，村里还不是一样。跟上人家浪几天就能变成城里人？哎！人心变了。前几天他们说王二虎不要老婆了，哎！这些东西！那时候谁敢这样！不光要开除公职，还会被批斗。有了这事，连娃娃们在人前都抬不起头。我就想不通，这又不是馈馈饭，离了就活不下去。"

"燕儿爸，现在的媳妇难了，人们也没那么多讲究。知道自家娃娃没有大本事，也不敢胡生事。其实屋里这地好好经管，收入也是不错的，只是人心野了，挣不来大钱，还看不上小钱。"

"人有啥穷尽！原先合阳县的人都是凭票担水，村里人在沟底担水。至于这自来水，只有北京上海那样的大城市才有。我的父辈做梦也不敢想，有一天在自家院子轻轻拧一下龙头，想要多少净水就有多少！可是这样的日子都留不住人，走出去的年轻人都不想回来。"

"是啊，世界变化真快，咱年轻时候总以为农村户口除了考学当兵，再没有机会变成商品粮。现在商品粮户口随便花点钱都能买来，反倒是对人们没有多大吸引力了。娃娃出去打工没有人问是不是城镇户口，只要初中毕业就行。当年麻纺厂招工，要求待业青年持高中毕业证持户口本报名参加考试，成绩合格的进入面试，面试要求长相端正、高个子的娃娃。当时城中村的娃娃想去上班，没有商品粮户口，连报名都没有资格。现在呢？连咱村这些初中毕业的女娃娃都嫌麻纺厂苦。"

"翠霞这两年去南方卖凉皮挣了不少钱，听说给娃娃在县城把房都买了。城里活腾，只要长点心眼，快快入行都能挣上钱。"

"等秋收完了我带你去城里看看。"父亲说。

"我下了半辈辈苦，就盼我娃娃们再也不用像我这样。娃娃能吃点清闲饭，像骁美那，快快挣些钱，然后抓着国家的一份事干。"母亲说。

"想得美！有几个骁美！全合阳县就出了一个大河。骁美也不弄了，估摸是这两年生意手稠，不好弄了。"

蹦蹦车平稳地行驶在村道上，通村的土道拓宽数次之后，变成硬化后的灰渣路。随着路的变化，村庄的房子早已从泥坯房变成豁朗的平房，倘若遇到雨雪天气，也不怕，硬化后的巷道告别了泥泞不堪的岁月："燕儿妈，村

228

庄越来越好，为啥留不住人呢？"

"因为城市比村庄更好，因为城市需要农村人。"

母亲忙着收拾她的小吃摊，她在街道卖凉皮，手工凉皮需要洗面筋，这些工作要在前一天晚上做好。和一大块面，用纱布裹起来放到瓷盆里加半盆水，使劲揉搓，瓷盆里的水很快变成牛奶一样的液体，再换个盆，加上清水继续揉搓，把面水倒进一个大盆，再洗，直到洗出的水清亮清亮，洗面这道工序就算完了，然后把那两盆浆扣起来让它沉淀。天亮母亲起床，沥掉盆里上层多余的清水，把面糊搅匀，舀上一大勺，摊平上屉，蒸三五分钟出锅。

母亲做的手工面皮筋道剔透，配上红油辣椒绿葱花黄油面筋，只这色彩，就足够冲击人的味蕾，每天早早就卖完了。

目送母亲出摊，父亲坐在大门外的树下，点了一支烟，看着远方。原野万紫千红，天湛蓝湛蓝的，没有一丝风，可以清楚地看见河东青黛色的山。父亲突然喉咙有点痒，他忍不住吼了两声："想当初，老子的队伍才开张，总共才有十几个人，七八条枪……"

树上的几只鸟被惊着了，一阵"簌簌"，它们冲天而起。

父亲又看了眼屋顶晒的谷子，黄灿灿的，"这两年小米价好，一斤小米抵四斤白面呢！这年份，就连红薯也卖出了麦子的价格，哎！谁能想得到呢！"父亲自言自语。

随着最后一批果子装好存入气调库，渭北的村庄又恢复了往日的宁静。果子与庄稼换成钱，人们悄悄进了城。父亲怅然走过寂静的空巷，杂草肆无忌惮从水泥路的裂缝钻出来，横冲直撞长到路中央，几株已近父亲的胸高。屋顶的瓦松在秋风中瑟缩，铁锁无言地守着一院清冷，父亲忽然忆起从前鸡飞狗跳的村庄一片喧闹，矮小逼仄的土坯房里挤满了人，大约人多，即使穷，人们也不惧怕，干啥事都能拧成一股绳。

暮色渐次临近，太阳把西边的山染上一层奇异青黛，稀稀疏疏的炊烟溜到天空，和那几片云彩融为一体，大锅饭的香气氤氲在巷道里，父亲和那群叽叽喳喳的鸟一样，走在回家的路上。

回到家，父亲狠狠吸了口烟，说："燕儿妈，当年上抽黄，上边一声令下，全村老小齐出动，都知道是给大家干事，没有人提钱，没有人喊累，在缺衣少食没工具的年代，大家咬着牙硬是把这件事干成了。如果搁现在呢？"

"咱们这代人是吃苦长大的，不能要求娃娃和咱一样，现在年代多好！不用把人捆到地里，也没见谁吃不上饭。国家有钱了，舍得给农业投资，免费给各村修汲井平整土地提供优良的种子，一亩地的产量顶农业社七八亩，吃饭不愁了，国家开始考虑让人们致富，城市放开门槛，乡里勤快又有点特长的人都能在城里落住脚，这样的社会多好！你还不知足。"

"村庄应该是鸡飞狗跳地热闹，而不是现在这样子，走一条巷，就剩老汉老婆和碎娃娃。你说得对，日子越来越好，是我不知足。"

"就是，我看你是日子太清闲，胡思乱想，去，明天把地里的玉米秆挖回来，冬天烧炕！"

"老四拉的一手扶树枝，我锯好堆成垛基本都没烧，你还要玉米秆干啥？"

"我看你太闲！"

村东突然热闹起来。推土机在村东那一大片平地上来来回回忙碌着，村长碰见父亲，说："老李，正准备找你。抽黄给村里办事呢，免费平整土地。你看，方圆这几个村子的地都要给推平，整合到一块叫'万亩方田'。那几个技术员你以前都认识，是抽黄的行水员，一说驻村人家就想到你。也是，你家最合适不过，地方宽敞，没有老人孩子，燕儿妈又做得一手好饭，你看要不要和燕儿妈商量。"

"不用不用，这事我能拿住！"

父亲赶紧把院子扫了两遍，又开始擦洗厦屋，母亲惊讶地说："太阳从西边出来了，燕儿爸，这是咋了？"

"抽黄的技术员要住咱屋，他们说你的饭做得好！"

父亲像个孩子，跟着技术员跑前跑后，恰好他们修整田间机耕路需要雇人，父亲顺着又开始正式跟着抽黄上工。父亲很认真，在南西干施工时他学会了水准仪的使用，工地上的活他都能干，要是技术员有事，父亲就会替他们去需要平整的土地上数树苗，自觉跟着推土机司机，给推土机计时，再后来，甚至连测平土地放线这类技术活技术员都指派父亲去做。

母亲看着忙忙碌碌的父亲，说："你呀，就是抽黄的事没干够！挣钱不多，事不少，那一片又没咱家的地。也不知道你跟着人家瞎乐呵啥呢。"

"平整土地，自家叫推土机一亩地多少钱你知道不！现在国家出钱给村里人推地，毁了的果园还给赔偿，我就怕那帮混账为难抽黄，后边人家把村里的项目停了。这事就和当年大家抢着要水一个道理，总是找事的，谁愿意天旱时把大流量给他呢。"

"你开心就好，反正我也说服不了你，你也不用劝我和你一样犯傻。实话实说，我给他们几个做饭，比你灰头土脸跑断腿要挣得多。娃娃也不花咱的钱，你就由着性子胡闹吧！"

2

新平整过的黄土地在阳光下泛着金光，父亲哼着小曲看着平展展的土地，"平地对于灌区的人来说，可是一件大事，谁不知道地平了才能浇透，庄稼能长好，可是有几家舍得自家花钱干这事呢！这下好了，花抽黄的钱，干自家的事。"

"也不是抽黄的钱，是国家的钱。国家富裕了，这几年外贸订单多，国库丰盈，才会有钱做这些民生工程。所以要想日子好，只盼国家繁荣昌盛。你看推土机过去破坏了分引渠毛渠，随后肯定有渠系配套与扩灌项目，不缺水肥，就要考虑种些优良品种的农作物，品相口感好，不愁销路，能卖上价。"刚返聘回来，负责施工的马站长站到渠道上对父亲说。

"是啊，解决了温饱，就要考虑富起来。马站长，你干这事最合适，有施工经验又人熟。"

"是啊，我们这一代人有抽黄情结。本来在陕南施工，工资待遇挺好，但是这边一叫，我啥话不说连夜赶回来。抽黄是我的根，也是整个渭北农业的根基，只有田里实实在在产出东西，农民有了钱，农业县城才能做人不能忘本。"

父亲自是极喜欢这番话："是啊，在抽黄干得久了，总以为抽黄的事就是自己的事。"

"老李，当年的事，对不住你……"

"啥事啊，马站长，你把我说得糊里糊涂。"

"那年指挥部来人谈话，说的是王二虎的转正问题，当时领导说王二虎有功，他让他们了解到基层发生的问题，及时消灭了事故隐患，我们还没反应过来。后知后觉，那狗日的去管理局告了章骁美和史进。虽然大家心里认定的人选应该是你，可都没有去局里争取一下，包括你自己也没有。多少年过去了，这件事我想起就难过。直到王二虎那狗日的做出那破事，我真是无地自容。老李，你勤劳本分，吃得起亏，受得了苦，管理局当初转正的初衷就是留住像你这样的人！"

　　父亲愣了一下，眼角泛起了银光，他苦笑着燃起一支烟，说："咋能怪你，燕儿妈说得对，是我没心眼，章骁美送来两条烟，让我写份自荐信见一下领导，我拉不下脸，到底都没去。现在想想，自己都不当回事，咋能怪别人！王二虎转正后，我心里也难过，又不敢表现出来，我在站上转了几圈，一个人坐到干渠上想，等下一批指标下来一定豁出去，到管理局见一下领导，给领导谈谈自己的想法。可是机会哪有那么多！这人哪，不能光埋头苦干，要学会表达，学会把自己干的事总结出来告诉领导。马站长，我现在日子好着呢，两个娃娃争气，老婆贤惠，作为一个没啥本事的民工，日子过到这分上，还有啥不满足呢。"

　　"老李，你是个好人，就是有些迂。"

　　"当年的铁娘子班、突击队、红旗班，哪个不是拼着命干出来的！抽黄工地最多时候要十三万人呢，能熬到转正的凤毛麟角，那些人哪个不优秀，哪个不努力！一个时代有一个时代的需要，七十年代，渭北旱塬实在太穷了，被饿怕了的人只要有一口饭吃，让做啥都行。那时候商品粮和农业户口之间，没有读书与参军的经历是不可逾越的，大家都没有非分之想，国家在一穷二白的情况下，咬着牙上马这座利在千秋的工程，为的是我们的子孙不再受旱魔折磨。工程修好了，黄河水上塬后再也没有人为吃饭穿衣发愁，我种上水浇地还在抽黄领了好些年工资，多好！"

　　"一个时代有一个时代的需要，说得好！一代人有一代人的担当使命，你们这一代人吃了三五代人的苦，干了三五代人的事，推动了经济的高速发展，正是因为这份担当，干好了基础工作，后边的许多事情才会变得容易。我相信，国家一定不会忘记你们这群人。"

　　"是的。国家不会忘记。"父亲低着头，眼眶红红的，风吹过，黄尘漫漫，眯了眼睛。

一大早喜鹊就在窗外叫着，母亲喜滋滋说："喜鹊叫，好事到，燕他爸，你多到街上转两圈，说不定能捡到钱。"

"呵呵，搁过去，能吃白馍肥肉的日子可不就是好事，这样的好事现在天天都能有！捡钱的事就算了，哪有那么凑巧的钱，就等我这不长眼的人，你眼明手快，还有可能跟得上！"

"声音调小点，你听大喇叭喊啥呢！"母亲对正在大声跟着电视唱秦腔的父亲说。

喇叭里喊着让参加过水利劳动的人们去村部开会。

父亲对于会议所说的农村"八大员"什么的一句都没听进去，他只知道村里像他这样上了六十岁上过水利工地的，去原单位找工资表考勤表等等证明材料，复印后办理相关手续，随后每个月就会领取补助。

父亲总觉得不太真实，他跑出去确认以后，飞快跑回来："燕儿妈，你说已经过去这么多年，国家还要给钱合适不？当年去抽黄工地时，生产队说清楚了，投劳不用施工单位和国家发工资，由队里记工分。后来再到抽黄干临时工，那时候开始人家就给我发工资呢！"

"榆木疙瘩，你们这群人吃的苦国家都记住了，他们说祖国不会忘记你们这批人，半生过去了，我都不抱希望，结果祖国真的记得你们。"

"是啊！时下大家的日子都过得去，但是国家给发钱人心里的感觉还是不一样的，钱多钱少不重要，重要的是认可，是尊严！"

站上有专人负责这件事，父亲在抽黄干的年份长，看着厚厚一沓复印表，那些参加完总干渠会战就回了家的人羡慕不已："老李，你这估计都有三十多年，算下来钱不少呢！"

"呵呵，没想到，老了老了国家还记得咱。"

"嗨！转正的那些人才是真正领工资的，人家到了六十岁在家啥也不用干，一个月拿上千元的工资，那才是咱们这一期里的佼佼者。"

"人要知足，当年十三万人一起在工地风餐露宿，挑灯夜战，整整奋战了十三年，真正能熬到转正的有几个！细想人心哪有知足的，当初上工地的时候，说清楚是临时抽调，随时可能回家，可是干得越久，人心越容易变。时下的日子衣食无忧，种田也不用下苦，这是水生、五子他们付出生命也不敢想的！书上说，一个人心态不好，就是把全世界给他，他也不满足。作为一个没有念过书的庄稼户，国家免了公粮，建立了农合，发了粮食直补如今还不断有各类补贴，这些补贴并不是我们通过辛苦劳动换来的，而是国家积累了一定财富后给咱们的福利。没有谁欠咱们的，当年修工程，也是为了自家吃饱饭，现在国家给钱还这样说，真的是昧着良心。"和父亲一起参加过总干渠会战的沟西老支书动情地说。

"雷书记说得对！国家建立的农村合作医疗后，村里八十岁以上的老人越来越多。人们有病不再惧怕进医院，原先小病靠扛、大病悄悄回家等死的现象现在没有了。再大的病，有合疗负担大头，剩下的一小部分每家都出得起。再说国家发的粮食直补，咱心里清楚，农民种粮是本分，历朝历代，种地纳粮是天经地义的事情，到了现在，不光不要公粮，种地还给发钱！以前各村都是土道，客商来了，天旱时土道上尘土飞扬，雨天泥泞不堪，给家乡修路，在古代都是有良知的商人干的事，是要载入地方志的！可是现在政府给所有的村庄都修好了通村路，让各地出产的物品很快就能运出去变成钱！还有，自来水连窑头那样只有几户人家的小村都通上了，咱们旱塬缺水的历史不用再说，今天来的各位都是经历过那段岁月的，当年各村美丽能干的姑娘为啥都嫁到河槽子，种个地如同翻山一样辛苦，不是她们愿意吃苦，而是河槽子水方便，能种菜，粮食有保障，饿不了肚子。把水引到厨房，在家里装上太阳能随时可以洗澡，这可是老祖宗想都不敢想的事！如今的农民和过去的农民相比，真是掉到福窝了，少抱怨多活几年，这日子，只会越来越好！有的人就是不知足，我们村的贫困户搁原来都够半个地主！今年帮扶单位给他送来了粮食种子，新品种果树，那狗日的居然还问肥料怎么办。我真想过去踢上两脚，要不要脸！"黑马村的老支书动情地说。

"村里的贫困基本是因病或者供娃娃念书这两种，还有的简直就是死狗！给种子他能偷偷地把种子卖了，给牲畜他能把牲畜宰了吃，这类货就不应该管！物价翻了多少倍，土地收入一年年收成翻番，抽黄浇地的水价始终没涨，只要手脚能动，都不会吃不上饭，这可是国家的惠农政策！国家是计划把这些资源整合起来，让土地长出优良的作物，让物流把它们运到远方变成钱，只要有钱，各行各业都能良好运转，世界就会活泛起来。钱对国家并不真实，真实的是地里产出东西，工厂产出新产品！"雷书记说。

第二十二章　迈向未来

1

六月的黄河气势正盛，上游刚刚经过一场大雨冲击，缺少植被呵护的山坡存不住水，暴雨揭起地表的泥土横冲直撞，把山坡冲击得千疮百孔，重重跌入晋陕大峡谷。从壶口一路南下，呼啸涌过龙门，在地势平坦开阔的关中平原腹地平静下来，铜稠烂漫让人领略到"黄河之黄"。汛期的河肮脏而富有，浑黄宽阔的水面不时飘过木头，塑料制品，还有发洪水时来不及逃走的牛羊。潮水退了，附近的村民会在河滩捡煤块，捡鱼，捡树等。

夏灌正到用水高潮，李晓光站在取水口，看着浩浩荡荡的河面，思绪回到从前。学生时代去韩城看黄河，总以为黄河远到一生只能当作风景。不承想，长大后却与黄河结了如此深的缘。一黄与二黄虽属两个灌区，但因共用一条总干渠，两渠首站都在太里湾一带，所以两个单位就是一对兄弟。二黄的灌区在蒲城、富平一带，从渠首太里湾一级站到末端的富平，横跨合阳、澄城、大荔、蒲城、富平五个县。从取水口到渠系末端，数百里渠道，路途远水损大，两家共用一条干渠，一到夏灌，每个干斗都在喊水不够用。

二〇一二年十一月，李晓光刚到二黄，就遇到两单位共用的总干渠分水口出现问题。面对各说各话、理不清的局面，他索性谁的话也不听，直奔两个单位的一级站蹲守，盯着看到底是哪出了问题。最终找到症结，问题迎刃而解。随后他养成一个习惯，每到一处，必先到一线各个站区蹲点调研，及时发现问题的隐患，及时处理，把问题消灭在萌芽状态。

二〇一七年，是渭北多年不遇大旱之年。入夏刚开机，立刻掀起了灌溉高潮。二黄下寨三级站已开启五台大机组、两台小机组，仍无法满足灌溉需要。看着焦渴的土地，被烤蔫的庄稼，静静歇在那里的大机组，李晓光心里很不是滋味。

工作会议上，他问："天这么旱，行水员一天到黑都在渠道上，除了巡查看有没有偷水的，还要处理各类抢水纠纷。一支的行水干部三天没睡觉还被那帮偷水的打了。水这么紧缺，还留这两台机器干吗？"

"李局长，满负荷运行压力过大，有造成总干渠决口的风险，如果下游村庄被淹，夏灌终止将是严重事故。"技术员说。

"二黄是成熟灌区，机器与渠道的配套设计都有参照，理论上不存在这个问题。你说的情况提醒了我，目前应该做好应急预案，落实责任措施，在保证安全的前提下让机器发挥最大的作用。如果怕这怕那，天这么旱，让黄河水空流，让机器闲置，我们安稳了，却让农民心慌，这不是一个水利人应有的担当。"李晓光说。

会场沉默了。

一老者悄悄把他叫到室外，说："李局长，不要拿自己的前途开玩笑！难道你不知道现在干部任用是安全一票否决吗？"

李晓光说："作为抗旱单位的工作人员，我不想庸庸碌碌混日子，只希望抗旱设备在关键时刻能发挥最大的作用。物尽其用，人尽其才，是对老百姓，是对灌溉事业的最高尊重，你说对吗？"

老者叹息一声，转身走了。

随后他在机房和大家一起，一个细节一个细节地推演着应急预案，在确定做好设备、物资、人员以及遇到应急事件该怎样处理之后，当天傍晚，六台大机组顺利开启！入夜，又来来回回穿巡在渠道上，确定安全无意外，李晓光悬着的心才安稳放下。

那时，李晓光做梦也没想到，他还会回到东雷抽黄。

二〇一九年，接到东雷抽黄工程管理中心主任的任命书，追着他的脚步从合阳调到渭南的老婆一边收拾行李，一边说："总是赶不上你的点。这是你的药，一个人过去要学会照顾自己，胃不好少喝点酒。刚去肯定事多，工作今天干不完还有明天，别老开夜车！"

"知道了，老婆。"

"这会知道有啥用，一到岗位就啥都忘了！我给妈打过电话，她怕你在外边吃饭没有规律，她给你做饭，你回家吃吧。"

十月，运行了四十年的东雷抽黄一级站拆除。"亚洲第一泵站"，完成了它的使命。

父亲作为四十年前的第一批"抽黄人"，来到现场。当年的小伙子，已满头白发，步子也有些蹒跚。看见章骁美，父亲很激动，跑过去问："骁美，咋没叫上史进？"

"李师，史进和我们好久都没联系了，上次聚会他说得对，人应该往前看，能被时代舍弃的，是因为有了更好的东西可以替代它。细想，哪次新旧更迭的取舍，不是我们自己的选择啊！"

"也是，太过念旧的人都没出息。"父亲说。

风吹过，河水泛起一圈圈涟漪，慢慢变成一个个浪头，拍打着黄土堤岸，无数前尘往事涌过。

站在一旁的李晓光动情地说："物和人一样，无论曾经怎样轰轰烈烈，没有生动的记录，就会被遗忘。就像眼前这工程，从指挥部到管理局，再到管理中心，亲历者都说不清楚过往，还指望别人记住多少？"

父亲想起了马站长的话，他和工友们略带哽咽的倾诉里，想起当年听闻五十八人离去时的惊惧。在时光的流逝中，宏大而浮华的场面，曾经认为很重要的重大节点，终被时间涂淡。唯独生活中的琐碎细节，某个时刻冷不丁从脑海跳出来，清晰鲜活，切肤而痛。

李晓光被这些老抽黄人的岁月感慨所深深感染。那个建一座抽黄工程展览馆的梦想跃然而出，他要将那段血染的，开天辟地的建设历史重现，让世人永记不忘。

"李主任啊，当年你提出引进高品质农作物时我还不愿意。总想：祖祖辈辈都是种地的，谁不是自家留种子抚育苗子！跑那么远花那么多钱去买苗子，简直就是农高会的托！后来你送苗子的那几户，一亩园子顶几亩，看到差距才慢慢转变了观念。我大前年从农高会买回来阳光玫瑰苗子，去年八月十五开园，三十元一斤还没货！嘿嘿，十五亩园子比上班的人美得多。还是你思想超前，当时的观念和后来国家的大政策不谋而合。这两年不断建设的高标准农田，就是为了大家把好的资源集中到一起，无论种植还是收购，都方便多了。一样的土地，品种好了不光产量高，而且口感好，卖相好。这两年国家对粮食重视了，机械普及后种地也不辛苦，只要用心对待土地，收益都不错。"

李晓光抬头，是以前路井的行水员，当年参与过总干渠会战。

"只要产业结构合理，只要真心对待这片热土，上天定不辜负有心人。"李晓光紧紧握住老人的手。

2

二〇二〇是一个特殊的年份，春寒料峭，风肆无忌惮刮过，没有人烟的河滩一片静默。

刚拆除完的泵站一片狼藉，东雷人也不在意，工期正紧，大家加班加点尚不能赶上进度，哪里还有心思四处走动。放眼望去，工地上砂石与土堆交叠，跌跌绊绊去哪里也不方便。这样的地方，这样的时节，除了干活，的确没有其他事可做，索性在主厂房撸起袖子加油干。

三月初，塬上皲裂的土地如期迎来了欢腾跳跃的黄河水，李晓光站在桃花丛中，对着流水感慨："还是我们东雷人厉害，特殊时期，大家居然能提前完成泵改任务。遥想当年修抽黄，一切都靠人工。如今科技发展，机械化普及，修筑一座水利工程，已不再是一件难事，多好啊！"

这个冬天，渭北一直无雪。

冬天的九点半，天早已黑透。办公楼静悄悄，唯一亮着灯的办公里，李晓光签署完最后一份文件，揉了揉眼睛，准备关电脑。有点饿。店铺基本都关门了，他还是抱着一丝希望在街道转了一圈，那家平常营业到深夜的小吃店门上贴着纸条："暂停营业"。索性继续往前，昏黄的灯光落在冷清的街道，路上几乎没有人。

他忽然想起环城路北的小区尚未安装智能门，前段时间预定的彩钢房也不知道到位没有，那边小区住户比较杂，不好管理，得去看看。他一边想，一边戴好口罩向城北方向走去。

远远地，彩钢房里的灯光下，值班人员正在填表。

他看了一下，悄悄返回，街道四处散发着消毒水的味道。小城尚且如此，儿子在长安的学校也不知道怎么样了？

回到办公楼，已是十点四十五分。打开微信，儿子接通视频，刚想说教几句，儿子笑着说："爸，还是管好你自己吧！特殊时期肯定工作繁多，街道的饭馆不能正常营业，你胃不好又不会做饭，饥一顿饱一顿估计又是你的常态。"

挂了电话，他微怔了一下，儿子就这样悄悄长大了。

儿子这一说，还真感到饿。泡一包方便面，不等泡透，他就吃光了。吃完后躺在沙发上，翻着手机，不知不觉就睡着了。天一亮，他感觉自己又像是满血复活，特殊时期，作为领导他必须坚守岗位，给大家以信心。

电话响了，有人问考核的安排有没有变化，要不要延迟或取消？

他有点生气。

灌溉的工作性质决定，生产单位都在乡间。随着产业结构不断调整，用水时间越来越长拉长，冬春夏灌基本连到一起。短暂休整期间，还要检修，养护渠道，整理院区环境。泵站分散在各个村落，管理中心有事也是去总站，和运行站的日常联系并不密切。唯有年终考核见到大家，才能细细了解忙了一年干了什么，明年该怎么干，今年的工作还存在哪些问题？明年的目标任务有哪一部分需要调整？不断调研，下面都会不断涌出新问题，更何况只看资料啊！

考核，必须进行。

基层许多同志家都不在合阳，时下非要让大家赶到单位也不现实，推迟，怎么推迟？总不能把今年的考核放到明年吧？考核这项工作到底该怎么完成？

人有时候只有被逼一下，才会发挥出潜能。接到通知要求参加市上的视频会议，李晓光脑袋里灵光一闪，能不能把考核变为线上呢？

要知道，在计算机还是奢侈品的九十年代，两百名同学曾以他编写的简捷程序上机考试。二〇〇四年，他参加全省水利系统计算机应用技能比武获一等奖。二〇〇六年，他深度参与的"泵站监控及灌溉运行调度自动化系统"科研项目，荣获省水利科技进步奖一等奖、省科技奖二等奖。

绝对可行！不顾已是十一点多，他打电话叫来号称"黑客"的老刘，两个人连夜在信息化办公室捣鼓。

年终考核如期举行。只是这一次，不再是考核组去基层站现场考核，而通过灌区信息化建设的网络视频会议系统，采用"线上线下相结合"的方式，开启了一个全新模式。之后，加快信息化建设，打造黄河流域高质量发展示范灌区成为东雷抽黄的新目标。不久，信息化中心的视频覆盖到全部基层单位。抬头，墙上的画面落到新民二级站，站前宽阔的沿黄观光公路直通远方，绿荫丛里的楼房，已不是记忆里的模样。

多年前，李晓光常常坐在那里，静静看着河水上塬，看着人们忙碌而喜悦的身影穿梭在田间地头。他觉得农村就应是那样，忙碌热闹充实，长满希望。他从书上、从一起上班的人那里知道，抽黄工程的投入使用，彻底改变了渭北旱塬群众的生活方式，终结了渭北十年九旱，靠天吃饭的艰难岁月。二十世纪八十年代，渠畔上的土道遇到阴雨天一片泥泞，根本走不出去。那年检修遇到连阴雨，站区通向外面的唯一那条路，泥泞不堪。没有菜，厨房整整做了二十天油泼面，以至于后来见了油泼面就反胃。总有人退却，总有人坚守。时代的进步，总是来自于那些不计个人得失，执着筑梦的坚守者。

二〇二〇年整整一年时间，他穿梭在灌区的田间地头，看着不断扩灌的面积，不断加长的运行时间，站区的配套设施并未同步跟进，八十年代的量水堰与测流仪还在使用，明显滞后于时代。长时间带水，干渠淤积严重，清理沙土这项工作随着国家对环保生态的重视越来越成为难题。当然最重要的还是钱，这么多年，抽黄浇地水价始终没变，财政补贴未变，工资与人员早翻了数番。

李晓光深知，作为单位的一把手，等和靠显然不会解决任何问题，多年来，他早已养成一步一个脚印，扎扎实实干事，遇到问题先想办法，实在解决不了，不得已才去找上级领导。他想不通，有的人把权力攥在手中啥都不干，工作跟不上就是一大堆外因，除了推卸责任，就是推诿扯皮，四处诉苦要钱！

经过长时间调查走访，结合灌区现状，李晓光率先在年初的目标责任中提出了建设节水、生态、智慧、人文"四个灌区"的发展理念，并制定出相应的工作方案，细化落实。短短两年时间，东雷抽黄的变化出人意料。

3

网络时代，信息渠道是敞开的。九月全国灌区标准化管理培训中，李晓光受邀分享了"四个灌区"的发展理念和实践经验，他的质朴务实受到了业内同行的赞赏和推崇。之后，东雷抽黄的节水示范措施一直走在全国前列，不断有周围兄弟单位参观学习推崇，很快湖北、山西、湖南、山东、内蒙古、河南等多个省、区水利厅，组织人员专程来东雷抽黄参观学习。

二〇二一年，《陕西日报》、陕西农村网、中国水利网、中国方志馆等媒体不断报道东雷抽黄建树方面的资讯。李晓光深知，仅靠一时的热点在网络时代只是昙花一现，唯有紧跟时代，不断创新，通过不懈努力来增强自身实力，有了切实的工作成绩，有了讲不完的中国故事，才会有媒体关注，才会引起各方重视，才会让单位进入良性循环。

二〇二二年，伏六系统的"清水上塬"项目顺利通过验收。伏六的渠道上阳光正好，洒了一地金子。清粼粼的渠水波光闪闪，农妇们看见后，浇地时带上一家的脏衣裳，趁着等水的空隙，她们三三两两蹲在地头的渠沿上揉搓着衣裳。

喜欢戏水的王工再也忍不住了，他来到一个无人的分引渠口，脱掉鞋袜，在清澈见底的渠道里踩来踩去。跟在他身后的李工见此情景，忍不住撩一泼水向王工洒去。王工被偷袭后转身奋力还击，李工一躲，水又洒在同行的巡视员身上。随着被卷入"战争"的人越来越多，独自坐在渠道上沉醉于"沧浪之水清兮"的李晓光很快中枪，他一脸懵懂看着湿透的衣裳，不知道该去找谁。

这群年过半百的中年人，如同孩子一般嬉闹起来。

"成年以后，很少有过这样放松的时刻。"终于玩累了，李工、王工他们索性躺在渠道斜坡的草坪上。

"哈哈，看看你们一身泥，像泥猪！快起来，那边人看呢！"

"才不怕看！他们比我们好不了多少。看着这水，想起以前去海边，湛蓝清亮的海水令人无比羡慕，当时就想什么时候我们的黄河也会变得清澈见底。旅行路线安排有个出海捕鱼的项目，我们开开心心乘坐渔船，渔民一边把网里的小鱼小蟹分给我们，一边说：'来自黄河边的朋友，从电视上看黄河的水很黄很浑，我没见过黄河，河水真有那么黄吗？'我说，电视拍的是真的，黄河的水就是那么黄。他说难怪你们那边不产鱼虾，水那么浑，鱼虾咋活呢！"

"那你没顶他两句？我们黄河的鱼虾多着呢，鲤鱼跳龙门可不就是黄河鲤鱼飞跃韩城龙门传下来的典故，黄河野生大鲤鱼的尾部是金红色的，肉质细嫩，可好吃了！天气晴好的傍晚，站在古渡口，大群大群的鸟儿从天空掠过，飞进树林或蒹葭丛里，夕阳落日长河，给河里撒了厚厚一层金子，那种流动跳跃的美，绝不是三言两语能够说出来的！"李工有点生气。

"你咋不问他，海水这么咸鱼虾怎么能存活？一定是他趁你们不注意从哪偷的放进网里！他们不知道黄河是中华民族的母亲河，是中华文明的发祥地，应该让他们来咱这里看看，黄河水到底是怎样哺育了一代代黄河人！"李晓光说。

"哎呀，我当时咋没想到呢！被人家一说，半天都接不上话，光知道生闷气，晓光这句说得好！咱们黄河水能浇地能洗衣裳，他们黄海的水能吗？"

"这水真清！小时候沟底的泉水，也不过如此。晓光，真没想到，黄河水会有一天被你们驯服得如此听话乖巧，还是抽黄厉害，仅仅几十年时间就圆了渭北旱塬祖祖辈辈的梦想！"巡视员说。

"晓光，光这股清水，足够让人们改变对黄河的认识。旱塬长大的人，每一座水库，每一条小溪都是孩子们的乐园，都是成年人梦开始的地方。小时候暑假，和一群孩子走二十几里土路去邻乡的团结水库，那时水库有人看守，我们一群孩子从崖上蹿过去，悄悄钻进水里嬉闹半天，直到天色渐晚，才依依不舍地离开。自来水入户，太阳能的普及，翻山越岭去水库洗澡早已成为故事，一渠清水环绕，村庄秀气得我都认不出来，突然觉得老了住在村里也不错。"

"是啊，东雷抽黄通水的四十年，其实是渭北人民从衣不蔽体食不果腹的贫困到温饱到小康的沧桑变迁。他们说，没有抽黄渭北也会奔小康，这个不否认，但或许奔了小康后，许多村庄已成空村。行家庄的葡萄，坊镇的牡丹园，还有这沿途的樱桃石榴花椒以及各类经济作物，没有充足的水源，哪能长出商品果！没有这些经济支柱，怎能留住年轻人！如果种田仅能维持温饱，凭什么让勤劳的人们坚守在农村呢！绿水青山就是金山银山，前提是青山上要有绿水才会变成金山银山，东雷抽黄就是渭北旱塬上的绿水源头！"

夕阳西斜，一群人恋恋不舍从那一渠清水里走出来。叽叽喳喳的鸟儿从头上掠过，暮色渐浓，玉米在田野里撑起了青纱帐。农人从果树林里钻出来，兴高采烈谈论着庄稼的收成，果子的长势，村庄上空炊烟袅袅。那些饱含食材香气的烟雾蹿上天空，和云朵融为一体，一瞬间，人们以为云朵是由地上的炊烟汇集而成。

4

看到妹妹朋友圈发布的一段文字，几张照片，李晓光的眼眶湿润了。人们说，过去都是好年头，有的苦痛，自己都渐渐淡忘了，唯独亲人忘不了。

周末哥哥邀请，与母亲沿着他工作过的地方一路走过。远离尘嚣，风景优美，干净整洁的新民二级泵站，听哥哥讲述三十年前刚参加工作时的生活。眼前浮现一个萧瑟、清冷的院落，一个刚参加工作的外地男孩，在那个人生地不熟，时不时只剩下一两个人的黄河岸边的单位，开启了自己的工作生涯。厨师一周买一次菜，如果买的是白菜，将顿顿是白菜，不一样的是变着花样做。吃到最后，见着白菜竟有点怕。哥哥说有一年，厨师有事请了三天假，给他留了三天的馒头。谁知第四天还没来，他饿得团团转，方圆几十里没有人烟啊！我内心深处被硌得生疼。无法想象哥哥说的究竟是哪个季节的事？若是春夏还好，可以找点野菜；若是冬季，呼啸的寒风在漫无边际的黄河滩肆虐着，一个衣衫单薄的外乡男孩，饥肠辘辘何谈人生何谈未来？煮白菜此时也是人间至美。

母亲本不愿来合阳，这个地方是她的伤心之地。哥哥上班不久，刚强的父亲想要看看儿子工作的地方，却在途中出了车祸，永远离开了我们。多年来，合阳这地方是母亲心里过不去的坎。这一次，她能来，需要多大的勇气！而对于坚守在这个地方的哥哥，我除了敬畏，已经想不到其他词语了。

从喧嚣的都市来到宁静的野外，人整个感觉是新奇的、放松的、舒适的。但如果让你长期一个人在这里待一个月、一年，甚至十年，一般人都受不了。哥哥三十年前，在荒凉的黄河滩，硬是走出了不一样的人生。领导要求干到一，他觉得时间充裕，触类旁通，硬是把工作干到三。没事就学习提升自己，学累了就练字。是金子总会发光的，时间长了机会就来了。

不抱怨生活，努力提升自己的人上天终不辜负。于我而言，后悔没有那么努力提升自己，平庸是自然。只希望孩子们从中能学到一种执着的精神，为自己开启不一样的人生。

看完妹妹的文章，李晓光早已泪流满面。三十年时光弹指一瞬，父亲的意外离世是横在心头的一道梗，刚出事时，一静下来满心都是懊悔，都是对父母的愧疚。那时唯有通过不断加压工作，才能暂时放下思念与愧疚。

时间真快，日复一日地忙碌，父亲离开居然都有三十年了。这三十年里，他是怎样的负重前行，唯有夜深人静，卸掉盔甲，沉醉在点点回忆里方自知。

往事历历在目，说出来的是情绪，说不出来的才是真痛。

华灯初上，办公楼前"黄河情怀、大禹风范"的金字招牌在夜色里熠熠发光。李晓光坐在办公室，墙上的灌区动态一目了然，开机指令显示，明天将是一个新灌季的开启。画面落到新民二级站，他忽然想起当年同学去站上看他，那条黄尘古道上狼烟滚滚，骑摩托车到单位，他俩已是土人。当时同学不解，询问他坚守的理由，青春懵懂的答案早已忘了，如今回想，大约看多了干旱贫瘠的村庄，第一眼看见那一渠西流的黄河水染绿了原野，便一眼认定那是渭北的希望，那将是自己作为抽黄人的光荣使命，那种使命感才是自己坚守的理由。

不忘初心，方得始终。曾经的负重前行，生活并未辜负，那么自己有什么理由不继续努力呢？

第二天，当满满一渠黄河水向西流去时，李晓光已信心满满，坐在"大中型灌区标准化管理经验交流会"的讲台上，他要把黄河西流去的故事讲给远方。

尾　声

二〇二二年十月一日，新落成的抽黄工程展览馆盛大开馆迎宾。

这一天，如潮般的人流涌向东雷一级站，最引人瞩目的是那些白发苍苍的第一代抽黄老人们。展厅里，光影与计算机还原出了一个个四十多年前的劳动场景，年轻的讲解员娓娓讲述着这座工程一路走来的艰辛。第一批抽黄建设者含着热泪缓缓迈步，他们轻轻抚摸着"草土围堰"的铜雕："真像！"

老人们情绪激动，精神却是无比满足。作为新世纪的抽黄人，圆了父亲深埋内心的多年梦想，一直絮叨的抽黄工程，没有被国家与渭北人民所忘记。参与过抽黄建设的老人们深信，正是当年十三万人"砸锅卖铁干抽黄"的信念与后继者的青春奉献，感动了上苍，才使得合阳及渭北旱塬重回丰美之境。

东雷抽黄展馆，无疑是矗立在黄河上承载水利史的一道丰碑。

展览馆外，黄河在脚下奔涌。

一块镌刻着毛泽东同志说的"一定要把黄河的事情办好"的石碑，醒目，掷地有声。

这句话和新一代国家领导人对黄河的定位异曲同工，无论时代怎么变，母亲河永远是中华民族的根基。人们从四面八方陆续而来，这片土地有自身的魔力，凡是在这里奋斗过的人，都会把这座工程这片土地刻到骨子里。

"五子、水生、小文……长眠在河滩的英雄们，只要你们在黄河有过故事，黄河一定会记住！"

黄河边，章骁美、史进他们看着碑上的名字喊道。

既而，更多的抽黄老人都喊了起来。

李晓光看着这群泪眼蒙眬的老人，热泪盈眶。年初去水利部开会，会议提出的数字孪生灌区，他很感兴趣。回来后在他和老刘的共同努力下，东雷抽黄已成为全国水利系统数字孪生的先试先行单位之一。他凝视着蕴含着宇宙星象之理的河图洛书雕塑，仿佛看到抽黄水利工程绚丽的明天。

黄河从这里西流而去，它飞上渭北旱塬，经过四十多年的滋润，渭北生态重回到三千多年前。这条河与这座工程，所承接承载的黄河文化、大禹风范，永存于世，生生不息。

跋：

风吹大河

李焕新

李焕新，渭南市东雷抽黄工程管理中心党委书记、主任。

收到一长篇小说《黄河西流去》电子稿后，因事务繁多，好几天都没顾得上阅读。直到某晚，感觉精力尚可，就用了大半夜的时间，一口气浏览完这二十多万字的大作。掩卷回味，思绪万千，东雷抽黄灌区工作二十三年的点滴，从事水利事业三十年的情怀，生活在黄河流域五十年的感受，一瞬间涌上心头，使我辗转难眠。

黄河，万里奔腾呼号，横贯东西、纵伸南北，是炎黄子孙的根，是华夏民族的魂。早在春秋战国时期，黄河还被称为大河，但随着乱砍滥伐水土不断流失，到了隋唐时期黄河变得浑浊而得名黄河，成了一条桀骜难驯的忧患之河。

据文献记载，从先秦到新中国成立前的两千五百多年间，黄河下游共决溢一千五百多次，改道二十六次，其中重大改道五次，影响北达天津、侵袭海河水系，南抵江淮、侵袭淮河水系，纵横二十五万平方千米，水患所至，"城郭坏沮，稼积漂流，百姓木栖，千里无庐"。虽然从大禹开始，中国历朝历代都对治河进行了不懈探索，但黄河屡治屡决的局面始终没有得到根本改变，直到这一千古难题历史性地交到中国共产党手中。

东风浩荡，大河激越。一九五二年，毛泽东同志亲自视察黄河，发出了"要把黄河的事情办好"的伟大号召。自此，在党中央坚强领导下，沿黄军民和黄河建设者在黄河上建大坝、修水电站，开展大规模的黄河治理保护利用工作，一步步将黄河变身为造福人民的幸福河，东雷抽黄工程就是其中一个。

借作者之手，将时针回拨。一九七〇年，周恩来同志主持召开的北方地区农业会议，把解决关中东部农业灌溉问题提上议事日程。为了彻底改变渭北旱塬千百年来祖祖辈辈靠天吃饭的历史，一九七五年八月三十日，关中东部抽黄灌溉工程（即东雷抽黄工程）开工建设。当时，国力薄弱，物资匮乏，受益区三县政府不畏艰难，自力更生，充分发挥社会主义集中力量办大事的制度优势，把来自四面八方的百姓组织起来，安营在苍茫无际的黄河滩，采取军事化管理，住土窑、睡席棚，挥铁锨、舞钢镐、抢大锤，凿隧洞、架桥梁、筑大坝、建泵站。其中，总干渠建设大会战每天上劳民工十万多人，最多日上劳十三万人，被称作东雷抽黄工程建设的"淮海战役"。

积力之所举，则无不胜也。百万建设大军在党和政府的领导下，栉风沐雨，常年鏖战，历经四年的艰苦奋斗，于一九七九年十一月，使东雷抽黄工程实现抽水上塬，创造了工程总装机容量最大、单站总装机容量之首，单机扬程之首、配套电机之冠等，当时多项全国甚至亚洲"第一"，被中外著名水利专家誉为"闪耀在渭北旱塬上的一颗水利明珠"，堪称"陕西红旗渠"。

创业维艰，守成不易。东雷抽黄工程建成投运后，因设计标准低，配套建设差，试制产品多，加之长期抽引黄河高含沙水质，导致工程老化失修，设备磨蚀破损，技术性能下降，难以保障群众灌溉需求。面对挑战，一代代东雷抽黄人勇于改革，敢于创新，研制新技术，探索新管理，采取拦、排、沉、抗等综合措施，有效破解了泥沙危害；针对多级高扬程提水，造成水费成本高，群众浇地负担重问题，走出"农水结合"的路子，增加了农民收入，发展了良性灌溉市场；通过"三局战略"战略，基本消灭了险工险段，打通了制约灌区引水的瓶颈。并取得了非金属抗磨涂层、U型渠道抛物线型量水堰技术、泵站监控及灌溉运行调度自动化系统应用等一系列技术研究成果，尤其是"一种自排沙廊道"排沙技术试验研究成果，"在学术水平上达到国际先进"，为黄河流域河流泥沙治理和水利科技研发提供"试验场"，在"把黄河的事情办好"中贡献了东雷抽黄力量。

风再起时，千帆竞发。二〇一九年九月十八日，在黄河流域生态保护和高质量发展座谈会上，习近平总书记发出了"让黄河成为造福人民的幸福河"的伟大号召，为新时期加强黄河治理和保护指明了方向。新一届东雷抽黄领导班子闻令而动，蓄势而发，锚定确保粮食安全、助力"三农"发展使命，创新提出节水、生态、智慧、人文"四个灌区"建设理念，以党建为引领，以标准化规范化管理为抓手，抓落实促提升，续写工程建设者艰苦卓绝的奋斗诗篇。通过开展"新农水"、实施水"调"沙"用"、建设"清水上塬"工程、试点推行渠长制、建立信息化管理平台、开展"双师授徒"活动、建设东雷抽黄工程展览馆等创新措施，使东雷抽黄工程在节水、灌溉、调水调沙、减淤、生态、科技、水文化等方面的综合效益得到持续发挥，"四个灌区"、标准化管理、数字孪生灌区建设等成果和经验，被全国广泛关注和借鉴，再次成为"让黄河成为造福人民的幸福河"的"探路先锋"。

四十四年来，东雷抽黄工程作为建设时期，唯一一座让黄河"改道"西流的水利工程，肩负着秦东百姓期盼"水上高塬"的千古夙愿，镌刻着中华民族顽强斗争、改天换地的丰功伟绩，见证了中国共产党带领人民治黄兴水的峥嵘岁月。这本《黄河西流去》从作者的个人经历出发，写出了工程建设者的敢想敢拼，道出了下乡青年的为民情怀，以因公牺牲的五子、水生、小文，利己主义的领料员、贪污犯、"小人"等丰富的人物群像串联起东雷抽黄工程激情燃烧的建设岁月和兴水富民的奋斗征程。

风吹大河，春潮滚滚。"要把黄河的事情办好""让黄河成为造福人民的幸福河"，这两句闪耀在东雷抽黄工程展览馆边上的两代伟人的殷殷嘱托，熠熠生辉，薪火相传。东雷抽黄人将时刻牢记在心，落实于行，守好护好用好这座高扬程水利工程，为民谋福祉，倾力惠民生，推动新时代水利事业高质量发展。

希望更多人士关注宣传水利，期待作者更多新作品问世。

后　记

　　二〇一七年夏，正在经管科办公室百无聊赖之时，宋主任送来一本《东雷志》。在此之前，作为有着十八年基层工作经验的水利人，我竟然对于自己的工作单位的历史知之甚少。只是在小县城老人们的言语中，知道这座工程给渭北的经济带来质的飞跃，让灌区人民从缺衣少食的日子奔赴到今天的小康生活。但我和周围的年轻人从来没有关注过为了这一天，上一代人曾做出了怎样的牺牲。

　　翻开《东雷志》，极简的语言，寥寥数笔的宏大场面，令我思绪久久难平。半个世纪前，国家积贫积弱，饱受旱魃肆虐的渭北人民挣扎在温饱线上，党和国家提出修建抽黄工程时，我那可爱的乡亲们为了子孙不再受旱塬之苦，在半饥半饱状态中，砸锅卖铁，勒紧裤腰带用身家性命干抽黄。荒凉的河滩里，随处可见彩条布旧帆布撑起的家，那时父子、夫妻、兄妹齐上抽黄的，比比皆是。七十年代生产力低下，一个公社的架子车也没有几辆，面对如此浩大的工程，人是渺小而又伟大的，他们用自己瘦弱的身躯肩挑手提，用时间熬，硬是撑起了这座千秋工程。

　　这座伟大的工程，在当时号称"三无工程"，没有钱，没有物资，没有技术，困难不要讲，办法自己想。临时成立的指挥部，临时抽调的技术人员，各公社把最优秀的青年，把最好的粮食送到工地。为了引黄河水上西塬，我的父辈们把青春和热血奉献给这片热土。十三万人用了整整十三年时间奋战在荒凉的河滩，五十八条鲜活的生命永远定格在某个瞬间，仅仅这份用生命撑起的厚重，就值得我们永远敬仰。

读完《东雷志》，掩卷沉思。想起以前在基层上班时，村里有过上抽黄经历的人，对抽黄不由自主流露出的深情，那种发自骨子里的爱，不是俗世的钱物能替代的。九十年代，进城成了脱贫的标志时，他们成为这片土地上最后的坚守者。零散的故事，并不能撑起年轻的我们对这座工程的敬畏。彼时，因不了解背后的故事，我和我的同伴们正在吐槽风起土涌的村道，吐槽微薄的薪水，吐槽我们的双手抡完扳手抡锄头，吐槽厨房的饭菜寒苦。

九十年代末是一段好时光，改革开放的红利让乡村年轻人的梦想很容易实现。经济蓬勃发展，户籍不再限制出行打工的脚步。后来，只要愿意，人们可以在任何一座城市找一份体面工作，生存越来越容易，乡愁越来越淡。于是，抽黄在新一代农村人眼里不再那么重要。人们随便找份工作，比抽黄上班的职工工资还要高，人们打工一个月的收入，或许抵得上田里辛劳一年。年轻人越走越远，老年人随意种一些易于管理的农作物持守着土地。

一起上班的，有两个熬不下来，回城了。这样的背景下，我们这批新分来的青工，对抽黄的过往更是无心关注。

弹指一瞬，二○一五年调进管理局时，我在基层居然待了整整十八年。十八年的经历，使我对水利行业的清苦有了深刻认知，为了给自己一个坚守的理由，我开始关注东雷抽黄电力提灌工程建成投入使用后，对渭北乡村的改变。

合上《东雷志》，一种敬畏敬重凝重，油然而生。作为受益面积最大的合阳灌区，几乎所有四○后五○后的农民，都曾参与过抽黄建设。他们从金水沟用架子车拉着石头，送到数十里外的河滩，他们在群英洞逼仄的空间抡着铁钎子；他们拉着架子车从千年土崖下取土运到数里外的干渠，他们在高填方深挖方的河滩修总干渠，他们在村庄里日复一日用榔头碎石，他们整整在窝棚里住了三年。他们风餐露宿，栉风沐雨，把青春留在荒凉的河滩，为的是让东流的河水，西流上塬，眷顾一下西边干旱的黄土台田。

随后，我时不时地与周围的朋友提起抽黄建设时期。他们的父母十有七八都曾参与过那场旷日持久的劳动，东雷抽黄工程见证了渭北农村四十年来的发展。后来，随着产业结构调整，随着抽黄发展理念的转变，这座工程又重新被人们记起，其中有太多的故事值得去写。他们说，随着这一代老人的逝去，抽黄这座承载了渭北两代人梦想的工程，会被没有受过艰苦日子的年轻人遗忘。这是不应该的，吃水不忘挖井人。

有感于此，决定提笔写一写东雷的故事。彼时抽黄展馆修葺一新，泵站改造基本完成，四个灌区理念与信息化平台在电力提灌单位排在前列，不断有兄弟单位前来考察学习。面对日新月异的变化，突然有一种目不暇接、恍然如隔世之感。

我是一个懒散的人，而且驾驭文字能力有限，拖拖拉拉几年，想起来写一段，不想动的话三四个月写不出两行。直到二〇二三年初，才写了六七万字。二〇二三年二月去北京参加水利文协会议，从水利作协口子选了五个人，除了我，其余人都是出过几部长篇，依然笔耕不辍的人。会议休息期间，看见陈松平老师抓紧时间碎片读书，后来他说，写了几部长篇总觉得自己知识储备量有限，需要大量阅读。我大为惊讶。我从未觉得时光如此金贵，也从未如此发奋地读书，所以我的梦想一直只是梦想。

开完会，赵学儒老师说：小李，要加油，你也不年轻了，把咱们黄河的故事讲出来，让远处的人们对你们抽黄有一个了解，这是我们神圣的使命。前几天听说你们单位入选水利部数字孪生先行先试单位，不容易哪！渭北对我的印象是干旱贫穷，这次听说你们灌区许多工作都处在领先位置很惊讶，好好写写你熟悉的故事。

他们如此优秀却依然在努力，那么平庸的我有什么资格等一等呢？

大约受了刺激，回来一个多月时间，我居然写了十万字。四月底，《黄河西流去》的初稿出来了。

从成文到成书，修改的过程是漫长的，感谢抽黄老一辈关爱与领导的大力支持。正因着他们的不断关注，使我拥有一颗力求完美的心，让我从繁冗乏陈的啰唆中抽丝剥茧，一点点理出头绪，让那些大白话慢慢有了故事的味道。

故事遇到对的人，才能成为故事。我要说，讲故事的人，遇到愿意听故事的人，才能有信心把故事讲完，至于好与不好，讲出来后，故事便不再属于自己。